受　　浙江大學文科高水平學術著作出版基金　　資助
　　中央高校基本科研業務費專項資金

一、訓詁之屬

《敦煌變文字義通釋》

敦煌石室發現的變文，保存了大量當時的口語材料。變文語詞，或字面普通，字義有別；或其字其詞，生僻難解。雖經不少名家校釋，但多趨易避難，尤其缺乏對俗語詞特性的瞭解，很少作規律性的探求。本書特取此類難以辨識而易於誤解的詞語，疏通詮釋，按義類分爲釋稱謂、釋容體、釋名物、釋事爲、釋情貌、釋虛字六篇，並多次修訂，益臻精審。第六版《敦煌變文字義通釋》收詞條達四百十四條，全書四十餘萬字。作者將變文材料歸納比勘，以唐五代人詩詞、筆記、小説等語言材料相互證發，並從漢魏六朝及宋元明清語言材料上下取證，論述通借，探索語源，使敦煌變文字義中的積久滯礙，一朝貫通，確詁精解，絡繹紛披，開闢了 20 世紀俗語詞研究的一個新階段。不僅解決了變文研究中長期誤讀和歷來困惑的難點，而且有力地啓動了上自漢魏下及明清而以唐宋爲重點的方俗語詞研究的進程，對漢語詞彙史研究有着不可磨滅的貢獻。呂叔湘認爲需有類似《敦煌變文字義通釋》這樣的作品幾十部，方能編成漢語大詞典。徐復認爲此書"鑿破混沌，爲曠代之作"，"久爲治漢語詞義學與語源學之枕中鴻寶"。日本學者波多野太郎稱之爲"研究中國通俗小説的指路明燈"。英國漢學家魏禮、蘇聯漢學家孟西科夫、法國漢學家戴密微等，皆深感從中受益，認爲是步入敦煌寶庫的必讀之書。該書曾獲全國首屆古籍整理優秀圖書獎二等獎。第二屆吳玉章獎金一等獎，1995 年榮獲國家教委首屆人文科學優秀成果一等獎。

前　言

　　蔣禮鴻教授(1916—1995)，字雲從，室名懷任齋、雙菿室。當代著名語言學家、敦煌學家，浙江嘉興人。早年就讀本縣秀州中學。畢業後考入之江文理學院(後改名之江大學)國文系，受業於夏承燾、鍾泰、徐昂諸先生，深得治學三昧。沈潛文史，兼長詩詞，尤精於文字訓詁與古書校釋。21 歲時，撰成《説克》一文，已具卓見特識，從此開始了學術生涯。

　　1937 年 12 月之江畢業，留任助教半年。旋至湖南安化藍田國立師範學院國文系任助教三年，與錢鍾書、吳中匡同事。繼而入川，在重慶中央大學師範學院國文系、文學院中文系任講師四年，與吳組緗、魏建猷、王仲犖、管雄等同事。抗戰勝利後，隨中大復員南京。一年後，又回杭州任之江大學文理學院講師。1951 年院系調整後，調浙江師範學院(後改名杭州大學)，任中文系語言教研室主任。1978 年 9 月晉升爲教授，1986 年評爲博士生導師。兼職有中國語言學會、中國訓詁學會、中國音韻學會理事，中國敦煌吐魯番學會語言文學分會副會長(後任顧問)，浙江省語言學會副會長(後任名譽會長)，浙江省敦煌學會副會長，《漢語大詞典》副主編，《辭海》編委兼語詞分册主編。1995 年 5 月 9 日因病逝世，享年 79 歲。

　　蔣禮鴻教授精通訓詁、音韻、目録、校勘，其俗語詞研究馳名中外，生平著述，凡有下列幾類：

蔣禮鴻全集

懷任齋詩詞
頻伽室語業

蔣禮鴻
盛靜霞

著

浙江大學出版社
ZHEJIANG UNIVERSITY PRESS

《義府續貂》《義府續貂補》

作者繼清初黃生（扶孟）《義府》二卷之緒，以"聲近義通"爲綱，從語言角度探索詞義詞源，考究淹通，窮極研幾。全書收詞條三百餘，其中考釋俗語語源，超越前賢，尤爲精到。

《類篇考索》

宋司馬光等編撰的《類篇》四十五卷，探討字原、古音、古訓，闡明古今字形演變，爲《説文》和《玉篇》作了增補。作者以影刊汲古閣影宋鈔本和姚刊三韻影印本，"訂正錯誤，比較同異，溯厥根源，補所未及"。由於作者以聲音繫聯，以義訓貫穿，突破字形的障惑，爲文字學、訓詁學增添了新篇章。

《讀〈同源字論〉後記》

作者認爲同源詞比同源字的定名，在理論上更圓融合理；對王力"同源字研究是一門新訓詁學"之説，提出質疑。認爲同源詞研究在訓詁學史上源遠流長，同源詞的兩大分域爲變易（音變、緩急、贏縮）和孳乳（通別、遞轉、對待）。分析同源詞應以聲韻爲經，詞義爲緯。因爲同源詞的存在、孳乳，是從音同、音變（其條例爲旁轉和對轉）表現出來的。本文對漢語同源詞理論有較好的歸納和拓展。

這方面的重要著述，還有論述訓詁學任務、方法、拓展和要籍的《訓詁學基本知識》，"期於聲義會通之旨粗有推衍"的《〈廣雅疏證〉補義》，對《説文》進行匡補的《懷任齋讀〈説文〉記》，考訂嘉興方言的《嘉興方言徵故》，詮釋語言文字的《懷任齋隨筆》，以及未及匯集成書的一系列考釋敦煌或唐五代口語詞的文章，如

《〈敦煌資料〉第一輯詞釋》《唐語詞叢記》《杜詩釋詞》《〈吐魯番出土文書〉第一冊詞釋》等。

二、古書校釋之屬

《商君書錐指》

今本《商君書》多有訛脱。故錢子厚謂讀《商君書》如斷港絶航,難可通達。1944 年作者撰成此稿,曾獲國民政府教育部學術審議會三等獎。專家評審結論謂:本著作參採訂正今昔諸家之説,並下己意整理古籍,頗稱該備;議論也每有獨到之處;而樸實允當,一洗穿鑿之病,尤爲難能可貴,《商君書》殆當推此爲善本矣。當時作者年僅 28 歲。1982 年重加讎校,編入中華書局所輯《新編諸子集成》。本書博採前賢之説,甄别遴選,匯集衆長;又斠訂《藝文類聚》《群書治要》《意林》諸書所引,以微舊文之迹。作者旨在校重貼紕繆,釋晦澀難通,既有校勘上的删衍補脱、改錯字、明句讀、定是非,又有注釋上的破通假、解字義、疏文義。凡所揭橥,類皆精覈。

《校勘略説》

本文對校勘與校讎定名進行辨正:前者一般指文字的校正,後者則指以尋求、考辨、評介、分類爲手段,以辨章學術、考鏡源流爲目的的治書工作。校勘的作用在袪疑、顯真、明微、欣賞、知人,其方式爲存真、校異、正訛,其内容則是所校書誤、脱、衍、倒或錯、羼等。作者歸納校勘之法爲:比較版本,引用他書,求諸訓詁,審察文勢,求之義理。作者結合校勘理論,提供了諸多校例。

《誤校七例》

本文認爲不通訓詁，不體文情，不察文脉，不諳文例，不審韻叶，輕信他書，强書就己，爲誤校七源。鄭文焯不解宋人軟脚、暖壽、煖女常語，不知軟、暖、煖實爲餪之借字，遂妄改周邦彦《漁家傲》"賴有蛾眉煖客，長歌屢勸金杯側"爲"緩客"，就是不通訓詁、不察文脉、輕信他書之弊。

作者認爲整理古籍重在還其本貌，不能僅僅滿足於文從字順。校訂、解釋，應立論有據，而忌隨意立説。要做到這一點，就必須博覽群書。數十年來，作者身體力行，樂此不疲，校釋之作甚夥，尤以子部集部爲最。如《淮南子校記》《讀〈論衡集解〉》《讀〈論衡校釋〉》《〈墨子閒詁〉述略》《經微室〈商子〉校本跋》《讀〈韓非子集解〉》《〈淮南鴻烈·原道〉補疏》《讀〈山海經校注〉偶記》《讀〈劉知遠諸宫調〉》《〈補全唐詩〉校記》《〈敦煌變文集〉校記録略》《〈敦煌曲子詞集〉校議》《大鶴山人校本〈清真詞〉箋記》《〈梨園按試樂府新聲〉校記》等。

1994年12月，浙江古籍出版社將上述二類論文，編成《蔣禮鴻語言文字學論叢》。《論叢》中關於文字訓詁學的，還有《讀〈説文解字注〉》《讀〈説文句讀〉》《讀〈説文通訓定聲〉》《中國俗文字學研究導言》《詞義釋林》《湘西讀字記》。關於古籍校理的，還有《讀〈吕氏春秋〉》《讀〈漢書補注〉》《讀〈文選〉筆記》《柳集箋校》等。

三、辭書編纂之屬

《辭書三議》

本文是作者結合《辭海》修訂得失，爲《漢語大詞典》發軔而作。"三議"爲會通、逸義、辨證。會通，即綜合語詞與語詞間内容（意義）和形式（用字）上的本質特點，進而揭示語義之内部聯繫。逸義指辭書漏略的語詞義項。舊辭書漏義現象屢見不鮮。大型辭書必求詞義完備，尤應以搜求逸義爲要事。辨證指爲避免與糾正辭書編寫中訓義、引據、注音之誤，就必須對古書中的紕繆加以辨證。呂叔湘對此文極爲贊同，認爲"此文所提三點，實大詞典成敗所繫"。

《論辭書的書證及體現詞彙源流的問題》

本文認爲書證的主要作用在於證明詞語的意義或用法，對不少辭書編寫者以爲羅列不同時代文獻中同一詞語的書證便能體現詞彙源流的觀點提出質疑。詞彙源流錯綜複雜，或衆源匯爲一流，或一源派生衆流，決非一成不變。辭書體現詞彙源流目前應做到：以本義、引申義、比喻借代義次序分列義項；説明外來語由來；舉出成語、典故的根源或其變體；説明語詞通借。作者還提出了辭書進一步反映詞彙源流的新構想：説明因時有古今而造成的詞語同實異名嬗變或同詞異字遞變；推溯語源，歸納詞族；方言證古和古義證方言。

在辭書編纂理論方面的重要論述，尚有《辭書涉議二題》《説"通"》等。他的辭書編纂理論，在《漢語大詞典》、《辭海〈語詞分册〉》、《敦煌文獻語言詞典》（杭州大學出版社 1994 年出版）的編纂中均有所體現。

上述三類論文結集爲《懷任齋文集》。此外，作者還有《古漢語通論》（與任銘善合著）、《目録學與工具書》兩種教材行世。前者内容充實而自具剪裁，後者則以概述和應用實例並舉見長。

在長期的治學生涯中，蔣禮鴻教授逐步形成了自己的學術思想和鮮明的學術風格及特色。

　　他秉承清代乾嘉學派謹嚴、踏實、實事求是、鍥而不捨的學風，以學術爲天下之公器。但問耕耘，不問收獲。言必有據，無徵不信，既博且要，精益求精。他十分重視第一手材料，博覽群集，嫻熟於胸。爲撰《敦煌變文字義通釋》，遍讀幾百種文獻，舉凡詩詞曲賦、小説筆記、語録、民謡、佛經、道書、詔令、奏狀、碑文、音義、字書、韻書、史書、文集，都在他的取材範圍，左抽右取，駕輕就熟。平生篤於深求，恥於浮誇，以求臻於學術上完美之境界。他的著述必經反覆磨勘後，纔予發表。重要論著，都經多次修訂。如《敦煌變文字義通釋》一書，已增訂四次，還認爲訂補工作遠未結束，假我餘年，必將續有增補。同時，蔣先生虛懷若谷，不恥下問，在他的著述中，稱引後學言論，必署其名，決不掠美，獎掖之情溢於言表。

　　在理論上，蔣禮鴻教授對乾嘉段、王之學，把握至深，深得“訓詁之旨本於聲音”之奧秘精義。根據語音推尋故言，每每能引申觸類，不限形體，一洗緣詞生訓之弊。同時借鑒現代語言理論，融古今理論爲一體，指導學術實踐。而且，他從詞彙整體結構性着眼，將語詞放入共時與歷時框架中探索詞義詞源，這樣就跳出了傳統語義學的窠臼，把語詞考釋納入漢語史的研究軌道。

　　在方法上，蔣禮鴻教授嫻熟運用本證、旁證、參互校核、因聲求義、探求語源、方言佐證之法。具體而言，即從體會聲韻、辨認通假及字形、審視文例、玩繹章法文意入，然後歸納比勘，在縱橫繫聯中使詞義交相發明、結論堅確不拔。在古籍箋訂或語詞考釋中，蔣先生還善於把校勘和訓詁結合起來，以校勘爲訓詁第一步功夫，用訓詁解決校勘問題。如《秋胡變文》：“今蒙孃教，聽從遊學，未季娘子賜許已不？”“未季”不可通。蔣先生審視上下文例，以本校之法證明“未季”是“未委”之誤，並以翔實例證説明

“委”有知義，“未委”就是“未知”。從而使變文錯字得到糾正，文義大明。

蔣禮鴻教授的研究特色，集中體現在語詞研究的五大要旨——解疑、通文、探源、證俗、博引之中。解疑是因語詞難以索解而提出，這是點的研究。通文是讓語詞的解釋施及其他文獻，而冀具互證互補、相得益彰之效。這是將點的突破引向面的研究。探源包括兩個層次，一是最早書證的探求；二是從語言角度探索詞義語源，並勾勒出詞的產生、發展、詞義消長、用字異同、詞形訛變的軌迹。證俗是將所釋語詞與現今方言俗語中的詞語相印證。以方言證古和古義證方言，將古今漢語的研究貫通起來。博引是專就材料而言，語詞研究的基礎正在於材料的可靠性和廣泛性。上述五者體現了蔣先生語詞研究的基本思路：即以翔實可靠的資料作基礎，由解疑入手，以點及面旁通其他文獻；然後上溯源頭以討語源，下及方言以證古語，勾勒出語詞之產生發展、詞義消長、詞形變幻和用字異同，在共時和歷時的框架中把語詞研究納入漢語詞彙史的軌道。

蔣禮鴻教授一生以讀書爲樂，手不釋卷，著述不輟。同時，門下多士，誨人不倦，不知老之將至。作爲當代著名語言學家、敦煌學家，他在訓詁、敦煌語言研究、古籍整理和辭書編纂方面，作出了突出的貢獻。作爲一名教師，他爲培植後進，殫心竭力。從教五十七年，桃李滿天下，很多學生已成爲相關專業的著名專家和學術骨幹。晚年在身罹頑疾的情況下，還帶出十多名博士、碩士，傳承有序，後繼有人。他指導學生，最注重人品、學品，他曾對學生說：“治學要有好成績，首先有個態度問題，這個態度就是不欺——不騙人，首先不騙自己。”“不存私心，老老實實的態度，是搞學問最基本的東西。”這在今天特別有教育意義。

蔣禮鴻教授具有中國優秀知識分子的高貴品質：治學嚴謹，

淡泊名利，嚴於律己，寬以待人，誨人不倦，忠厚謙和，篤於情義，畢生以宏揚中華民族優秀文化、以發展學術與獎掖後學爲己任。他的高尚人品與精湛學術，至今爲學界敬仰與傳誦。

《蔣禮鴻全集》編委會由原杭州大學蔣禮鴻先生的弟子組成，成員有顏洽茂、俞忠鑫、方一新、黃征、任平。

《蔣禮鴻全集》收録蔣禮鴻先生所撰各種專著、論文及詩詞。編排次序：先專著，次論文，次詩詞及附録。論文則以已發表，尚未發表，及未完成者爲先後。已出專著凡誤排字句均已改正。

蔣禮鴻先生在原著原稿親筆增補的文字，插入原文相應位置。未刊手稿無句讀者，均加以標點。文稿中的古今字、異體字等，或因所引資料原文如此，或因作者的行文風格和書寫習慣使然，不强作規範；殘稿一般不予整理，以示原貌。

各卷整理者列名如下：《敦煌變文字義通釋》，顏洽茂整理。《義府續貂》《類篇考索》《商君書錐指》，俞忠鑫整理。《蔣禮鴻語言文字學論叢》《懷任齋文集》，方一新整理。《古漢語通論》，爲蔣禮鴻與任銘善合著，任平整理。《蔣禮鴻語言文字學論叢續編》，收録未及編集的論文及部分殘稿；《懷任齋詩詞頻伽室語業》，收録蔣禮鴻與其夫人盛静霞所撰寫的詩詞，黃征整理。《咬文嚼字目録學與工具書》將單行兩本合爲一册，由任平整理。

由於浙江大學出版社和袁亞春總編、黃寶忠副社長對學術事業的長期關注與熱心倡導，在學術著作出版步履艱難的今天，《蔣禮鴻全集》得以順利出版，誠爲幸事，謹致以衷心的感謝。

《蔣禮鴻全集》編委會

2015 年 8 月 12 日

序　一

著名學者蔣禮鴻教授，早歲治小學訓詁，有卓見特識，與余善，三十餘載無違言。所撰《敦煌變文字義通釋》一書，鑿破混沌，爲曠代之作，五次增訂，益臻精審，余亟歎之。會蔣君囑爲評介之文，重違其請，余遂有《評〈敦煌變文字義通釋〉》及《敦煌變文詞語研究》之作，兩文皆見《中國語文》，而敦煌變文字義之學大行。君早年撰《義府續貂》，囑余先讀，不揣譾陋，爲作《讀後識語》一篇，以爲其書窮極研幾，後出轉精，大要以精義古音貫穿證發，故多所闡明。其論述通借，探索語源，尋覓俗語，多審諦，允爲治漢語詞義學與詞源學之枕中鴻秘。其他如《商君書錐指》《類篇考索》等，皆此類也。

蔣君名禮鴻，雲從其表字也。1944年，余在重慶，拙著《後讀書雜誌》與蔣君《商君書錐指》同獲教育部學術著作三等獎。由是始知蔣君之大名，以爲績學之士，其實尚未及而立之年也。1959年，上海召開修訂《辭海》會議，由南京大學洪君自明之介，始識君於錦江飯店。此後每十年修訂一次，余與雲從同任語詞分科主編，相見未嘗不歡洽也。1977年，大型辭書《漢語大詞典》十二卷本始稿，余與蔣君同任副主編之職，華東五省一市，參加編纂者一千餘人。每年在各省市輪流開會，余與雲從居必同室，爲人所羨稱。蔣君之爲人，沉默寡言，讀書終日不倦，余嘗規之以勞逸結合之義,而君未嘗措意,終以積勞致疾,未享遐年,學界重惜之。

蔣君出於鍾鍾山(泰)、夏瞿禪(承燾)門下,故學問之餘,亦雅好詩詞之道。猶記其《滬上送別士復兄》七律云:

> 驕陽炙殺此華顛,
> 得近清涼玉骨仙。
> 顧我吹簫曾白下,
> 聽君霏屑話章先。
> 鶯啼夢綠風搖柳,
> 鷺下長洲水綻蓮。
> 後會自嫌無酒戶,
> 爲余煮茗訂新篇。

1991年6月爲余賤辰,君又寄贈賀詩《爲士復兄八十祝嘏》:

> 余與士復在上海修訂《辭海》,嘗有詩,故云云也。
> 歇浦華顛炙殺時,
> 西湖煮茗愜前期。
> 吹簫白下我休矣,
> 攬勝棲霞讓子奇。
> 猶有新篇祝黃耇,
> 更無酒戶引深卮。
> 遙知黌舍筵開處,
> 共仰雄談四座馳。

　　兩詩情意懇切，不減先賢之作。然蔣君終不以詩名世。雖作詩五卷，而深藏之秘篋，蓋以學問爲先，詠吟其餘事也。

　　夫人盛靜霞，字弢青，中央大學之女才子，出於吳梅（霜厓）、汪國垣（辟疆）、汪東（旭初）、唐圭璋諸大家門下，早年即有詩名。其所作詩詞，頗能盡比興風雅之能事，誠可與沈祖棻（子苾）諸作後先輝映也。如其卷一《青姑曲》《入峽》《月華曲》《哀渝州》《巴中曲》《影中人》《天都烈士歌》諸詩，皆鴻篇巨製，直陳時事，蓋杜子美"三吏""三別"、白樂天《新樂府》、韋端己《秦婦吟》之流亞也；卷二《南鄉子·梅影》《鵲踏枝》《浣溪沙·紀夢》《浣溪沙·和祖棻》《蝶戀花》《一叢花·並蒂燈花》《菩薩蠻·紀夢和企冰》、卷三《八聲甘州·春霜》《綺羅香·杜鵑》《踏莎行》諸作，師友唱和，婉麗多姿，餘音繞梁，足稱上乘。

　　頃以蔣君高弟黃征博士來赴敝校特聘教授之任，攜雲從賢伉儷詩詞合集訪余，囑爲序以弁首。余愧不文，辭且不獲，爰述亡友生前交誼，與所見各詩詞，蓋不勝腹痛惻怛之情焉。
　　己卯歲末，九旬老人徐復序。

序二

　　素聞雲從先生治學勤恪，以訓詁校勘之學貫通四部，成就斐然，非下士所敢望。頃其門人黃征博士復以先生所著《懷任齋詩詞》五卷見示，而附以與盛夫人唱和之作。任者，先生畏友任銘善心叔也。不幸早逝，先生終生念之。盛夫人南雍才女，出汪寄庵門下，所爲詩詞於時有聲。先生以朴學博聞名世，而所撰韻語乃纏綿悱惻，宛轉多情，求之清賢，其汪容甫、洪北江之流亞歟！余既感先生篤於倫紀，又賞黃君之風義，故雖耳聾目瞀，亦不敢辭其爲序之請。謹綴數言，亦冀盛夫人及黃君之勿哂也。

　　己卯冬，閑堂老人程千帆序，時年八十有七。

自　述

面前這本小書，是我與蔣禮鴻的詩詞合集。

蔣禮鴻（1916－1995），字雲從，浙江嘉興人，畢業於之江文理學院。室名"懷任齋"，是懷念好友任銘善先生的；又名"雙甒室"，是借用古代故事，比喻夫婦同在一室讀書的；後改名"頻伽室"，"頻伽"是佛經中的兩隻妙音鳥，比喻夫婦詩詞唱和。抗戰期間，他隨鍾泰師到湖南藍田師範學院任助教，錢子厚先生介紹他和我通信。1943 年我介紹他到中央大學國文系任講師，1945年我倆結婚。這幾年兩人有大量唱和之作。

他在學術方面的主攻方向，是語言文字的校勘、考證，代表作《敦煌變文字義通釋》，國内外學術界給予了高度評價，曾兩次獲國家級一等獎。1977 年開始任《漢語大詞典》副主編。1978年 12 月，《辭海》編委會恢復，他擔任語詞部分的分科主編。他於 1978 年在杭州大學超昇爲教授，並擔任博士生導師。他的詩詞很少發表，但寫得綿密真摯，不同凡響。真摯篤誠，是他品質上最大的特色，在詩詞方面得到了充分的表達。

他於 1988 年即患肺癌，但仍堅持工作，直到 1995 年終因勞累過度發病逝世。

我生於 1917 年，字弢青，江蘇揚州人，1940 年畢業於中央大學。我自幼喜愛古典詩詞，對歷史上趙明誠、李清照夫婦"歸來堂"鬥茶的故事很嚮往，認爲得一"文章知己"作爲終身伴侶是人生最理想的志趣。我和蔣雲從從未見面到通信、戀愛，也經過一些曲折，但被雲從真情流露的詩詞所打動，最後結爲連理。兩人同在杭州大學（前稱之江大學、浙江師範學院）中文系執教三十餘年，他教古代漢語，我教古典文學（重點是唐詩宋詞）。相處五十餘年，學術切磋，詩詞唱和，只有心領神會之樂，從無齟齬勃谿之苦，這是值得我們自豪的。

《頻伽室語業》中主要收進了兩人唱和之作，也收了與師友的唱和。抗戰期間，我寫了多首揭露日寇暴行的"新樂府"；新中國成立後，主要歌頌新時代的新人新事，也批判了一些不正之風。

我在夏承燾先生的影響下，與他合編《唐宋詞選》，努力用新觀點注釋、分析、評價唐宋詞，在新中國成立後的學術界，還是開新風氣的。又和陳曉林先生合寫了有白話翻譯的《宋詞精華》，對青年讀者有啟發之功，也受到歡迎。

1999 年 9 月 4 日　盛靜霞

前有沈祖棻,後有盛静霞

"中央大學出了兩位女才子:前有沈祖棻,後有盛静霞。"這是我來到南京師範大學工作後聽到的一句最新鮮的老話。説新鮮,我在師母盛先生身邊多年,卻從未聽她説起過;説老話,六十年前即有此語。事情是這樣的,1999 年 10 月的某日,與我都在搞裝修的對門新鄰居章以昕教授,駕着摩托來我住處告訴我:他母親柳定生(原南京圖書館古籍部主任)與我導師蔣禮鴻、師母盛静霞是老朋友,他外公柳詒徵(翼謀)是我導師與師母的主婚人。那天,他念一封我師母去的信給她母親聽,信中大意説:近來身體尚可,剛編定加注的《懷任齋詩詞》和《頻伽室語業》,已由雲從的學生黄征去印書了,不過黄征現在不在杭州,調到南師大去了,……章先生説,當他念到這裏的時候,他忽然想起新鄰居名叫黄征,來自杭州,太巧了! 於是他就跑來告訴我,也就有了前面的一幕。章先生説,他母親常提起我師母,説當時流傳一句"前有沈祖棻,後有盛静霞"的話。此後不久,我迴杭辦事,見到了師母,便問當時是否流傳過這句話。師母笑着説:"這話確實有。當時汪東(旭初)老師在課堂上對着全班同學説的這兩句話。可是我哪能和沈祖棻比呀!"師母一向謙虛,所以從不拿這句話來誇耀,無怪乎我們晚輩聞所未聞了。沈祖棻是我國當代著名女詞人,我在讀大學時喜歡讀她的《涉江詞》;不過,"焉能用短鶴能長"，兩人各具特色，互有短長，風格也不一樣。沈作現已匯爲《沈祖棻詩詞集》，盛作則大底匯於此編，兩兩對比，異同頓見。我的總體印象是：沈集以詞爲主，盛集以詩爲主。沈詞寫愁最多，亦最妙，一句"有斜陽處有深愁"便獲"沈斜陽"之稱；盛詞寫夢最多，亦最有意境，如"粉蝶飛迷千里路，落花飄下一聲鐘"句，便引人無限遐想。沈詩以寫師友交情爲主，故多絕句短詩；盛詩以寫社會時事爲主，故多"新樂府"鴻篇巨製。……要之，詞人騷客之抒情言事，於體裁往往各有偏愛，故頗難遽定高下、強分優劣。何況作爲晚輩，更無議論師長之義。不過，沈集出版多年，讀者如雲，而盛集迄未刊印，知者寥寥，故二者已有之聲譽不同。相信此書的印行，將可贏得不少讀者。

　　沈、盛異同，尚有趣事：沈爲浙江人，卻長期在江蘇；盛爲江蘇人，卻長期在浙江。她們先後畢業於同一所大學，夫君都是能詩會詞的著名學者，誠可謂皆得"文章知己"。他們兩對夫婦又有互相唱和或仿作，交往的師友頗多相同，所以他們的詩詞也都是文學史、學術史的重要資料。這些情況我以前並不瞭解，因爲雲從師向來只談學問，我也只知道讀他的學術專著，根本不知道我的導師其實是性情中人，詩詞寫得那麼出色。當然，這主要是自己不留意，其實雲從師的自傳中已經提到夏瞿禪（承燾）評語："考據、詞章不妨兼治，鍥而不捨，可到陳蘭甫，凌氏《梅邊吹笛譜》不足擬也。"現在詳細拜讀《懷任齋詩詞》五卷，覺得華章瑤詞，確實非同凡響。例如《摸魚子·螢》《長亭怨慢》等詞之托物寄情，唯妙唯肖，巧思難比；《錢默存贈詩以雪爲喻》《陋室》《詠貧》等詩之借事言志，獨具性格，令人欽敬，皆是。此讀者自能辨白，不待弟子言之矣。

　　雲從師向來是只管耕耘，不管收穫，故《懷任齋詩詞》雖是手編，卻多有遺漏。例如此編第二首詞《蝶戀花·登秦望絕頂觀日出》，大約是雲從師最早發表的作品，但雲從師自編詩詞集時竟然未收，而我是在南京圖書館翻閱其他資料時偶然見到的。又如《爲士復兄八十祝嘏》詩，曾大字書寫而裝裱成卷軸，送給徐復先生，也算是一種發表，竟也漏收了，這次幸蒙徐老親筆抄示而補入。此外，還有不少"打油詩"，詩人隨寫隨丢，有的我們在先生友人保存的書信中見到了，這次未及補入（另外我也不知道補入這些詩是否符合作者本意）。還有的夫婦唱和之作，作者自己去除了不少，我未見過。所以，這本集子雖是全集性質，卻並非足本。

至於印行中難免留有錯誤，我要負主要責任，因爲我通讀通校了好幾遍，是最後的合成者。

但願此書正式出版發行以後，使詩人美名萬古流傳！

黃　征

2000 年 2 月 26 日，杭州

我與《懷任齋詩詞　頻伽室語業》的刊印

　　《懷任齋詩詞　頻伽室語業》是我 2000 年初爲業師蔣禮鴻（字雲從）、師母盛静霞（字弢青）編印的。當時雲從師已逝世，師母健在。詩詞合集雖然只供師生、親友閲讀，不過我在編印的時候一點也不含糊：登門拜訪國學大師徐復、程千帆先生，並請求爲之賜以佳序。一聽説是蔣禮鴻、盛静霞的詩詞合集，二老連聲答應，毫不遲疑。雖然當時兩位先生已經基本上不再給人寫序了。程先生在寫完該序後不久就逝世了。如今師母也已逝世，徐老也稍後逝世。

　　手捧合集，撫今追昔，不禁令人感慨萬分。雖是不厚的一本詩詞集，卻顯得如此的滄桑凝重。有鑒於此，我對這本合集重新作了訂補編輯，以紀念四位仙逝者和与他們一起唱和過的諸位師友。

　　這本詩詞合集，最早是我師母盛先生鄭重託付我出版的。當時我接到詩詞合集手稿，紙張大小不一，用圓珠筆、鋼筆不同時間寫成，最後粘接拼貼而成，逐字輸入電腦，校對比較費勁，我的學生程惠新花費很多時間與精力纔完成。那時候出版圖書有比較大的困難，學術著作可以申請國家補貼，詩詞集屬於"閒情逸致"，幾乎没有哪個政府機構會補貼出版經費。那是 1999 年，我應聘南京師範大學文學院特聘教授離開了浙江大學，但是我還經常回杭，其中編輯印刷這本詩詞集便是重要內容之一。我當時的想法是，先排版印刷成内部刊物，就是學校內的文印室膠印，裝訂成書，一方面供盛先生送師友同事，一方面我可以拿這個去聯繫出版社，看看哪一家出版社能夠正式出版。因爲内部膠印，我自己花了六千元就解決問題了，正式出版，按照當時行情大約要兩三萬元。一來那時候出版詩詞集不受重視，二來我忙於編著《敦煌俗字典》未遑顧及，所以内部印行之後好幾年都沒有聯繫到出版社出版。後來我師兄蔣冀騁教授，時任湖南師範大學副校長，出面聯繫在香港的金馬出版社正式印行。當時蔣師兄問我可以怎麽編輯，我説我提供書稿電子本，然後由他增加一個前言或後記加以説明。不過後來不知爲何，把我原來的《前言》刪除了。這是很可惜的，因爲我的《前言》内容很重要，應該全文保留。

我在完成這本詩詞合集的編輯之後，一直留意蔣先生、盛先生作品的輯佚，曾在網上廣泛徵集。功夫不負有心人，我得到了徐雷先生提供的《水龍吟》詞真跡原件，得到了郭長城先生提供的《民國三十二年九月一日始有永好之約贈答各四章》原件真跡，以及蔣遂兄提供的刊登在之江大學期刊《中國文學》《之江中國文學會集刊》的掃描圖，逐一抄録、校正各首作品，使得原先漏收的一些重要作品基本都收了進來。

這是令我最爲欣慰的事。這裏我想以與郭長城先生的因緣爲例，來説明我是如何搜羅有關資料的。

2013 年 10 月，我忽然收到了一封電子郵件，打開一看，真是喜出望外。原來是郭長城先生發來的郵件。我和郭先生此前並無任何聯繫方式，是我在互聯網上發佈徵集蔣禮鴻先生資料提供的電子信箱而得到的。郭先生來信如下：

黄教授：

您好！偶於網絡知悉先生徵集蔣先生之手稿資料，敝人忝爲敦煌學研究者，素仰姜、蔣二先生之學術成就，今將所收藏之蔣、盛訂情詩手稿掃瞄複製，電傳予先生，還乞笑納爲荷！

郭長城敬上

民國三十二年九月一日始有永好之約贈答各四章

無雙高下奇花胎，湯沐揚州明月來。慚愧堯章無後勁，可能佳句作良媒？

一花一月一暮朝，一種温馨不可消。一事傲他黄二尹，不曾無分比文簫。

茂陵辭賦舊流傳，我學長卿儘未然。看汝音風吹鬢影，不應有暇草封禪。

世事韓公劇欷愁，短檠無光棄牆頭。憑君化我心光在，直到天荒肯便休！

鴻

雙攜同下此微塵，記得龍華會裏身。曾是相親未相識，朱絲一繫倩何人？

瑶華玠瓅發靈臺，廿四番風隨意栽。采向心心最深處，不辭萬裏涉江來！

經年繾綣理歡愁，百折千磨一味柔。此際更無言語説，從教無那爲君羞！

漫向人天叩夙因，幾番款曲識悲辛。春雲蕩漾三千尺，不及君家一點真！

霞

民國三十二年九月一日始有永好之約睽違暑名四年
嘉陵寧下奇花胎陽沐揚州羽月床嬋媛竟牽望後勤可惟佳
一花一月一時溫馨不可消一事激地黄二尸不曾省
分此文藩
茂陵聾賦喜流傳我學身聊儻未照者池音風吹贊影不應首
岳軍韓另勵郭怨雛窠⋯文章歡導君北我心光光直到天
晚草衰碑
晨霄倏倏
雙摘同下心微塵記但龍華會東身覺是相親木相識束然一
蔡情何人
漾舉均曠絲靈臺廿四番風着意我來何心心最深處不辭離
里涉江來
經年錘鍊理歡悲百折千磨一味索此除更無言語說從教無
那為君者
漫向人天卯鳳回幾為秋曲識悲辛春雲篆泳三千文不及君
家一點真

　　除了信件和録文,郭先生還發來了手稿真跡,看了之後讓我真正明白前人是如何唱和的,其行款和行文應該是怎麽樣的,我們在編録校對時應該注意點什麽。

　　我在興奮之餘,當即回信表示感謝。我的回信是這樣的:

郭長城教授如晤:

　　久仰大名,未克謀面,忽接大札,更增欽仰!早年撰著《敦煌變文校注》等，曾引用論文大作，不過當時《敦煌學論著目録索引》將貴姓誤作"敦"，所以轉引亦有誤，實在抱歉，還望海涵。此事我一直留意，後來看到有更多論著資訊才知爲"郭"誤。

非常感謝先生慷慨提供業師雲從先生與師母詩作真跡照片，我將及時轉達業師哲嗣蔣遂先生。如果有機緣，我也想寫篇文章介紹介紹這個真跡。只是不知道先生與此件詩抄有何因緣？是業師抄贈，還是輾轉收藏？能描述一下前因後果最好。

我確實在網絡上發佈消息要收集業師真跡，也陸續從孔夫子舊書網收購到一點，近日得到先生因網上資訊而贈真跡照片，真是喜出望外。12月9日—11日（8日報到，12日離會）我將赴港出席第二屆"饒宗頤與華學"暨香港大學饒宗頤學術館成立十周年慶典國際學術研討會，如果先生亦在會上，定當面謝。

專此，即頌

道體清勝，六時吉祥！

黄征頓首
2013-10-19

通過這樣的廣泛收集，雖然不可能完全收盡散逸的作品，但是也確實收穫多多。

黄　征
2019年3月25日凌晨

總 目

懷任齋詩詞

蔣禮鴻　著

盛静霞　注

《懷任齋詩詞》目录

第一卷　寄居温州

第四卷 抗戰勝利，東下

第五卷　新中國成立後

第一卷　寄居温州

讀　書

讀書近浮名，
頗欲舍之去。
朝來北窗下，
夢中尋巢許。
巢許不可見，
遂亦返予居。
覺來如有礙，
觸手皆圖書。
積習不易忘，
歎息將何如？

【黃征按】此古風刊於 1935 年《之江年刊》，作者自編詩詞集
未收，當屬遺漏，故特爲補入。《之江年刊》爲之江大學刻印期
刊，發行量極小，以故作者後來亦未有存本，以至於失收。此詩
前兩韻仄聲，後三韻平聲，平仄更替，屬於古風的一種較爲常見
的押韻法。

著　書

《說難》《孤憤》篇，
立論何瑰麗！
嵬嵬秦皇帝，
恨不與同時。
群經諸子書，
文彩紛離披。
忽教委一炬，
殘編收劫餘。
好之有如此，
惡則復若斯！
始知立言者，
區區不足恃。

子雲草《太玄》，
兀兀不知疲。
當時譏覆瓿，
異代稱精微。
君看高堂上，
古器光陸離。
今日通連城，
昔年埋沙泥。
子建語驚世，
文章吾自知。
悠悠彼後人，
何從定吾辭？

【黃征按】此二首古風亦刊於 1935 年《之江年刊》，作者自編詩詞集未收，當屬遺漏，故特爲補入。詩中"麗"似讀平聲，若"麗水"之"麗"；"餘"讀如"移"，"恃"讀如"時"或"持"，與"時""披""斯"等字叶韻。作者嘉興人，以嘉興方言考之，恰好相合。此下《減字木蘭花》前兩句"春風桃李，醉眼看花隨步履"，"李""履"押韻，與此亦同。再考之《詩經》用韻，亦止攝、遇攝通叶；敦煌唐五代西北方音，同是止攝、遇攝通叶。因此作爲古風，用韻有種種變化，合乎慣例。

減字木蘭花　九溪別宴和瞿禪師

春風桃李，
醉眼看花隨步履。
月過千山，
照見先生雙頰丹。

羅衣涼雨，
燈火江干悵歸去。
如此萍蹤，
付與秋宵一縷風。

【注釋】

〔九溪〕杭州名勝。小溪甚多，號稱九溪十八澗。

〔瞿禪〕夏承燾（1900－1986），字瞿禪，溫州人。先後任之江大學、浙江大學、杭州大學等大學教授。是我國著名詞學專家。

此詞作於 1936 年，即之江文理學院（後稱之江大學）即將解散前夕。

蜨戀花　登秦望絕頂觀日出

反響空虛人彳亍，
山徑嵯峨，
前路荆榛塞。
殘月猶依天漢側，
曉星已向雲間没。

倦眼迷茫看樹杪，
一鏡金輪，
飛出遥山缺。
剪碎采霞千萬疊，
映江幻作魚龍色。

【注釋】

〔秦望〕秦望山，在錢塘江北岸之江大學舊址處。本詞原刊於 1937 年《之江年刊》之末，爲《之江十二景》之末景《秦望頂》，是雲從最早發表的詞作之一。

一叢花　二首
題《芙蕖圖》

（一）

素箋漠漠冷生香，
仿佛舊橫塘。
周郎正抱風流恨，

江南夢、五月鳴榔。
連薏連根，
何花何葉，
甚處不思量？

相看真欲斷人腸，
紅淚漫雙雙。
年時負了蘭舟約，
休重問、翠帔明璫。
蘋末風微，
愁邊天遠，
無語訴斜陽。

（二）

畫船打槳泝流光，
寂寞小銀塘。
凝情欲向荷花道，
甚今宵、月冷煙涼。
悄弄風裝，
半垂紅臉，
脈脈惹思量。

盤心清淚爲誰償，
膡有感茫茫。
西風不共羅衣薄，
怕消殘、怨粉愁香。
冒恨千絲，
淩波一夢，

分付與鴛鴦。

【黃征按】這是兩首《一叢花》詞，原刊於之江大學《中國文學》的《詞錄》篇，同題《題〈芙蕖圖〉》而未標序號。這是之江大學的學生期刊，同時刊登的有作爲教師的夏承燾先生詞作。這兩首詞寫得非常好，但是作者自己編集的詩詞集卻未收入。推測原因，是這個《中國文學》期刊作者未能妥善保存，以至於後來丟失，造成刊登在上面的作品被遺漏。與此同期刊登的還有《鷓鴣天》詞，作者自己編集的詩詞集有收錄，但是文句出入較多。作者應該只是遺漏，而非捨棄。

好事近　丁丑十二月八日

夜夢與心叔同榻，詠秋柳，得"月明風影映窗紗，是可憐秋色"，覺後成此解。

飛盡了吳綿，
蕩子征衣寒徹。
況是水村驛舍，
正霜風蕭瑟！

月明疏影漾窗紗，
一片可憐色。
最憶紵衫如雪，
唱《陽關》前日。

【注釋】

〔丁丑〕1937 年。是年日寇侵入浙江，之江大學被迫解散。雲從輾轉至溫州夏先生家，約寄居半年多，以下丁丑等詞，均作於此時。

〔心叔〕任銘善(1913－1967)，字心叔，江蘇如東人。畢業於之江文理學院，曾任之江大學、杭州大學教授。博學多才，在古典詩詞、書法、篆刻、繪畫等各方面均有造詣。其居室號"無受室""塵海樓"，在龍泉與夏承燾先生等同住處，號"風雨龍吟樓"。

〔紵衫如雪〕紵，南方所産麻質的布。孫光憲《謁金門》詞："留不得，留得也應無益。白紵春衫如雪色，揚州初去日。"

〔陽關〕古地名，在今甘肅敦煌附近，爲古通西域要道。唐王維詩："勸君更盡一杯酒，西出陽關無故人。"《陽關曲》遂爲送别之歌。

水龍吟　丁丑永嘉除夕

江梅著意催春，
飄零一半春猶未。
翠禽羽倦，
春人眉淺，
共驚憔悴。
换歲霞觴，
照愁蘭炬，
費人清涕。
謝先生勸酌，
狂吟無築，
酒未到，
熱雙耳。
長記水鄉寄旅，

蕩春波、畫簾風起。

迷離一夢，

而今怕見，

雕欄玉砌。

寂寞裁箋，

淒其說劍，

華年如此！

向街燈歷亂，

驀迴頭處，

更何人是？

【注釋】

〔永嘉〕古郡名。即今溫州市。

〔築〕古擊絃樂器。戰國時太子丹送荆軻赴秦刺秦王，臨別時，高漸離擊築，衆歌曰："風蕭蕭兮易水寒，壯士一去兮不復還！"（見《史記‧刺客列傳》）

〔雕欄玉砌〕李煜《虞美人》詞："雕欄玉砌應猶在，只是朱顏改。問君能有幾多愁？恰似一江春水向東流。"

〔說劍〕《莊子‧說劍》莊子見趙文王曰："有天子之劍、諸侯之劍、庶人之劍……"諷喻趙文王以德治天下，不要只養一些好勇鬥狠的劍客。清龔自珍《湘月》詞："怨去吹簫，狂來說劍。"

〔驀迴首兩句〕辛棄疾《青玉案‧元夕觀燈》詞結尾："衆裏尋他千百度，驀然迴首，那人卻在、燈火闌珊處！"

浪淘沙　用周文璞明日新年詞韻

誰乞買山錢，
容我歸眠。
垂頭鶴與噤聲蟬，
> 遠君先生贈詩：
> "雲從長似垂頭鶴，
> 不向人前一飽鳴。"

自笑此身從擺弄，
風引虛船。

流落楚江邊，
窮達皆緣。
今朝聊復一欣然。
借著夾衣冰雪裏，
捱到明年！

【注釋】

〔周文璞明日新年詞〕北宋周文璞，詩詞奇特，人以方李賀。其《題酒家壁》詞云："還了酒家錢，便好安眠。大槐官裏著貂蟬。行到江南知是夢，雪壓漁船。　盤薄古梅邊，也是前緣。鵝黃雪白又醒然。一事最奇君記取，明日新年！"（見《詞苑叢談·品藻一》）

〔垂頭鶴句〕《世說新語·言語》："支公（支遁）好鶴，住剡岇山。有人遺其雙鶴，少時翅長欲飛，支意惜之，乃鎩其翮。鶴軒翥不復能飛，乃返顧翅垂頭，視之如有懊喪意。林（遁字道林）曰：'既有淩霄之姿，何肯爲人作耳目近玩！'養令翮成，置使飛去。"

〔遠君〕即吳鷺山，字天五，夏承燾先生的好友。其《停雲錄》云："日寇陷浙時，蔣（雲從）自杭州輾轉來永嘉依謝鄰草堂（夏承燾先生住所附近有'謝池'，乃以'謝鄰'爲號），幾半載。予嘗贈詩，有'雲從長似垂頭鶴，不向人前一飽鳴。帶甲千山將母夢，江湖萬里逐人行'之句。雲從沉默寡言，有老母在嘉興，阻兵不得消息，故云爾。"

雲從編詩時，吳天五已被遣迴鄉，後往東北師院任教。雲從諱言之，乃稱"遠君"，蓋惜其遠去也。

〔虛船〕《莊子·山木》："方舟而濟於河，有虛船來觸舟，雖有褊心之人不怒。"蘇軾《志林》："參寥子獨好面折人，然人知其無心，如虛舟之觸物，蓋未嘗有怒之者。"

好事近　次心叔韻

下了水晶簾，
簾外濕雲堆碧。
微有雨聲到枕，
伴山中朝夕。

世塵走盡卻歸來，
鷗鷺不相識。
甚日丹砂乞與，
返鏡中顏色。

【注釋】

〔鷗鷺不相識〕見《列子·黃帝》，海上有好鷗者，每日從鷗鳥遊，鷗鳥至者以百數。其父云："吾聞鷗鳥皆從汝遊，汝取來吾玩之。"次日至海上，鷗鳥舞而不下。故事説明無機心者，異類也會和他親近。

定風波　次彊村韻

山黛冥冥叫去禽，
亂煙愁入倚樓心。
湖海情懷誰畔放？
悵悵！
詞成那寄舊朋簪。

見説桂漿能止憶，
何益？
迢迢北斗不堪斟。
欲訊芳蹤何處托？
難説，
蠻風蜑雨舞紅深。

【注釋】

〔彊村〕朱孝臧(1857－1931)，字古微，又號彊村。浙江湖州人。清末進士，詞風近吳文英。

〔朋簪〕朋友。

〔北斗不堪斟〕南宋張孝祥《念奴嬌·過洞庭》詞：“盡吸西江，細斟北斗，萬象爲賓客。”《楚辭·東君命》：“援北斗兮酌桂漿。”斗，酒器。桂漿，桂花酒。北斗是天上的七顆星，排列成斗狀。

〔蠻風蜑雨〕荒蠻地區的風雨。蘇軾《十一月二十六日松風亭下梅花盛開》詩：“豈知流落復相見，蠻風蜑雨愁黃昏。”

玉樓春　冰綃半幅

冰綃半幅梨花雨，
擘鈿分釵儂自許。
重簾十二莫輕搴，
簾外年時攜手處。

夜深箏雁喁喁語，
郎意肯隨流水去？
羅襦一寸鬱金香，
只恐香濃情轉苦！

【注釋】

〔擘鈿分釵〕楊貴妃死後，唐玄宗托道士去尋找她的魂魄。白居易《長恨歌》：「惟將舊物表深情，鈿合金釵寄將去。釵留一股合一扇，釵擘黃金合分鈿。但教心似金鈿堅，天上人間會相見。」金釵、鈿盒，傳說是道士帶回的信物。

〔年時〕當年。

〔羅襦句〕「鬱金香」本是花名，此處用來雙關，説一寸羅衣上鬱結了濃香，香越濃，別後相思之情越苦。花香雙關衣上之香。龔自珍《己亥雜詩》：「漠漠鬱金香在臂，亭亭古玉佩當腰。」

又　西樓日日

西樓日日飄紅滿，
一寸斜陽如夢短。
屏山無路到如今，

争忍眼波随路断。

娉婷自昔量珠换，
谁分秋风悲畫扇。
生憎銀漢似紅牆，
織女黄姑當户見。

【注释】

〔量珠〕晉石崇以一斛珍珠换得美女緑珠。後依附於趙王倫的孫秀倚仗權勢，索取緑珠，石崇拒絶，因而被捕，緑珠墜樓而死。

〔秋風悲畫扇〕漢班婕妤《怨歌行》："新裂齊紈素，鮮潔如霜雪。裁爲合歡扇，團團似明月。出入君懷袖，動摇微風發。常恐秋節至，涼飆奪炎熱。棄捐篋笥中，恩情中道絶。"

〔生憎句〕生憎，最恨。銀漢似紅牆，倒裝句，即紅牆似銀漢，意思説隔着一層牆，卻似隔着銀河那樣遥遠。李商隱《代應》詩："本來銀漢是紅牆，隔得盧家白玉堂。"

〔織女句〕織女星、牛郎星，抬頭就可看見，而相思之人，卻不能見面。黄姑，一作河鼓，即牛郎星。《荆楚歲時紀》："河鼓、黄姑，牽牛也，皆語轉。"

又　織紋錦費

織紋錦費絲千轉，
若比相思絲較短。
安排檀淚付春鴻，
好是飛迴春未晚。

困人天氣晴陰半，
聽得捲簾人語軟。
卻憐鶯舌最丁寧，
知在儂家還別院？

【注釋】

〔織錦〕前秦竇滔妻蘇蕙用錦織成迴環可讀的詩，寄給滔，滔感悟迴鄉。

〔捲簾人〕即丫環。李清照《如夢令》詞：“試問捲簾人，卻道海棠依舊。”

〔憐〕可惜。

〔丁寧〕叮嚀，千叮萬囑。

<h2 style="text-align:center">又　　憑高易到</h2>

憑高易到銷凝處，
柳外淒鵑聲不住。
汀洲芳草喚愁生，
帝子不來煙滿路。

斜暉送了黃昏苦，
待月十三還十五。
不如羅帳耐燈昏，
夢蝶許從花裏舞。

【注釋】

〔帝子〕《楚辭·湘夫人》：“帝子降兮北渚。”指堯女，即湘夫人。

以上四首《玉樓春》，是雲從借寫相思之情，表達了對幸福的企望,並非實指。

賣花聲　　寂寞畫堂

寂寞畫堂東,
雲日蒙籠。
遊絲不繫可憐紅。
絮已爲萍吹不起,
多謝東風!

別恨隱眉峰,
密語誰同?
闌干十二記初逢。
手撚殘枝無一語,
往事匆匆。

【注釋】

〔絮已爲萍兩句〕語出趙德麟《侯鯖録》:東坡在徐州,參寥往訪,坡席上令一妓戲求詩,參寥口占一絶,有句云:"禪心已作沾泥絮,不逐東風上下狂。"沾泥絮,比喻寂然不動心。蘇軾《水龍吟·次韻章質夫楊花詞》"一池萍碎"龍沐勳箋注:"公舊注云:'楊花落水爲浮萍,驗之信然。'"此説雖不合科學,但已成爲習慣説法。

浣溪沙　　涼月闌干

涼月闌干幾度秋,
忍捐蘭佩便歸休。
有人勸我罷登樓。

望裏青山千疊恨，

吹殘鳳管一生愁。

眉頭才下又心頭。

【注釋】

〔忍捐蘭佩〕《離騷》：“紉秋蘭以爲佩。”捐，捐棄。

〔眉頭句〕李清照《一剪梅》：“才下眉頭，又上心頭！”

鷓鴣天　　連海玄雲

連海玄雲苦未休，

深杯弓影只成愁。

狂來曲踴長三百，

夢裏飛翔又九丘。

搔短鬢，

上層樓，

幾番費涕與神州。

書生好撰《浯溪頌》，

爭共騷人怨九秋！

【注釋】

〔連海玄雲〕比喻到處是戰爭。玄雲，黑雲，指戰爭。李賀詩：“黑雲壓城城欲摧。”

〔曲踴三百〕《左傳·僖二十八年》：“魏犨傷於胸。公（晉侯）欲殺之，而愛其材。使問，……魏犨束胸見使者，距躍三百，曲踴三百。”即多次往前跳，往上跳，以示勇猛。此處形容狂態。

〔九丘〕即九州。

〔費涕與神州〕爲整個中國大地而流淚。

〔書生兩句〕是説書生只好寫寫《浯溪頌》，哪能和屈原一樣悲怨秋天呢？浯溪在湖南祁陽縣，唐元結在溪畔居住，撰《大唐中興頌》歌頌平定安史之亂的功績。由顏真卿書寫，刻在浯溪石崖上。北宋詩人張耒（字文潛）撰《讀〈中興頌〉》，李清照撰《浯溪中興頌詩和張文潛》，兩詩都是借古諷今，告誡統治集團要吸取歷史教訓。宋玉《九辯》："悲哉！秋之爲氣也！"悲秋，實際是對當時國事的憂慮。

〔九秋〕即秋季，共九十天。

又　仿佛瑤臺

仿佛瑤臺青羽來，
萬紅迴互繡蒼苔。
試移弦柱琴心近，
看舞霓裳寶扇開。

千步障，
九重階，
鵁媒鳩使費安排。
誰能自適貽瓊玖，
不恨差池百願乖！

【注釋】

〔仿佛句〕《山海經・大荒西經》："西有王母之山……有三青鳥。"郭璞注："皆西王母所使也。"

〔瑤臺〕《穆天子傳》："天子觴西王母於瑤池之上。"李白《清平調》："若非群玉山頭見，定是瑤臺月下逢。"瑤池、瑤臺都是想象中神仙居處。

〔琴心〕《史記・司馬相如列傳》："是時，卓王孫有女文君新寡，好音，故相如繆與令相重，而以琴心挑之。……相如乃使人重賜文君使者通殷勤。文君夜亡奔相如。"繆,僞裝。《史記集解》:"郭璞曰:'以琴中音挑動之。'"《史記索隱》:張揖云:"其詩曰:'鳳兮鳳兮歸故鄉,遨遊四海求其皇,有一豔女在此堂,室邇人遐毒我腸,何由交接爲鴛鴦。'"毒,恨、痛苦。

〔寶扇開〕燦爛的羽扇移開了,即圍著舞女的羽扇移開了。

〔步障〕用以遮蔽灰塵或視線的障幕。晉王愷作紫絲布步障四十里,石崇作錦步障五十里以壓倒王愷。

〔九重階〕《楚辭・九辯》"君之門以九重",九重,極言其高。

〔鴆媒鳩使〕《離騷》:"吾令鴆爲媒兮,鴆告余以不好;雄鳩之鳴逝兮,余猶惡其佻巧。"

〔自適〕《離騷》:"心猶予而狐疑兮,欲自適而不可。"適,王逸注:"往也。"

〔貽瓊玖〕《詩・衛風・木瓜》:"投我以木李,報之以瓊、玖。"瓊、玖,都是美玉。

此二詞,第一首抒寫書生對國事的憂憤,是明寫;第二首模仿《離騷》,看到神仙下降,想接近,阻礙重重,暗喻追求光明幸福而不可得。

莫　聽　莫聽韓娥

莫聽韓娥一闋歌,
青山難搵淚如波。
神山也有飄浮日,
奈此沉沉大塊何?

【注釋】

〔韓娥〕古代傳說中的善歌者。據《列子・天問》記載,韓娥曾在齊雍門賣唱,唱後,餘音繞梁,三日不絕。

〔青衫難搵〕白居易《琵琶行》:"座中泣下誰最多？江州司馬青衫濕。"青衫,唐八、九品文官的官服。白居易位爲司馬,實職是九品將仕郎,故著青衫。

〔神山句〕《史記·封禪書》:"自威、宣、燕昭使人入海求蓬萊、方丈、瀛洲。此三神山者,其傳在渤海中……未至,望之如雲;及到,三神山反居水下。臨之,風輒引去,終莫能到。"

〔大塊〕大地。

此詩是對大量土地淪陷敵手的憤慨。傳説中的海上神山飄浮不定,不知淪陷的大地將來如何？

暗　香　卧虹雪色

奉和瞿禪師茶山探梅用白石韻。

卧虹雪色,
過段橋,
記聽裏湖淒笛。
舊約年時,
冰蕊垂枝正堪摘。
俊侶旗亭延佇,
肯輕負、分香詞筆？
怎料得、流轉扁舟,
海月冷蒲席。

南國,
怨寂寂。
想蜕羽零脂,
夜半沉積。

玉壺貯泣，

一斛量珠寄相憶。

生怕胎禽過處，

喚不醒、孤山僵碧。

只夢裏、清影好，

倩誰畫得？

【注釋】

〔茶山〕在溫州郊區，多植梅樹。

〔白石〕姜夔（約 1155－1209），字堯章，號白石道人，鄱陽（在今江西省）人。精音樂，詞集中有十七首詞旁注工尺譜字，是研究詞樂的重要材料。

〔裏湖〕即西湖東北部，有放鶴亭，即林逋養鶴處。

〔旗亭〕酒樓。

〔一斛量珠〕見 23 頁〔量珠〕注。

〔蛻羽零脂〕指落梅。

〔胎禽〕即么鳳。蘇軾《西江月》詞"倒掛綠毛么鳳"朱彊村注："《古今詞話》'么鳳，惠州梅花上珍禽，名倒掛子，似綠毛鳳而小。'"

〔孤山〕在西湖上。爲宋詩人林逋（和靖）隱居處。逋養鶴、種梅，未娶妻。人稱梅妻鶴子。《夏承燾詞集》載 1938 年作《暗香》，序："丁丑臘月，與徐董侯、吳鷺山、方介堪、戴幼和、蔣雲從諸子探梅茶山，誦白石'千樹壓、西湖寒碧，又片片、吹盡也。幾時見得'之句，黯然成詠。何日重到杭州，當補填《疏影》也。"《暗香》《疏影》都是姜白石的自度腔，都是寫梅花暗喻國破之痛。夏詞與此詞皆以憶西湖梅花，表達對淪陷中的杭州的深切懷念。

【黃征按】這一首《暗香》詞，原刊於《之江中國文學會集刊》

第五期,文字略有出入,今抄录於後:

暗　香　奉和瞿禪師茶山探梅用白石韻

　　臥虹雪色,過段橋,記聽裏湖淒笛。舊約年時,冰蕊花枝正堪摘。俊侶旗亭延佇,肯輕負、分香詞筆?怎料得流轉扁舟,海月冷滿席。

　　南國,怨寂寂。想蛻羽零脂,夜半沉積。玉壺貯泣,一斛量珠寄相憶。生怕胎禽過處,喚不醒、孤山僵碧。只夢裏清影好,待誰畫得?

流　落　莫將流落

莫將流落怨扁舟,
借與孤吟尚有樓。
四壁蟲聲能和我,
滿階涼雨已延秋。
安心法但從蟬覓,
徹骨貧非助客愁。
何日鴛湖消劫火,
略容歸去聽菱謳。

【注釋】

〔延秋〕邀請秋天到來。

〔安心法〕蘇軾《定風波》序:"王定國歌兒曰'柔奴',……定國南遷歸,余問柔奴:'廣南風土,應是不好?'柔對曰:'此心安處,便是吾鄉。'"

〔蟬〕書蠹蟲。

〔鴛湖〕嘉興有鴛鴦湖，即南湖。

〔菱謳〕南湖產菱，只有兩角，甚鮮美。謳，歌唱。

從"借與孤吟尚有樓"句看，此詩當作於寄居溫州時。

水調歌頭　和清如韻

鴻鵠試高舉，

塵隙俯玄穹。

河山經幾醉醒？

閶闔自天風。

問訊東方曼倩，

記得昆明一劫，

蠻觸孰雌雄？

流潦忽滄海，

銜石竟何功？

撫孤枕，

驚短夢，

壯懷空。

雷硠欲到，

澗底千尺殞長松。

良宴彈箏客笑，

歧路膠車客歎，

含意識俱同。

得志不須道，

寧止一人容！

【注释】

〔清如〕宋清如(1911－1997)，江蘇常熟人。朱生豪夫人，朱、宋均畢業於之江文理學院。朱抗戰期間帶病在上海譯《莎士比亞全集》，未完成，嘔血而死。宋繼續譯完。1987年秋，宋將朱手稿獻給政府。

〔鴻鵠〕大鳥。《史記·陳涉世家》："陳涉歎息曰：'燕雀安知鴻鵠之志哉？'"

〔閶闔〕天門。《離騷》："倚閶闔而望予。"

〔問訊句〕東方朔，西漢文學家，字曼倩，滑稽多智，關於他的傳説很多。《漢武内傳》記載，西王母下凡與漢武帝相會，"東方朔與董仲舒在側"。又託名東方朔所撰《十洲記》"臣朔所見不博，未能宣通西王母及上元夫人聖旨"。

〔昆明一劫〕《高僧傳·竺法蘭》："昔漢武穿昆明池底，得黑灰，以問東方朔。朔云：'不知，可問西域胡人。'後法蘭既至，衆人問之。蘭曰：'世界將盡，劫火洞燒，此灰是也。'"後指兵火後的殘跡。

〔蠻觸〕《莊子·則陽》："有國於蝸之左角者曰觸氏；有國於蝸之右角者曰蠻氏。時相與爭地而戰，伏屍數萬，逐北，旬有五日而後反。"

〔衝石〕神話傳説：炎帝少女，因溺死於東海，化爲鳥。名精衛，常衝西山之木石以填東海。（見《山海經·北山經》）

〔雷硠〕《吳都賦》："菈撒雷硠，崩巒馳岑。"硠，磕石聲。

〔殕〕倒斃。

〔良宴三句〕《古詩十九首》："今日良宴會，歡樂難具陳。彈箏奮逸響，新聲妙入神。令德唱高言，識曲聽其真。齊心同所願，含意俱未申。人生寄一世，奄忽若飆塵。何不策高足，先據要路津。無爲守貧賤，坎坷長苦辛！"《淮南子·説林訓》："楊子

（楊朱）見逹路而哭，爲其可以南，可以北。"逹路，即歧路，容易迷失方向。阮籍《詠懷》詩："楊朱泣歧路，墨子悲染絲。"《易林》："膠車乃駕，兩引如繩。"

〔寧止句〕李白《蜀道難》詩："一夫當關，萬夫莫開。"形容棧道狹隘，僅能容一人通過。

據宋清如回憶，1938 或 1939 年，她一人赴成都避日寇，曾寫過《水調歌頭》，朱生豪、任銘善、彭重熙、蔣禮鴻均有和詞。原詞已遺失。現將任銘善和詞附錄於後：

附　水調歌頭　和清如

任銘善

此恨幾時已，
一欸問蒼穹。
蒼穹冥冥無語，
萬籟静噓風。
我有君門鐵鋏，
欲和五湖擊楫，
煙水識豪雄。
簫劍平生意，
磨洗十年功。

對明月，
攜尊酒，
酹長空。
鴟夷事業誰羨，
嘯傲引孤松。

送得春光過了，
待得秋光來到，
終古此情同。
細雨燈花落，
淚眼若爲容！

【注釋】

〔萬籟噓風〕《莊子·齊物論》："夫大塊噫氣，其名爲風。是唯無作，作則萬竅怒號。"萬籟，即天、地、人因風之吹噓發出的種種聲音。

〔君門鐵鋏〕《國策·齊策四》：馮諼爲孟嘗君客，"左右以君賤之也，食以草具。居有頃，倚柱彈其劍，歌曰：'長鋏歸來乎，出無車！'……後有頃，復彈其劍鋏，歌曰：'長鋏歸來乎，無以爲家！'"後以"彈鋏"比喻有求於人。

〔五湖〕見 94 頁〔范大夫〕注。

〔簫、劍〕吹簫，見 101 頁注；説劍，見 18 頁注。

〔鴟夷事業〕見 94 頁〔范大夫〕注。

〔淚眼若爲容〕司馬遷《報任安書》："士爲知己者用，女爲悦己者容。""爲容"，即修飾之意。唐杜荀鶴《春宫怨》："承恩不在貌，教妾若爲容？"

長相思　上高樓

上高樓，
上高樓，
若問君家甚上樓，
要看天盡頭！

天盡頭，
天盡頭，
說道天還有盡頭，
相思無盡頭！

第二卷　藍　田

書鍾山師湄塘紀遊詩後　五首

一室不肯掃，
復懶適百里。
沉冥與奔競，
自笑兩非是。
亦有衣食招，
迢遥此來止。
故鄉好山水，
足傲此邦士。
奈何迫行李，
望我若倒屣。
窮日過山陰，
僦車有餘悸。
蘭亭與東湖，
追尋但夢裏。
離家多深憂，
無詩以此委。初到湘，師問：“有詩否？”對曰：“無。”
告我勿戚戚，

師言具深意：
"煙霞亦愈憂，
毋徒被書使。
不見太史公，
何以養奇氣？
褰裳向湄塘，
從予自此始！"

【注釋】

〔鍾山師〕鍾泰（1888－1979），字訒齋，號鍾山，南京人。早年東渡日本，畢業於日本東京大學。返國後，曾任之江文理學院等校教授。其主要著作有《中國哲學史》《莊子發微》等。

〔湄塘〕地名。當在藍田師院附近。

〔僨車〕車子翻倒。

〔山陰〕即今紹興市。

〔蘭亭、東湖〕均在紹興。蘭亭系晉王羲之、謝安等人聚會之所，王有《蘭亭宴集序》。東湖在紹興市東郊，為風景勝地。

〔不見太史公兩句〕《史記・太史公自序》："（遷）二十而南游江、淮，上會稽，探禹穴，闚九疑，浮於沅、湘；北涉汶、泗，講業齊、魯之都，觀孔子之遺風，鄉射鄒、嶧，厄困鄱、薛、彭城，過梁、楚以歸。"說明司馬遷曾周遊全國，也是"養奇氣"的過程。

自吾具聞根，
頗畏聽弦商。
塞海一宵宿，
撼牀何湯湯！
似泣復疑訴，
欲抑而更揚。

此時遊子心，

那不思故鄉？

思鄉亦何益，

歸路良已長。

詰旦出戶視，

百流爭浪浪。

百流解赴壑，

遊子獨迴皇！

【注釋】

〔聞根〕即聽覺。佛家以耳、目、口、鼻、心、意爲“六根”。

〔湯湯〕大水急流貌。

〔詰旦〕天明。

〔浪浪〕水流不止貌。

昔讀湘人文，

地名率以“沖”。

山谷與平原，

形製斯不同。

竭來山蔽雲，

一徑迤其中。

娥娥如静女，

微雨澄山容。

雜樹巧羅列，

霧鬢學惺忪。

云亦以“沖”名，

七里相貫通。

沖泥得夷途，

顧語樂亦融。

行行憩前亭，

佳哉此清風！<small>七里長沖，有清風亭。</small>

儻邀羲、獻顧，

山陰或比蹤。

好事今有誰，

能與發其豐？

言念士不遇，

感歎彌我胸。

【注釋】

〔沖〕指山間平地。湖南省多以沖爲地名。如韶山沖、七里長沖。

〔羲、獻〕晉王羲之、獻之父子，都是名士。山陰，見前一首注。

〔豐〕《說文》："大屋也。"《易》："彖詞曰：豐，大也。"

造化詎吝奇，

俗人自不到。

俗人假能至，

豈復以奇號。

幽幽在山泉，

出山成濁潦；

森森石鐘乳，

在穴方見好。

習坎能陷人，

此意有商討：

或放利祿場，

五鼎自烹炮；

或溺聲色叢，

冶容爲賊盜；

或徇千載名，

甯學鮑焦槁。

非險斯至險，

戒之在輕蹈。

至如爲學者，

歷險乃至道！

幽微不能窮，

自畫亦可悼！

嗟予苦弱植，

伏術恨不早。

攀穴卻後人，

將恐諸君笑。

告言有老母，

勿用吾矛倒。

【注釋】

〔幽幽兩句〕杜甫《佳人》詩：“在山泉水清，出山泉水濁。”

〔習坎〕坎，八卦之一。卦形☵，象徵水。《易·坎》：“象曰：水洊至，習坎。”王弼注：“不以坎爲隔絕，習乎坎也。”習，熟習。

〔五鼎〕鼎，原是古代祭祀時的食器，後用作食器之稱。五鼎，指奢侈的食品。

〔冶容〕妖豔的容貌、裝飾。《易·繫辭上》“冶容誨淫”，指妖豔的容色引誘淫蕩。

〔徇名〕徇，同殉。指捨身以求名。《莊子·盜蹠》：“小人殉財，烈士殉名。”《史記·伯夷列傳》引賈誼語：“貪夫殉財，烈士殉名。"

〔鮑焦〕周隱士。飾行非世，廉潔自守，不臣天子。子貢譏之，因抱木枯槁而死。見《莊子・盜跖》及《韓詩外傳》。

〔弱植〕根底薄弱。

〔伏術〕伏膺學術。

〔勿用句〕不要用我的矛來刺我的盾，我將無言以對。典出《韓非子・難一》。倒，倒轉、反攻。

吾師偶小極，
吾遊誰適從？
屋樑任打頭，
未覺不可容。
師言："爾是過，
幽獨者終窮。
文武所不能，
長不弛爾弓。
少年當發皇，
何事學敬通？"
語多不可記，
往復感我衷。
匪我好幽獨，
無乃性所鍾？
示我紀遊篇，
瑕疵索我攻。
我焉贊一辭？
但讀心忡忡。
續貂聊補隙，

銘過或有功。

【注釋】

〔小極〕小病。

〔發皇〕豁達、開朗。

〔敬通〕漢馮衍，字敬通。幼有奇才，博通群書。終身不得志。居常慷慨歎曰："貧而不哀，賤而不恨，年雖疲曳，庶幾名賢之風。"（哀，本傳作衰，現據點石齋本改）

這是雲從在藍田隨鍾先生游湄塘後所寫的組詩。詩中細緻地描繪了鍾先生如何借遊山玩水之機，不斷啟發雲從做學問、做人的道理，由此可見鍾先生的高風亮節和雲從的忠實追隨，以及師生親密無間的情誼。鍾先生是對雲從影響最大的師長。

定風波

夜命熊梯雲買熟果，拉與共剝，簡塵海樓。

負了花前金叵羅，

故人迴首渺關河。

何必清流堪我與？

村語，

便無倫次不嗔他。

著意疏狂成一笑，

潦倒，

呼牛呼馬管人那！

自作傖歌真草草，

須報，

發緘噴飯定如何？

【注釋】

〔熊梯雲〕師院金盆園宿舍樓工友。

〔塵海樓〕任銘善自題住所名。

〔金叵羅〕金杯。叵羅爲敞口的淺杯。

〔村語〕土話。

〔呼牛呼馬〕《莊子・天道》："老子曰：'昔者子呼我牛也，而謂之牛；呼我馬也，而謂之馬。"叫我什麼，我就是什麼。比喻毁譽隨人，不計較。

與中匡尋梅山中不遇

敧危踏盡卻空迴，
疏萼寒要未肯開。
此手要須披莽棘，
不須專爲折花來。

【注釋】

〔中匡〕吳中匡（1916－2002），上海人。與雲從在藍田同事，交往甚歡。後任哈爾濱師範大學教授。雲從詩中常稱其爲"吳郎"，在藍田時，中匡與雲從均爲少年。

〔披莽棘〕披荆斬棘，莽棘指邪惡。

此詩末兩句極寫兩位少年的豪情壯志。

山中移梅

山東李白委蒿蓬，
長句何人起杜公。
世事難從亂後説，

野梅冷發萼中紅。

荒山繭足誇能折，

小草題詩愧未工。

安得昊天乞晴日，

繁花暫爛旭光中！

【注釋】

〔山東李白〕杜甫《薛端、薛復筵簡薛華歌》：“近來海内爲長句，汝與山東李白好。”朱珪注：“太白父爲任城令，因家焉。生平客齊、兗間最久，故時人以‘山東李白’稱之。”任城、齊、兗均屬古代山東區域。

〔杜公〕杜甫。

〔繭足〕裹足，走不了幾步。

以《白雨齋詞話》贈中匡題此

拓宇分明自六詩，

屈騷宋賦説餘支。

吴郎自有靈珠在，

不羨金朝樂府辭。

【注釋】

〔白雨齋詞話〕清陳廷焯撰。

〔拓宇〕開拓境界。

〔六詩〕《詩經》學術語。即：風、雅、頌、賦、比、興。前三者指内容，後三者指表現手法。

〔屈騷〕屈原作《離騷》。

〔宋賦〕宋玉作《高唐》等賦。

〔靈珠〕比喻非凡的才能。曹植《與楊德祖書》：“人人自謂握靈蛇之珠，家家自謂抱荊山之玉。"傳説隋侯見大蛇負傷，用藥將它治好，後蛇銜大珠以報之。

〔金朝樂府辭〕金元遺山編三十六家金人詞爲《中州樂府》。《白雨齋詞話》在吳彥高《人月圓》詞後注曰："《中州樂府》云：'彥高賦此，時宇文叔通亦賦《念奴嬌》，先成，而頗近鄙俚，及見彥高作，茫然自失。是後人有求作樂府者，叔通即批云：吳郎近以樂府名天下，可往求之。'"

雲從以《白雨齋詞話》贈中匡。《詞話》稱吳彥高爲"吳郎"，吳是金人寫樂府的第一高手（見《中州樂府》序），雲從也稱中匡爲"吳郎"，意爲當今吳郎天賦甚高，更不用羨慕金朝吳郎的樂府了。

進退格依楊誠齋韻

> 吳郎錢子二徐翁，
> 爐焰青來不論功。
> 夷敵百城無剩壁，
> 殺人一寸有奇鋒。
> 高談孰與龐公略，
> 匡坐真慚原憲窮？
> 猶有春秋董狐手，
> 會須詩境記提封！

【注釋】

〔進退格〕律詩的某種格式。即採用兩個相近的韻部押韻，隔句遞換用韻，一進一退，亦稱進退韻。

〔楊誠齋〕即楊萬里，南宋詩人。有《誠齋集》《詩話》等。光宗曾爲題“誠齋”二字，人稱“誠齋先生”。

〔錢子〕見50頁〔錢鍾書〕注。

〔二徐翁〕徐承謨，字燕謀，師院外文系教授；徐仁甫，師院國文系講師。

〔爐焰青〕即爐火純青，指工夫深。

〔夷敵二句〕使敵人全軍覆没，一個壁壘都不剩；只有一寸長的筆鋒，也會殺人。韓愈《月蝕詩效玉川子（盧仝）》：“臣有一寸刃，可刳凶蟆腸。無梯可上天，天階無由有臣蹤，寄箋東南風，天門西北祈風通。”韓愈請東南風把他寫的詩吹送上天，希望天帝看了此詩，將“凶蟆”殺掉，救出月亮。把自己寫詩的筆比作“一寸刃”。此詩“殺人”云云，當從韓詩化出。

〔龐公〕《高士傳》：“龐公者，南郡襄陽人也。居峴山之南，未嘗入城府。……刺史劉表延請，不能屈。乃往就候之。……表歎息而去。後遂攜妻子登鹿門山，采藥不反。”略，脱略，灑脱。

〔原憲〕孔子學生，孔子死後，隱居於衛。環堵之室，上漏下濕，匡坐而彈琴。匡，正。

〔董狐〕春秋時晉國史官。晉卿趙盾因避靈公殺害而出走，其族人趙穿殺靈公。他認爲責在趙盾，在史書上寫：“趙盾弑其君。”舊時譽爲“良史”。

〔提封〕指國内、四境之内。

此詩系記與幾位同事高談闊論，自抒懷抱。認爲對時局應當口誅筆伐，要學春秋時董狐直筆，毫不隱瞞地揭露一切。

再用韻答燕謀

姑妄言之薄此翁，

鑒湖未必具全功。
誰能斂穎歸囊括，
要與當硎試及鋒！
充實只應言有物，
高明亦解我無窮。
勸君莫負昌黎手，
好抉雲章矚九封。

【注釋】

〔燕謀〕即徐承謨。

〔鑒湖〕在浙江紹興。係陸遊故鄉，晚年隱居處。

〔斂穎句〕毛遂向平原君自我推薦，平原君說：我聽說賢人處世，好像錐在囊中，它的錐尖，立即露出。怎麼我從來沒聽見說起過你呢？毛遂說："臣乃今日請處囊中耳，使遂早處囊中，乃穎脫(尖端跳出)而出，非特其末見而已。"見《史記·平原君列傳》。斂穎，是把鋒芒收斂起來。

〔當硎句〕硎，磨刀石。是說正在磨的刀，可以試試鋒芒。

〔昌黎〕唐文學家韓愈(768—824)，字退之。自謂郡望昌黎，也稱韓昌黎。反對六朝以來駢儷的文風，提倡散文。與柳宗元同為古文運動的宣導者。

〔九封〕九州封疆。

錢默存贈詩，以雪為喻，落句云：
"食肉奚妨貞士相，還期容俗稍恢恢。"次韻奉答

頗聞市悅莫如熱，
獨此淩兢少取裁。
世事那知心是水，

詩人漫許格同梅。

倘將千尺驅蝗吻，

懶説盈倉兆富財。

與失不恭寧守隘，

敢持諤諤配恢恢？

【注釋】

〔錢默存〕見下"附"注。

〔市悦莫如熱〕要買得人家的歡心，最好的辦法，就是用火熱的甜言蜜語去吹捧、巴結。

〔淩兢〕形容寒冷。唐高適《鶻賦》："掃窟穴之淩兢，振荆榛之淅瀝。"李白《鳴皋歌送岑徵君》："洪河淩兢不可以徑度，冰龍鱗兮難容舠。"

〔千尺驅蝗吻〕白居易詩："貞觀之初道欲昌，文皇（唐玄宗）仰天吞一蝗。一人有慶兆民賴，是歲雖蝗不爲害。"蘇軾《雪堂北臺壁》詩："遺蝗入地應千尺，宿麥連雲有幾家。"苕溪漁隱曰："蓋蝗遺子於地，若雪深一尺，則入地一丈，麥得雪則資茂而成稔歲。"

〔諤諤〕直言争辯。《楚辭·惜誓》："或推移而苟容兮，或直言之諤諤。"

〔恢恢〕寬廣貌。《老子》："天網恢恢，疏而不漏。"此處作寬容之意。

錢鍾書先生以《雪喻》贈雲從，認爲雲從潔身自好，可比冰雪，但也不應過於狹隘，應當隨和一些。雲從答詩，感謝錢對他的贊許，但表示不能苟同他的意見。體現了雲從決不隨俗浮沉的堅强風格。雖好友善意的規勸，也不接受。

附

《雪喻》贈雲從
錢鍾書

資清以化莫如雪，

索我贈言聊取裁。

一片冰心偏作絮，

六棱風骨卻肥梅。

高崖峻岸泯其跡，

積玉堆銀挾此財。

食肉奚妨貞士相，

還期容俗稍恢恢。

【注釋】

〔錢鍾書〕字默存(1910—1998)，江蘇無錫人，系雲從藍田時同事。歷任諸大學教授，博學多才，享盛名。

〔資清以化〕《世說新語・文學》："羊孚作《雪贊》云：'資清以化，乘風以霏，遇象能鮮，即潔成輝。'"

〔一片句〕用謝道韞喻雪"未若柳絮因風起"意。此處則以柳絮雙關棉絮，對"冰心"。參見 92 頁〔謝女〕注。

〔食肉句〕《後漢書・班超傳》："相者指曰：'生(班超)燕頷虎頸，飛而食肉，此萬里侯相也。'"貞士，堅貞之士。《韓非子・和氏》："悲夫寶玉而題之以石，貞士而名之以誑，此吾所以悲也。"

此詩中間兩聯，說即使像雪那樣的高潔，也會化作棉絮，肥了梅花；將高峻的崖岸抹平，堆積成玉山、銀窟，可見也很富有了。用幽默的語氣，化用典故，誘導雲從要改變風格，隨和些。

實中作苦雨詩，倒用其韻

明日炎炎只如此，
不須端策更貞龜。
地懸溟渤艱升斗，
天學申韓塞漏卮。
民瘠應嗟庖儲腯，
田荒愁益戰兵危。
礽祥孰與論刑德，
此意宜非曲士知。

【注釋】

〔實中〕廖實中，長沙人，與雲從在藍田時是同事。

〔端策、貞龜〕卜卦。

〔溟渤〕大海。

〔申韓塞漏卮〕漏卮，有漏洞的酒器。《鹽鐵論·本議》："川源不能塞漏卮，山海不能贍溪壑。"申不害、韓非都是戰國時期的法家，主張用嚴刑峻法堵塞國家的漏洞。

〔庖儲腯〕厨房裏還儲藏著肥胖的豬羊肉。腯，肥壯。《左傳·成公六年》"吾牲牷肥腯"，孔穎達疏："牛羊曰肥，豕曰腯。"

〔礽祥〕向上天禱告，祈求賜福。

〔刑德〕刑罰和道德、教化。

〔曲士〕局限於一個角落、見識不廣的人。《莊子·秋水》："曲士不可以語於道者，束於教也。"

摸魚子　螢

耿孤光，
水邊林下，
生涯慣得無准。
幾迴誤入練囊裏，
喚做伴伊蟫隱。
閑自忖，
甚諸老殷勤，
六籍收殘燼，
棲棲堪哂。
誇一點微明，
比將藜火，
乾死己須忍！

秋來訊，
十里違山猶近，
蟋蛄聲似漸緊。
從來不占蘼蕪徑，
應不遭誰憐恨。
涼吹趁、算羽翼原無，
何處堪高引？
悠悠休問。
還攔入書帷，
盡窺朽簡，
寂寞是吾分。

【注釋】

〔乾死〕杜甫《贈題鄭十八著作文》：“窮巷悄然車馬絶，案頭乾死讀書螢。”

〔違山兩句〕《孔子家語》：“孔子謂宰予曰：‘違山十里，蟪蛄之聲，猶在於耳。’”違，離開。《楚辭·招隱士》：“蟪蛄鳴兮啾啾。”蟪蛄，蟬科昆蟲。《莊子·逍遥遊》：“蟪蛄不知春秋。”《莊子發微》：“（蟪蛄）春生者夏死，夏生者秋死，故曰‘不知春秋’。”

〔涼吹趁〕凄涼的樂器聲伴隨着。吹，讀去聲。指簫笛之類。

此詞從螢的微明，表達自甘寂寞，不求功名富貴，但願沉潛經史的志趣。其後雲從果然躬行實踐。

長亭怨慢

庚辰三月病中見楊花，用白石韻。

又還見、星星絮絮。
偎枕光陰，
送春庭户。
淺颭低迴，
東風薄劣奈何許。
已拼墜矣，
更裊向、緑窗樹。
待卷上珠簾，
倘憐我、飄零如此！

日暮。
到柔痕千纈，
知道已無人數。

啼鵑淒咽尚苦。

爲斷紅分付，

趁夜月、溝水東西，

便流作、千萍誰主？

悔那日河橋，

空種愁絲成縷。

【注釋】

〔庚辰〕1940 年。

〔便流作句〕見 25 頁〔絮已爲萍兩句〕注。

此詞借詠楊花，表達漂泊之苦。當時嘉興亦淪陷，雲從老母在故鄉，不能往省。

第三卷　柏溪、白沙

鷓鴣天　三首
和遺山《薄命妾辭》

（一）海水搖空

海水搖空綠漾樓，
爲誰幽怨賦《西洲》？
不知江北江南路，
已忍天寒日暮秋。

書欲寄，
淚先流，
不成一字只成愁。
冰霜過了春應在，
忍把夭桃斫斷休！

【注釋】

〔柏溪〕在嘉陵江邊，有小澗，長年不斷。兩岸有山坡，多植松柏，環境幽静。中大分校建校於此。雲從在分校曾執教數年。

〔白沙〕見 58 頁注。

〔和遺山《薄命妾辭》〕金元好問（號遺山），有《遺山樂府》，其中有《薄命妾辭》三首（調寄《鷓鴣天》）。借被棄女子怨薄命之心情，表現對愛情的執著。雲從每首都用了《遺山樂府》的韻。

〔《西洲》〕南齊無名氏《西洲曲》寫一女子對所歡的思憶。首句"憶梅下西洲"說她迴憶梅落西洲那可紀念的情景。末句："南風知我意，吹夢到西洲。"西洲，地名，所在不詳。以後代替情人相會之處。

〔夭桃〕《詩經·桃夭》"桃之夭夭，灼灼其華"，形容桃花的茂盛豔麗。

【黃征按】本首《鷓鴣天》最早刊登在之江大學《中國文學》上，今核對該刊掃描圖，發現文字頗有不同，故錄之於後：

鷓鴣天　次遺山《薄命辭》韻　海水搖空翠入樓，憑誰幽怨賦《西洲》？不知江北江南路，已忍天寒日暮秋。　書欲寄，淚先流，不成一字只成愁。冰霜過了春應在，忍把夭桃斫斷休！

(二)腸斷金堂

腸斷金堂目已成，
十年芳約可憐生。
牀頭錦瑟量長短，
夢裏香車記送迎。

雲自合，
月難盈，
人間何地著深情？
瀟瀟一夕驚秋到，
惱亂高樓又雨聲。

【注釋】

〔目成〕《楚辭·九歌·少司命》："滿堂兮美人，忽獨與余兮目成。"是說男女相愛，以目傳情。

〔可憐生〕可憐即可愛。生，語助，無意義。

〔牀頭句〕杜甫詩："何時詔此金錢會？暫醉佳人錦瑟旁。"李商隱《代應》詩："歸來已不見，錦瑟長於人。"

【黄征按】本首《鷓鴣天》最早刊登在之江大學《中國文學》上，今核對該刊掃描圖，發現文字頗有不同，故録之於後：

腸斷金堂目已成，十年芳約可憐生。半牀錦瑟量長短，一夢香車記送迎。　簾漫卷，月難盈，人間何處著深情？蕭蕭一夕驚秋到，惱亂高樓又雨聲。

（三）心盡方知

心盡方知蠟淚深，
顫秋殘炧淡無陰。
若容款曲心甘奉，
直爲相思病亦禁！

雞塞遠，
鳳簫沉，
行雲幾費夢相尋。
寫情賦怨渾閒事，
寬了年時約腕金。

【注釋】

〔心盡句〕説蠟燭點完了，燭心盡了，才知道蠟淚已堆得很深。雙關語。用李商隱"蠟炬成灰淚始乾"，表示愛戀之心至死不改。

〔寫情兩句〕柳永《蝶戀花》："衣帶漸寬終不悔，爲伊消得人憔悴。"此處用柳詞意。"約腕金"即手鐲。

這三首詞，是1942年作的。因我與雲從初見，不能融洽，爲拉開距離，便於繼續觀察，我到白沙先修班任教。後，他寄我此三首詞，詞中表露了不惜爲相思而病而瘦的癡情，委婉曲折，我看了十分感動，原已動搖的情緒穩定了下來。

【黃征按】本首《鷓鴣天》最早刊登在之江大學《中國文學》上，今核對該刊掃描圖，發現文字頗有不同，故錄之於後：

心上眉頭較淺深，愁看天際□輕陰。若容款曲心甘奉，直為相思病亦禁！　鐙寂寂，夜沈沈，行雲幾費夢相尋。寫情賦怨渾閒事，寬了年時約腕金。

玉樓春　練衣不受

白沙鄉村師範學校藕池中，有小亭，偶與弢青小雨來游，誦韓公"從今有雨君須記，來聽瀟瀟打葉聲"之句，亦幽致也。

練衣不受人間暑，
行到小瀾亭畔路。
二分微月暈邊涼，
數點碧荷盤上雨。

淩波仙子盈盈語，
如此清幽憑領取。
休忘三十六陂秋，
曾共美人遊歷處。

【注釋】

〔白沙〕重慶西鎮名，我大學畢業後，至白沙女中教書，雲從亦經常往來白沙、重慶間。

〔韓公〕韓愈。見 48 頁〔昌黎〕注。

〔練衣〕葛類的布衣。

〔淩波仙子〕曹植《洛神賦》"淩波微步，羅襪生塵"，形容洛神在水上行走。

〔三十六陂〕形容荷塘之大。

宗琳別七年矣，書來約晤，未能即赴

月輪樓下憶遊蹤，
欹枕江城聽過鴻。
舊夢蒼黃驚隔世，
新辭感慨托秋蓬。
天涯猶喜佳人在，
茗碗何時夜雨同？
湖海豪情應未泯，
要看一吐氣如虹！

【注釋】

〔宗琳〕余宗琳，之江文理學院女生。能詩，詩有豪氣。

〔月輪樓〕錢塘江邊，之江山上有月輪山。夏承燾先生住之江山上，名其宿舍爲"月輪樓"。

〔佳人〕好友。

水龍吟　芳園一片

白沙林亭之美，衡廬殆爲第一，女師附中在焉。癸未中秋，校長吳子我招余與弢青預賞月之會，一時諸娃咸出在外，笑語闐溢。中坐，弢青偕余避席，入行幽徑中，獨有明月流素林表，情境乃大類弁陽翁所謂"畫船盡入西泠，閒卻半湖春色"者也。即景爲賦，弢青爲賡之。

芳園一片清柔，

仙兮秋靜無人管。

乍蘇薄病，

教攜素手，

迴廊巡遍。

銀浦流雲，

繁枝釀馥，

夜涼微暖。

有好風約住，

笑聲牆外，

凝情聽，

行來緩。

借得水心亭子，

認驚鴻、玉闌干畔，

凌波並影，

月魂呼出，

盈盈婉婉。

私語卿卿，

今宵倘被，

廣寒濃怨。

倩輕迴寶靨，

和霞頰雪，

正瑤華滿！

【注釋】

〔衡廬〕女校校址。原系某官員別墅。

〔弁陽翁〕南宋詞人周密號"弁陽嘯翁"。"畫船"數語，是周密《曲遊春》描繪裏湖的詞。

〔笑聲牆外〕女中學生在校門外廣場上集會。

〔驚鴻〕曹植《洛神賦》"翩若驚鴻，宛若游龍"，比喻神女輕盈的體態。後亦用以形容美人。

〔頮〕融化。

〔瑶華〕月光。

附　水龍吟　畫圖潛入

弦　青

畫圖潛入清幽，
月柔煙淡遮簫管。
高柯露下，
團莎雪泫，
迴廊行遍。
佯泥人扶，
教看影並，
寒光同暖。
更凝情細訴，
繁陰深處，
語聲小、聽須緩。

可是夢遊前度，
借遲迴、小紅樓畔。
暗香膩袖，
交花明靨，
恁般柔婉。

更不分明，

仙鄉幻境，

輕憐微怨。

算瓊瑤肯償，

無多贈答，

挹銀輝滿。

【注釋】

〔瓊瑤肯償〕《詩·衛風·木瓜》："投我以木桃，報之以瓊瑤。匪報也，永以爲好也。"匪，同非。

以上兩闋，系我倆南温泉訂婚後同返白沙時作，正是兩人熱戀之時。

歌樂山林公別廬立石表界，爲此詩俟采風者

文王七十里爲囿，

孟叟稱仁了不猜。

我料九原如可作，

肯令椎碎界碑來。

【注釋】

〔歌樂山〕在重慶南。

〔林公〕林森（1868－1943），原國民黨政府主席。

〔石表〕用石做成標誌，即石碑。

〔采風〕古代政府派一些官員到民間去，搜集民間歌謠，來瞭解群衆的風俗習慣和對政府的反應。

〔文王兩句〕文王，周文王；孟叟，孟軻。《孟子·梁惠王下》："齊宣王問曰：'文王之囿（獵場）方七十里，有諸？'孟子對曰：'於傳（傳文）有之。'曰：'若是其大乎？'曰'民猶以爲小也。'曰：'寡

人之囿，方四十里，民猶以爲大，何也？'曰：'文王之囿，方七十里，芻、蕘者（割草的，砍柴的）往焉，雉、兔者（捕雉、兔的獵人）往焉，與民共之，民以爲小，不亦宜乎！'"

〔作〕起來。

〔椎碎界碑〕敲碎這些作爲疆界的石碑。

鵲踏枝　和圭璋丈韻

玉枕淒淒期夢遇，
何處笙歌，
吹到星河曙？
背地有人工軟語，
情知薄媚還齎怒。

不怨翻雲兼覆雨，
但使靈修，
解識儂心苦！
作繭繅絲甘九煮，
織成錦綬長圍汝！

【注釋】

〔圭璋丈〕唐圭璋（1901－1990），字季特，南京人。歷任中央大學、南京師範學院教授。詞學專家。三十六歲喪妻後，誓不再娶。其《夢桐詞》中，有大量懷念亡妻之作。詞風婉約，並致力整理宋詞工作，獨力編輯《全宋詞》。

〔薄媚〕《敦煌變文字義通釋》解爲"罵人的話，有放肆、搗蛋等意"。引《遊仙窟》："誰知可憎病鵲，半夜驚人；薄媚狂雞，三更唱曉。"此處有"討好"意。

〔齎〕送去。

〔靈修〕《離騷》："指九天以爲正兮，夫惟靈修之故也。"王逸注："以喻君。"此處指所愛之人。

〔作繭兩句〕九煮，即九死之意。《離騷》："雖九死其猶未悔!"九，代替多次。綏，絲織成的帶。晉陶潛《閒情賦》："願在裳而爲帶，束窈窕之纖身。"圍，雙關語。圍繞，雙關永不分開。

又　　籟盡千芳

籟盡千芳紅日暮，
錦瑟橫牀，
總是傷心處。
不信舊弦彈盡誤，
通辭一晌渾無路!

慘月欄杆憑幾度，
點點斑斑，
淚眼凝鉛露。
待得君心如月吐，
玉階怕已無乾土!

【注釋】

〔錦瑟橫牀〕見 57 頁〔牀頭句〕注。

〔慘月〕昏暗的月光。

〔淚眼凝鉛露〕用李賀《金銅仙人辭漢歌》，見 228 頁〔鉛露〕注。

約 1944 年，唐圭璋先生給我們看了他寫的兩闋《蝶戀花》，是悼亡的，寫得纏綿悱惻。清詞人莊中白、譚復堂都寫有數首《蝶戀花》，莊的警句有"百草千花寒食路，相思只有儂和汝"等，譚有"語在修眉成在目，無端紅淚雙雙落"等。前人評論是"托志房帷，眷懷身世"之作（見吳梅《詞學通論》）。唐先生也用"語" "虞"韻，模仿他們的風格。其中有幾個韻很難叶，我和雲從看了，未免技癢，都和了韻，我們當時的心情，雖和他們不同，但也有某些相通處，並非完全為和韻而和韻。此處僅錄雲從兩首。

早　春

雨酥風潤小亭隈，
挑菜光陰記此迴。
儂與卿如堤上草，
大家齊趁早春來！

洞仙歌　弢青屬疾有寄

窄依秋被，
到蘭釭墜，
天與情人好滋味，
是歡苗不掐，
才長愁絲。
容易得、攔向心頭細理。

初三新月子，
今夜纖纖，
比作眉痕最相似。
說甚瘦來濃，

春暈雙彎，
待見了，
越加歡喜。
只香雪開時便須來，
待問汝、酸甜兩般那是？

【注釋】

〔雙彎〕雙眉。
〔香雪〕梅花。

南歌子　芭蕉

洗面胭脂水，
朝朝養碧芽。
仙人綠鬢舞風斜。
也是還丹九轉要硃砂。

昨夜仙雲墜，
今朝吟思佳。
庵中醉素莫矜誇，
喚到寫君新句化龍蛇！

【注釋】

〔庵中醉素〕唐代書法家僧懷素，以善"狂草"出名。相傳禿筆成塚，以蕉葉代紙練字，名其所居曰"綠天庵"。好飲酒，興到運筆，如旋風驟雨，飛動圓轉。前人評其"狂草"繼承"草聖"張旭，二人並稱"顛張、醉素"。

贈王達津，次來韻

王郎三十鬖鬖矣，
未飲藍橋一盞霞。
搜句雖然工捉影，
等憐尚覺似摶沙。
煙灰散作牀頭霧，
書卷拋如風裹花。
從古佳人耽整潔，
等閒那敢到君家！

【注釋】

〔王達津〕(1916—1997)，字梁彥，北京人。抗戰期間在柏溪中央大學與雲從同事，後任南開大學教授。

〔鬖鬖〕稍有鬚鬢。古樂府《陌上桑》："爲人潔白皙，鬖鬖頗有須。"頗，稍。

〔藍橋〕橋名。在陝西藍田縣。相傳唐裴航在藍橋驛遇仙女雲英，求得玉杵白搗藥，結爲夫婦。

〔捉影〕捕風捉影。喻思路靈活，手法很多。

〔等憐〕等待愛憐。

〔摶沙〕蘇軾詩："親友如摶沙，放手還自散。"又："偉哉造物真豪縱，攫土摶沙爲此弄。"

時王達津尚無對象，又不修邊幅，故雲從調之。

組緗、仲舉、繞溪游張園，余不及從

張家園裏花千樹，

笑露迎風解惱人。

一雨殘芳半零落，

後期吟賞定傷神。

仙源自許通秾夢，

蠟屐何煩認剩春？

明日看儂掛帆去，

一江新緑正粼粼。

【注釋】

〔組緗〕吳組緗(1908—1994)，安徽涇縣人，作家。在中央大學與雲從同事。

〔仲犖〕王仲犖(1913—1986)，歷史學家，浙江余姚人。在上海協助章太炎夫人創辦太炎文學院。抗戰期間，曾到中央大學國文系任教。

〔繞溪〕管雄(1910—1996)，字繞溪，浙江温州人，抗戰後任南京大學教授。

〔張園〕當在柏溪附近。

〔蠟屐〕在木屐上塗蠟。唐皮日休《屐步訪魯望不遇》詩：“雪晴墟裏竹欹斜，蠟屐徐吟到陸家。”

第四卷　抗戰勝利，東下

次山中韻　聞道秋風

聞道秋風不入滇，
山中生意尚欣然。
大堪白墮醉千日，
未少青蚨數百錢。
矮紙有人抄險韻，
郵筒許我溷新編。
可憐送得飛光去，
也是人間好少年。

【注釋】

〔山中〕不詳。

〔白墮醉千日〕白墮原系人名，後用作酒名。《洛陽伽藍記》：
"河東人劉白墮善能釀酒，季夏六月，時暑赫羲，以甖貯酒，暴於
日中，經一旬，其酒不動，飲之香美，醉而經月不醒。"此處與中山
千日酒合用。"千日酒"參見 120 頁〔中山醞〕注。

〔青蚨〕古時傳說中的蟲名。能母、子相生，以血塗錢，用後，
錢復飛還，輪轉不已。見《搜神記》，後人因稱錢爲"青蚨"。

〔數〕讀上聲，即數得上。

〔矮紙〕古代書法家常在手卷上寫字，這裏指卷面不高的紙。

北走燕幽

北走燕幽南走滇，
蟠胸意氣自軒然。
要將淮海金三品，
來供何曾食萬錢！
北海酒尊排日滿，
《東山樂府》一時編。
詩人莫作非辰歎，
爲報中興又此年！

【注釋】

〔淮海金三品〕《書經·禹貢》：“淮海惟揚州，……以厥貢惟金三品。”孔穎達注：“金、銀、銅也。”

〔何曾食萬錢〕何曾，曹魏時，參與司馬炎代魏等活動。後位至太傅，諂附賈充，時人非之。生活奢侈，日食萬錢，猶説無下箸處。

〔北海句〕孔融，漢末文士，曾爲“北海相”，人稱“孔北海”。好客，又稱“座上客常滿，樽中酒不空”。爲人恃才負氣，言論往往與傳統觀念相背。能詩，爲建安（漢獻帝年號）七子之一。後因觸怒曹操，被殺。

〔《東山樂府》〕宋詞人賀鑄詞集名。張耒云：“方迴（賀鑄字）樂府，妙絶一世。”詞又稱“樂府”，因詞曾合樂歌唱。

〔非辰〕沒有碰到好時代。

〔中興〕復興，指抗日戰爭勝利。

按此兩詩當作於抗日戰爭勝利時，用浪漫誇張手法極寫興奮之情，並非實寫。

送劬堂先生出峽

遼東皂帽未云賢，
憂患乾坤有轉旋。
天爲斯文留一老，
我來問字記三年。
滄江漫作怒蛟吼，
白首能歌出峽篇。
亦欲東穿平善壩，
安瀾憑仗德星先。

【注釋】

〔劬堂先生〕柳詒徵（1879－1956），字翼謀，號劬堂，江蘇鎮江人。現代著名歷史學家。歷任北京、南京等高等學校教授，長期擔任南京圖書館館長。

〔遼東皂帽句〕杜甫《嚴中丞枉駕見過》詩：“扁舟不獨如張翰，皂帽還應似管寧。”《杜詩鏡銓》：“管甯居海上，常著皂帽、布襦褲、布裙。”《魏書·管甯傳》：“管聞公孫度令行於海外，遂與（邴）原等至於遼東。”皂帽，黑色布帽。此處謂柳先生勝過管甯。

〔問字記三年〕《禮記》有《三年問》篇，是問居喪三年制的。此處指三年來經常向柳先生請教。

〔平善壩〕在湖北宜昌縣西北，自蜀出峽，至此相慶，故名。（見《中國古今地名大辭典》）譚其驤《中國歷史地圖集》：“平善壩’，位於峽州夷陵縣（今宜昌市）西北。”

〔德星〕比喻賢人。《史記·孝武本紀》：“天其報德星。”《索隱》：“歲星所在有福，故曰德星也。”

附

出峽至白下寄雲從

柳詒徵

夔府秋江旭景鮮，
波光晴接楚吳天。
今逢一統平倭日，
遙憶三分定霸年。
落落幾人稱俊傑？
悠悠終古此山川。
巫峰雲氣迎眉綠，
似獎衰翁萬里旋。

用刀字韻　二首

（一）千種玲瓏

千種玲瓏百種嬌，
心靈剔透擅諧嘲。
儂今但唱《無愁解》，
汝是並州快剪刀！

【注釋】

〔解〕樂曲中的一章。《無愁解》即無愁之歌。

〔並州快剪刀〕古時並州（九州之一，約當今河北曲陽一帶）產的剪刀，以鋒利著稱。杜甫《戲題王宰畫山水圖歌》："焉得並州快剪刀，剪取吳松半江水。"

〔儂、汝〕是戀愛時相互的愛稱。見 88 頁〔懊惱歌〕注。

(二)十二巫峰

十二巫峰翠黛嬌，

江妃、水伯恐相嘲。

十年浪走成何事？

但載蛾眉唱大刀！

【注釋】

〔十二巫峰句〕巫峽有巫山十二峰，遠望有如美人眉黛嬌美。

〔江妃、水伯〕湘江的女神和水神。

〔蛾眉〕美人。

〔唱大刀〕即歌唱"大刀頭"。《古詩源·古絶句》："槁砧（切草的刀，即鈇，諧音夫）今何在？山上復有山（出外）。何當（何時）大刀頭，破鏡飛上天（月半當還）。"刀頭有環，諧音"還"，問丈夫何時還？又《漢書·李陵傳（附李廣傳內）》：昭帝立，大將軍霍光、左將軍上官桀輔政，素與陵善，遣陵故人隴西任立政等三人，俱至匈奴招陵。立政等至，單于置酒賜漢使者，李陵、衛律皆侍坐。立政等見陵，未得私語，即目視陵，而數數自循（摩）其刀環。（《漢書補注》："周壽昌曰：'環者，還也。'"）

抗戰勝利，雲從將偕我同歸故鄉，兩詩體現了極度興奮的心情。

泛瘦西湖至平山堂

平山堂上幾春風？

不見文章六一翁。

行樂直須及年少，

落花猶解鬥顏紅。
單衫杏子雙鴉鬢，
涼雨青萍一短篷。
慚愧後生屑太甚，
不能點筆飲千鍾！

【注釋】

〔平山堂〕歐陽修任揚州太守，建平山堂。《輿地紀勝》：“堂在大明寺側，負堂而望，江南諸山，拱列簷下，故名。”

〔幾春風〕蘇軾《西江月》詞：“欲弔文章太守，仍歌楊柳春風。”歐陽修《朝中措》詞：“手種堂前楊柳，別來幾度春風？文章太守，揮毫萬字，一飲千鍾。”

〔六一翁〕歐陽修自號“六一居士”，作傳云：藏書一萬卷，金石遺文一千卷，有琴一張，棋一局，酒一壺，一翁老於此。

〔單衫句〕六朝民歌《西洲曲》：“單衫杏子紅，雙鬢鴉雛色。”

抗戰勝利復員後，1946 年余與雲從同回揚州，泛舟瘦西湖上。因湖面狹長纖細，而又婀娜多姿，可與西湖媲美，故名。

䂕蒙樓奉寄西湖師友，兼示弢青

冒水新荷綠漸肥，
䂕蒙樓外盡漣漪。
畫船不是蘇堤路，
更爲懷人坐片時。

【注釋】

〔䂕蒙樓〕在南京城北，其下有“胭脂井”遺跡，即南朝陳後主攜張麗華、孔貴嬪避隋大軍入城跳入之井。

不要南京住　二首

（一）

不要南京住，
南京滿路沙。
奈他風著力，
嗟我出無車。
陸子衣無素，
知章眼有花。
那尋潁川水，
此地是京華！

【注釋】

〔陸子句〕晉陸機《爲顧彦先贈婦》詩：“京洛多風塵，素衣化爲緇。”宋陸游《臨安春雨初霽》詩：“素衣莫起風塵歎，猶及清明可到家。”

〔知章眼有花〕杜甫《飲中八仙歌》：“知章騎馬似乘船，眼花落井水底眠。”形容賀知章的醉態。此處借用眼花，形容路上風沙之大。

〔潁川〕郡名，轄今河南登封等地。潁水極清。

（二）

南京不要住，
一雨大風來。
牢握手中傘，
如爭虎口孩。

衣裳還沾濕，

行步共厒堆。

趙武何能遇？

泥塗事可哀！

【注釋】

〔厒堆〕撞擊。

〔趙武兩句〕絳縣有老人，不自知其年歲，趙武說：使你在"泥塗"中這樣久，是我的過失。就讓他出仕。見《左傳》。趙武，春秋時晉國的執政者。在"泥塗"中，比喻被埋没。

以上二詩表面上是不喜歡南京風沙大，但實際上是以風沙喻社會上的污濁。雲從於 1942 年到中央大學任教，曾獲得教育部學術獎勵三等獎，時年僅二十九歲，顯現了一個青年學者的光芒。但 1947 年竟被系主任胡小石先生解聘，這是很難理解的。據他自己告訴我，聽說胡先生說："蔣禮鴻不可用，他和盛靜霞結婚，盛是汪辟疆的得意門生。"我和雲從的婚事，胡先生曾明確表示不贊成；胡、汪之間又很不融洽。夏承燾先生《天風閣日記》記載："1947 年 4 月 26 日午後，（唐）圭璋攜其次女自南京來，述中央大學胡某與汪某爭部主任、系主任交惡事，至可怪訝。"1947 年南京學生運動風起雲湧，中大解聘了大批教師，楊晦、吳組緗均在其中，吳前一年隨馮玉祥赴美，回國即被解聘，當屬政治迫害。雲從雖未參加學生運動，但當我們談論時，對當局的高壓手段，均極反感。他的被解聘，是否既是汪、胡派系之爭，也與當時政治有關？

去白下口號

飄如一葉出宮渠，
進退吾生尚有餘。
野鶴自安三尺脛，
亂書猶累兩頭驢。
偶然桑下曾留宿，
何用修門更曳裾？
頗覺嵇康無遠度，
至今人誦絕交書。

【注釋】

〔白下〕即南京。

〔口號〕即口占，隨口吟詠而成。

〔野鶴句〕吳天五曾以"鶴"喻雲從，見 19 頁〔垂頭鶴句〕注。

〔桑下曾留宿〕《後漢書·襄楷傳》："楷上書曰：'臣聞宮中立黃老、浮屠之祠，……浮屠不三宿桑下，不欲久生恩愛也。'"

〔修門曳裾〕比喻在權貴門下作食客。鄒陽《上吳王書》："飾固陋之心，則何王之門不可曳長裾乎？"修門，即高門，王者之門。

〔嵇康、絕交書〕嵇康、山濤均爲竹林七賢之一，隱居不仕，後山濤投靠當政，並推薦嵇康出仕，嵇康拒絕，寫了《與山巨源絕交書》，巨源，山濤字。參看 120 頁〔山陽感舊遊〕注。

〔遠度〕豁達的胸襟。

此詩與上二首爲姊妹篇，同爲離南京時作。香港中文大學黃坤堯先生在該校《詩詞漫步》雜志上加以評論："當時蔣禮鴻被中央大學解聘。前句從容屈伸，表現出毫不在乎。頸聯留宿桑下，難免有情，但也不必苟延於貴遊之門了。末聯不學嵇康狂放和憤懣，顯出包容，更顯出器度。"

將去京至杭州作

（一）

一年住京華，
如猿落檻裏。
平生縱恣心，
縛此戀棧計。
今朝得一斥，
浪莽從此逝。
高挹秦望雲，
俯濯大江水。
月出一窗白，
日落萬山紫。
鳥倦已歸飛，
於人亦知止。
固知東方生，
謬説隱朝市。
我昔肄蒼雅，
遭亂多忘廢。
諸生能問業，
所苦百不記。
恐爲萬石郎，
不足一乃四。
子雲今則存，

如皋任叔子。
雖無一尊酒，
林壑極清沚。
請從麗澤遊，
細叩玄亭字。

（秦望半山有亭，曰麗澤。心叔所命聯曰：林壑尤美，教思無窮。）

【注釋】

〔戀棧〕比喻貪戀祿位。《晉書·宣帝紀》：“駑馬戀棧豆。”

〔斥〕斥退。

〔浪莽〕放浪。

〔秦望〕山名，即之江山。傳說秦始皇南巡至此，望東海，故名。

〔鳥倦句〕陶潛《歸去來兮辭》：“雲無心以出岫，鳥倦飛而知還。……富貴非吾願，帝鄉不可期。”

〔固知兩句〕東方生即東方朔。《史記·滑稽列傳》：“朔曰：‘如朔等，所謂避世於朝廷間者也。古之人，乃避世於深山之中。’”

〔肆蒼雅〕學習蒼頡書與《爾雅》，皆指古文字。

〔萬石郎兩句〕《史記·萬石列傳》：“萬石君名奮，……孝景即位，以為九卿……奮長子建，次子甲，次子乙，次子慶，皆以馴行孝謹，官皆至二千石。於是景帝曰：‘石君及四子皆二千石，人臣尊寵乃集其門。號奮為萬石君。’……建為郎中令，書奏事，事下，建讀之，曰：‘誤書！馬者與尾當五，今乃四，不足一。上譴，死矣！’甚惶恐。其為謹慎，雖他皆如是。”這是石建迂腐的故事。

〔子雲兩句〕以任心叔比揚子雲。見 104 頁〔玄亭〕注。

〔麗澤〕《易·兌》：“麗澤，兌，君子以朋友講習。”注：“麗猶連也。"疏："兩澤相連，潤説(悦)之盛，故曰：'麗澤，兑也。'"

〔玄亭〕揚雄有草玄亭，見 104 頁注。

（二）

二分明月人，

嬪我已二年。

而我拘隘壁，

窘窘同枯襌。

春風起微波，

有夢聖湖邊。

子亦何所修，

占此瓊瑶田。

迎眉緑空濛，

拂衫紅便娟。

還應久延佇，

獨上湖邊船。

爲歡得幾何，

此意詎不然？

勿吟碧雲合，

我終在子前。

能爲山中珉，

來借屋一廛。

水暖鳧鷺喜，

山深花候延。

掃葉煮新茗，

涉江歌采蓮。

素秋三五夜，

皎皎江浮天。

一風搴薄帷,

明月流往還。

露螢來坐衣,

了知絶猜愆。

我吟而子和,

豈不仙乎仙?

迴首望京塵,

魏闕徒雲騫!

【注釋】

〔二分明月人〕即揚州人。徐凝《憶揚州》詩:"天下三分明月夜,二分無賴是揚州。"

〔嬪我〕配我。

〔聖湖〕此處指西湖(又名明聖湖)。

〔便娟〕姿態輕盈貌。

〔碧雲合〕江淹《休上人怨別》詩:"日暮碧雲合,佳人殊未來。"

〔廛〕古代城市平民所住房地。

〔涉江〕蹚過江水。

〔魏闕〕高大的宫門。

〔雲騫〕高飛雲中。

以上二詩,第一首説離開南京,可與好友相聚。第二首説夫婦同住西湖畔,可過神仙般的生活。被解聘,反而認爲可以解除束縛,得到自由。與前兩首詩從正反兩面抒寫曠達心情。

牽牛花

1947 年在上海作。

我愛牽牛花，
淡然有秋意。
生無趨炎質，
日炙則萎悴。
引蔓固不牢，
草棘身自委。
不學千尋竹，
表表自崖異；
不學桃李花，
朱粉競靡麗。
晨興一對之，
泡泡得清氣。
我家於杭州，
鄰舍亦有此。
奈何主人崴，
咄哉胥餘視。

【注釋】

〔奈何兩句〕《莊子·大宗師》：“若狐不偕、務光、伯夷、叔齊、箕子胥餘、紀他、申徒狄，是役人之役，適人之適，而不自適其適者也。”鍾泰《莊子發微》：“胥餘”，僕隸之稱。以箕子爲奴，故曰“箕子胥餘”。此處是説，鄰家主人很高傲，視我爲奴隸。

以弢青詞卷呈瞿禪師，併一詩

湖邊老都講，
是我舊業師。
隱几對湖水，
爛漫多文辭。
至今湖上煙，
拂拂紙上馳。
我生苦魯鈍，
效顰百不宜。
有婦解塗鴉，
下筆稍漓漓。
願師與拂拭，
三沐三熏之。
他年續薪傳，
或在此蛾眉。

【注釋】

〔併〕附呈。

〔漓漓〕即淋漓、酣暢之意。

〔三沐三熏〕多次熏陶。韓愈《答呂醫山人書》："方將坐足下，三浴而三熏之。"韓愈已見前注。

〔薪傳〕《莊子·養生主》："指窮於爲薪，火傳也。不知其盡也。""薪盡火傳"後爲成語。比喻學術師徒相傳。

1947年，雲從將我的詞選出若干首，手抄一册，題爲《碧簶詞》，送給夏承燾先生審閱。夏先生一一加批，並在《天風閣日記》(1947年11月25日)中記載："早閱盛静霞詞卷，爲評泊一過。最愛其《鷓鴣天》云：‘近來處處成酣睡，何必佳人錦瑟旁？’《蝶戀花》云：‘的的心膏煎復煮，信他一刹能明（明，雙關語。光明雙關使你明白）汝。’望其能躬行實踐，乃是真詞人。”夏批《碧篠詞》今已佚。

沁園春 舉遜兒

舉遜兒後，心叔以此調爲慶，予亦爲之。

驢背鐫心，
蠹脣爭味，
兩人總癡。
甚米鹽費手，
今年異事；
咿嚶亂耳，
昨夜啼兒。
來日誰知，
雉皋叔子，
訓以條桑分繭詞。
我未許，
但沉吟不語，
細撚微髭。

而今世事何其？
算女織男耕盡不宜。
看綺羅耀體，
底須執紝？

膏粱飫口，
豈解持犁？
商略當年，
李波小妹，
逐馬彎弓差可爲？
都休矣，
恐硯田一片，
還要傳伊。

【注釋】

〔驢背鐫心〕古代有些詩人有騎驢吟詩的故事，《北夢瑣言》："唐相國鄭綮，雖有詩名，本無廊廟之望。……或曰：'相國近有新詩否？'對曰：'詩思在灞橋風雪中驢子（背）上，此處何以得之？'蓋言平生辛苦之心也。"《唐詩紀事》記：賈島騎驢賦詩，得"僧推月下門"之句，欲改"推"作"敲"，引手作推、敲之勢，不覺衝韓愈儀仗。愈曰："敲"字佳。遂並轡論詩。臺灣《中華大辭典》引《北夢瑣言》作"驢子背上"。

〔蠹〕蠹魚，書中蛀蟲。

〔雉皋叔子〕指代如皋任心叔。《左傳·昭公二十八年》"叔向……曰：'昔賈大夫惡，娶妻而美，三年不言不笑。禦以如皋（往皋澤），射雉，獲之，其妻始笑而言。'"惡，醜。

〔執紝〕縫紉。

〔李波小妹〕北魏李波之妹，勇猛善騎射，民歌中有《李波小妹歌》："李波小妹字雍容，褰裳逐馬如卷蓬，左射右射必疊雙。婦女尚如此，男子安可逢！"見《魏書·李安世傳》。禮鴻云："雙"讀如"松"，"逢"讀如"碰"，義相同。

一萼紅

抗日戰爭結束後，瞿禪師命題月輪樓校詞圖。

塔鈴聲、隱疏林葉葉，

空際颭寒星。

影岫窗虛，

窺簾月皎，

修綆誰汲深清？

有姜史周秦墜緒，

抉古意、要眇入秋冥。

薄醉初迴，

倦倦吟纔罷，

暗籟还生。

飄瞥十三年事，

料夢魂猶在棐几湘屏。

故徑新花，

故山舊侶，

長記無盡傳燈。

但自詫、經年離亂，

向蘭畹、蕭瑟不勝情。

重和銅琶鐵板，

老鶴來聽。

【注釋】

〔月輪樓〕見 59 頁注。

〔塔鈴聲〕月輪樓在六和塔附近。

〔姜史周秦〕姜夔、史邦卿、周邦彥、秦觀,都是宋代著名詞人。姜夔,見 30 頁〔白石〕注。

〔要眇〕美好貌。《楚辭·湘君》:"美要眇兮宜修。"

〔棐几湘屏〕棐木的几,湘妃竹的屏風。

〔傳燈〕《高僧傳》:"西涼大莊嚴寺釋慧因,弟子五百余人,踵武傳燈,將三十載。"燈,比喻宣揚佛法能驅除黑暗。宋釋道原有《景德傳燈錄》。

〔銅琶鐵板〕《吹劍錄》記載,蘇軾一日問歌者:"我詞比耆卿(柳永)如何?"回答説:"柳郎中詞只合十七八女子執紅牙板歌'楊柳岸、曉風殘月',學士(指蘇軾)詞須關西大漢,銅琵琶,鐵綽板,唱'大江東去'。"

雲從與夏承燾先生自 1938 年在溫州分別至題此詞,已相隔十三年。

無題和義澍 　二首

（一）往事分明

往事分明即目多,
重來門巷認何如?
香餘曲檻迷前度,
影照驚鴻是此波。
青子綠陰成悵望,
晚風遲日悔蹉跎。
路人未必知崔護,
傳遍扉頭《懊惱歌》!

【注釋】

〔義澍〕袁義澍，現代人，我姊夫之侄。原在上海爲學徒，自學成才，能寫詩。新中國成立前曾到之江山上我家來過。近況不明。

〔前度〕劉禹錫《再游玄都觀》詩："種桃道士歸何處？前度劉郎今又來。"

〔驚鴻〕見 61 頁注。

〔青子綠陰〕杜牧在湖州看中一位少女，想娶她，女郎和她母親很驚慌。杜説：現在不娶她，可以訂個後約。女郎母親説：你以後失信怎麽辦？杜説：不到十年，我一定做到湖州刺史，十年不來，她可另嫁。後來，杜果然做到湖州刺史，但已隔了十四年，女已嫁人，而且有了三個孩子。母親説：原約十年，我們是守約的！杜無法，只好寫了一首感傷詩："自是尋春去較遲，不須惆悵怨芳時。狂風落盡深紅色，綠葉成陰子滿枝！"（見《太平廣記》引《唐缺史》。）

〔崔護〕唐崔護姿質甚美，而孤潔寡合。清明日獨游都城南，得一居莊，花木叢萃，寂若無人。叩門久之，有女子應門，崔求飲，女以杯水至，設牀命坐。獨倚小桃斜柯，佇立，而意屬殊厚。崔以言挑之，不對，目注者久之。崔辭去，送至門，如不勝情而入；崔亦睠盼而歸。及明年清明，又往尋之，門牆如故，而已鎖扃。崔因題詩於扉曰："去年今日此門中，人面桃花相映紅。人面只今何處去？桃花依舊笑春風。"見孟棨《本事詩》。

〔懊惱歌〕晉樂府民歌："懊惱奈何許，夜聞家中論，不得儂與汝！"兩人相愛，但家人反對，"儂與汝"表示相愛時的親密，你你我我。納蘭性德《採桑子》詞："感謝東風，吹落嬌紅，飛入窗間伴懊儂。"此歌亦作《懊儂歌》。

（二）帶眼寬來

帶眼寬來不自憐，
漫傳幽怨滿詞箋。
淚拋絳蠟猶留焰，
秋盡香心莫採蓮。
盡有紅蠶能作繭，
不妨紫玉竟成煙。
桂宮夢後天風驟，
吹斷霓裳舊管弦。

【注釋】

〔帶眼寬來〕言人瘦了。《古詩十九首》："相去日已遠，衣帶日已緩。"柳永《蝶戀花》詞："衣帶漸寬終不悔，爲伊消得人憔悴。"消得，值得。

〔淚拋句〕用李商隱《無題》詩："春蠶到死絲方盡，蠟炬成灰淚始乾。"

〔秋盡句〕"蓮"諧音"憐"，秋深荷花落盡，不必去採蓮，即不再找憐愛之情。

〔紫玉竟成煙〕古代傳說：春秋時吳王夫差小女名紫玉，愛慕韓重，不得成婚，氣結而死。重遊學而歸，往玉墓哀悼。玉現形，贈重明珠，並作歌。重欲抱之，玉如煙而沒。見《搜神記》。

〔桂宮兩句〕"霓裳"即《霓裳羽衣曲》，唐開元中宮廷舞曲。系西涼所獻。經玄宗潤色，並製歌詞。《龍城錄》"明皇夢游廣寒宮"，見素娥十餘人，皆白衣，舞笑於大桂樹下。明皇迴下界，想念素娥風中舞姿，編律成音，製《霓裳羽衣曲》。

此二首詩是寫無結果的愛情的。當時義澍尚無對象，我和雲從已婚，是遊戲之作。原作已佚。

閉關　直作庸人庸到死

"直作庸人庸到死"，錢名山句也，拈之成詠。

閉關卻掃自裝聾，
不管高樓雨與風。
一懶有根蟠九地，
四時無刺到群公。
浮萍身世心原定，
蝸角功名路豈通？
直作庸人庸到死，
未須呵壁問蒼穹！

【注釋】

〔錢名山〕字振鍠，江蘇常州人。詩、文均有盛名。抗戰時期住上海，夏承燾先生時往謁。

〔閉關卻掃〕用江淹《恨賦》成句。關起門，不掃地，表示不迎客。

〔四時句〕刺，名片；公，大人物。用漢禰衡故事。《文士傳》："或勸其詣京師貴遊者，衡懷一刺，遂至漫滅，竟無所詣。"

〔呵壁問蒼穹〕呵，大聲呼叱。《楚辭·天問》王逸序："因書其壁，呵而問之。"

此詩體現雲從不屑與達官貴人往來，孤芳自賞的心情。當是 1947—1948 年時作。

陋室 二首

(一) 琴長關室

琴長關室是吾居，
吐納山光略有餘。
欲去中州惟讀賦，
待延佳客議捐書。
槎枒未截長鎗耳，
綷縩看回少婦裾。
憊矣厚顏吟杜句，
萬間突兀竟何如？

【注釋】

〔中州〕中原。

〔鎗〕飯鍋。

〔綷縩〕衣服相擦聲。

〔厚顏吟杜句〕杜甫《茅屋爲秋風所破歌》："安得廣廈千萬間,大庇天下寒士俱歡顏,風雨不動安如山！嗚呼！何時眼前突兀見此屋？吾廬獨破受凍死亦足！"突兀,高大貌。

(二) 唧唧銅瓶

唧唧銅瓶泣夜闌，
兒啼婦魘競須安。
詩成秋蟪聲同細，
跡似波臣轍正乾。
雲外冥鴻那可望，

車中新婦儻相寬。
預愁夏日西窗大，
思借瞿塘六月寒。

【注釋】

〔銅瓶〕即漏壺。古代用以計時之器。蘇軾詩：“醒時夜向闌，唧唧銅瓶泣。”“泣”，指漏滴聲。

〔秋螿〕秋日的蟪蛄蟲，聲音很細。見53頁〔違山兩句〕注。

〔波臣〕《莊子・外物》：“莊周忿然作色曰：‘周昨來，有中道而呼者。周顧視，車轍中有鮒魚焉。周問之曰：鮒魚來！子何爲者？對曰：我東海之波臣也。君豈有升斗之水，而活我哉？’”“波臣”，水族中之奴僕。

〔冥鴻〕冥冥，昏暗。鴻雁高飛，入於冥冥雲霧中。《法言・問明》：“鴻飛冥冥。”後多用於避世之士。

〔車中新婦〕宋劉克莊《賀新郎》詞：“向車中，閉置如新婦。”《南史・曹景宗傳》記載：曹景宗性情急躁，坐在車子裏，常把車幔掀起，左右的人諫他，他説：“我昔在鄉里騎快馬如龍……此樂使人忘死，不知老之將至。今來揚州作貴人，動轉不得，路行開車幔，小人輒言不可，閉置車中如三日新婦！”雲從用此典故，是説室內太狹窄。

〔瞿塘〕峽名，長江三峽之一。

1947年冬，余夫婦住之江頭龍頭宿舍，嬰兒、保姆共居一小套，甚狹隘，雲從乃有此作。

詠　貧

士而求富已違天，

喙托雙肩也卅年。
尚有妻兒能與共，
略無親友暇相憐。
雲山還許供吟望，
瓢飲何妨詫潔蠲？
猶喜細君不嗔我，
不能割肉武皇前。

【注釋】

〔喙托雙肩〕《聊齋·胡四娘》：丈夫到丈人家去祝壽，"大婦嘲四娘曰：'汝家祝儀何物？'二婦曰：'兩肩荷一口！'"嘲諷四娘丈夫只帶了一張嘴來吃東西，什麼禮物也沒有。

〔瓢飲〕《論語》："一簞食，一瓢飲，在陋巷，人不堪其憂，（顏）回也不改其樂。"

〔潔蠲〕廉潔，免除俗禮。

〔猶喜細君兩句〕幸而妻不嗔怪我，不能像東方朔那樣，在漢武帝面前割下熟豬肉帶回家來。《漢書·東方朔傳》："上曰：'昨賜肉，不待詔，以劍割肉而去之，何也？'朔免冠謝，上曰：'先生起，自責也！'朔再拜曰：'朔來，朔來！受賜不待詔，何無禮也！拔劍割肉，一何壯也！割之不多，又何廉也！歸遺細君，又何仁也！'上笑曰：'使先生自責，乃反自譽！'復賜酒一石，肉百斤。"細君，妻的代稱。顏師古注："細君，朔妻之名。一說：細，小也。朔輒自比於諸侯，謂其妻曰'小君'。"

余與弢青舉債買書，燕謀有詩見調，答之

縞綦傢俱擬何如，
可少千金買舊書？

謝女左棻原解讀，

筆牀茶灶共蕭疏。

風流倘繼天隨子，

功業何須范大夫？

他日吳船能擊汰，

煩君好事寫成圖。

【注釋】

〔燕謀〕見 47 頁〔二徐翁〕注。

〔縞綦〕《詩經・出其東門》"縞衣綦巾"：縞，白色；綦，青黑色。極言衣服樸素。

〔謝女〕晉謝道韞，謝安侄女。一日大雪，謝安高興地説："白雪紛紛何所似？"謝安的侄子謝朗説："撒鹽空中差可擬。"謝道韞説："未若柳絮因風起。"謝安大爲欣賞。《婦人集》稱她"有文才，所著詩、賦、誄、頌傳於世"，是我國歷史上著名的才女。

〔左棻〕晉代著名詩人左思之妹。晉武帝時被選入宮，封爲貴嬪。有《左貴嬪集》。

〔天隨子〕唐文學家陸龜蒙，曾任湖、蘇二州從事，後隱居。《新唐書・本傳》稱："不喜與流俗交，雖造門不肯見。不乘車，昇舟，設蓬席，資束書、茶灶、筆牀、釣具往來，時謂'江湖散人'，或號'天隨子'。"

〔范大夫〕即范蠡。越敗於吳，蠡隨越王勾踐爲質於吳三年，回越後，助勾踐刻苦圖强，終於復國。蠡曾獻西施於吳王，吳亡後，蠡攜西施隱於五湖。後變姓名，浮海，自號"鴟夷子皮"。鴟夷，皮袋。伍子胥既死，吳王餘怒未歇，使人以鴟夷盛其屍，投之於江。五湖，説法不一，泛指太湖一帶湖泊。

〔擊汰〕擊打水波，即划船。《楚辭・涉江》："乘舲船余上沅兮，齊吳榜以擊汰。"

山帶先輩示卯字韻唱和詩，勉疊元韻以爲笑噱

韻險句則卑，
有似急嚴卯。
崎嶇械杻中，
壯夫失其佼。
風雨秋滿城，
處處詩興飽。
何用聲律牽，
自致催租撓。
不聞絶人資，
艱難出新巧。
巨靈擘山嶽，
龍虎相攖咬。
偶然出姿媚，
窈窕有餘姣。
七札良易徹，
百練可成拗。
群公相追翔，
燦若羅星昴。
顧爲藩籬雀，
未敢露觜爪。
如何忍俊難，
學林徒自攪。
同行援呼延，
輿廝慚愧鮑。

篇成囚脫籠，

有愧豈能鉸。

自注：宋呼延灼吟惡詩，有嘲人者云："吟詩好似呼延灼，風貌還同富相公。"富公爲弼，蓋體肥云。作於 1948 年。

自題詞稿　四首

（一）摩挲金石

摩挲金石豈余能？

讎簡粗分太乙燈。

卻被閨人詞幾闋，

叫人喚作趙明誠。

【注釋】

〔讎簡〕校對竹簡。簡，指古書。

〔太乙燈〕太乙，星官名，在紫微垣。太乙燈，以星光代指燈光。

〔卻被兩句〕閨人指妻。趙明誠，宋代女詞人李清照的丈夫，金石學家，著有《金石錄》，李清照爲作後序。趙、李是我國歷史上著名的佳偶、知音。《琅環記》說："易安（李清照號易安居士）以重陽《醉花陰》詞，函致明誠，明誠歎賞，自愧弗逮，務欲勝之。一切謝客，忘食忘寢者三日夜，得五十闋，雜易安作，以示友人陸德夫，德夫玩之再三，曰：'只三句絕佳。'明誠詰之，曰：'莫道不銷魂，簾卷西風，人比黃花瘦。'正易安作也。"自此以爲趙稍遜李。趙亦能詞，不傳。

趙、李各有千秋，不能以一詞論，此詩是雲從的戲筆。

（二）峽雲一出

峽雲一出已三年，
猿鶴蟲沙盡可憐。
身似斷槎心木石，
更無哀怨寄瑤箋。

【注釋】

〔猿鶴蟲沙〕《太平御覽》卷九一六引《抱樸子》："周穆王南征，一軍盡化：君子爲猿爲鶴，小人爲蟲爲沙。"此喻抗戰勝利後，或昇或沉。

（三）郡亭春水

郡亭春水緑如藍，
記得年時發興酣。
亦是吾師欺我耳，
許躋高館憶江南！

【注釋】

〔許躋句〕贊許我，説我的詞可以比得上清人陳澧的高度，陳澧有《憶江南館》詞。陳詞不多，僅有二十五首，夏承燾先生在《論詞絶句》中稱讚他的詞"落落青天廿五峰"，是説每首都是精品。躋，攀登。

（四）天涯更有

"天涯更有惜春人"，
此語真堪泣鬼神。
借問西園舊詞侶，
殘蟬倦蝶可成春？

【注釋】

〔天涯句〕任銘善在抗戰期間曾有《滿江紅》詞寄雲從，末句："數天涯、更有惜春人，春休去！"意思是天涯尚有愛國志士，絕不能讓國家滅亡。

〔西園、倦蝶〕史達祖《綺羅香·春雨》："驚粉重、蝶宿西園，喜泥潤、燕歸南浦。""西""南"，方位詞，不一定有實指。

此首認爲自己和任銘善（心叔）兩人，經過多年的滄桑，但希望仍能建立一番事業。

第五卷　新中國成立後

好事近

應夢卿先生徵題重修蒼水祠墓。

> 日夕怒濤來，
> 雷輥鳳皇山麓。
> 千古爛斑頸血，
> 映修蛾橫綠！
>
> 而今中國已無圻，
> 青史恨堪贖，
> 長與岳祠于墓，
> 壯乾坤奇矚！

【注釋】

〔應夢卿〕寧波奉化人，家住杭州。輯録《重修張蒼水先生祠墓紀念集》。

〔蒼水祠〕張煌言，號蒼水。明末大臣，明亡後，堅持抗清，最後兵敗被俘，不屈而死。杭州有張蒼水祠。

〔鳳皇山〕在杭州市東南，北近西湖，南接錢塘江，形若飛鳳，故名。南宋時在東麓建有皇城，現有遺跡。

〔千古兩句〕張就義時，舉目望鳳凰山，歎曰："好山色！"

〔無垠〕圻通垠，無圻即無邊。意思是中國已統一。

〔長與兩句〕張煌言《入武林》詩："國亡家破欲何之？西子湖頭有我師。日月雙垂于氏墓，乾坤半壁岳家祠。慚將赤手分三席，敢向丹心借一枝。他日素車東浙路，怒濤豈必屬鴟夷！"張煌言決心步岳飛、于謙的後塵，作此詩後，不久就義。

〔于墓〕于謙（1398－1457），明錢塘（今杭州）人，任監察御史。正統十四年（1449）明英宗與北方瓦剌作戰被俘，于謙等擁立英宗弟即位，爲景帝，擊退瓦剌軍。瓦剌被迫釋放英宗。景泰八年（1457）英宗奪回帝位，廢景帝，反誣于謙"叛逆"，殺之。後由其婿葬於杭州西湖附近三臺山。

採桑子

詠新安江夜景贈工地同志，1960 年 2 月 3 日。

吳剛辟碎千輪月，
灑遍層崖，
化出繁華，
天帝難將夜幕遮。

非關月姊能呈豔，
勞動堪誇，
幹勁爭霞，
開作人間智慧花。

滬上送別士復兄

驕陽炙殺此華顛，

得近清涼玉骨仙。

顧我吹簫曾白下，

聽君霏屑話章先。

鶯啼夢緑風搖柳，

鷺下長洲水綻蓮。

後會自嫌無酒户，

爲余煮茗訂新篇。

【注釋】

〔士復〕徐復（1912—2006），江蘇武進人。字士復，著名語言學家。曾師從章炳麟、黄侃兩先生。治學嚴謹，專攻乾、嘉以來樸學。任南京師範大學教授。主要著作有：《後讀書雜誌》《秦會要訂補》《訄書詳注》《守温字母與藏文字母之淵源》《韓昌黎詩拾詁》《陶淵明集舉正》等。

〔清涼玉骨仙〕蘇軾《洞仙歌》詞："冰肌玉骨，自清涼無汗。"

〔吹簫〕春秋時伍子胥在吳市吹簫乞食。喻失意無聊。

〔霏屑〕原以形容雪。此處形容語言如霏霏玉屑，即妙語如珠之意。

〔章先〕章先生的簡稱，即章炳麟先生。

上海秋興

昔我來兮正赫羲，

西風落葉又辭枝。

樓懸星斗秋雲沍，

節换暄涼病骨知。

脈望何曾棲朽簡，

蟆更聊爾候晨曦。

憑高一縱飛鴻目，

隱隱胥濤耳際催。

【注釋】

〔赫羲〕太陽極盛，形容天氣炎熱。

〔冱〕天氣陰晦，凍結不開。

〔脈望〕明末常熟趙用賢藏書室名爲脈望館。

〔蟆更〕即"蝦蟆更"，亦稱"六更"。據《鈞隱紀談》記載：宮內五更以後，柙鼓齊鳴，稱爲"蝦蟆更"，以便朝臣上朝。

〔胥濤〕春秋時伍子胥，助夫差即位爲吳王。後夫差驕奢淫逸，不聽子胥忠諫，反將子胥殺死，將其屍盛以鴟夷（革袋），投之江中。傳說子胥忿恨，驅水爲濤，錢塘立子胥廟，蓋欲慰其忿恨之心，止其猛濤也。時有見子胥素車白馬立於潮頭之上。

寄自明　上海作

悵望雲涯一企予，

秣陵夢影未勾除。

難攀洪子龍門陣，

猶校周生馬隊書。

久客布衾添垢膩，

夜窗涼吹聽嗚籟。

君能隨著春來否？

同看孤山雪幾株。

【注釋】

〔自明〕洪誠（1910－1980），字自明，安徽青陽縣人，先後任安徽大學、南京大學教授。與蔣禮鴻同事數年，在上海又同編《辭海》，交誼甚厚。

〔秣陵〕即今南京。

〔龍門陣〕四川人謂高談闊論爲"擺龍門陣"，猶今之"侃大山"。

〔周生馬隊書〕梁昭明太子《陶靖節傳》："刺史檀韶請周續之出川，與學士祖企、謝景三人在城北講《禮》，加以校讎，所住公廨，近於馬隊，是故淵明示以詩云：'馬隊非講肆，校書亦已勤。'"

九日酬心叔

九日望寥廓，
雲長奈雁何？
秋花隨意好，
獨客得愁多。
鄉夢欲到枕，
商聲先渡河。
酬君試豪語，
輸我遠經過。

壽心叔五十

不似芭蕉無有堅，
喜君五十未華顛。
精魂莫弄玄亭字，
文筆愁誇下水船。
秦望對牀虛昨夢，
浦江秋月隔湖天。
歸來檢點殘叢稿，

可中兩家兒女傳？

【注釋】

〔精魂〕精神。

〔玄亭〕明宋濂《題隱居圖》詩："何日過橋分半景，傍雲同築草玄亭。"揚雄曾在亭中起草《太玄》。此處以心叔比揚雄。

〔下水船〕《摭言》：唐裴廷裕在內廷，文書敏捷，號爲"下水船"。

〔秦望〕見 14 頁注。

〔殘叢〕蕪雜、零碎。

孤山四照閣

孤山四照閣，
蘇州滄浪亭。
子美皆有詩，
歷時閱廢興。
滄浪我未到，
孤山我屢登。
閣存額已無，
留矙湖光明。
我來買杯茗，
觀書卷或盈。
坐久目力倦，
欠伸倚軒楹。
生無萬里志，
坐愛一泓澄。
白鷗掠波逝，

煙柳搖天青。

蘇堤向前去，

前去是南屏。

亦欲展腰腳，

僕病懶未能。

聊偷半日暇，

徙倚陽景傾。

一回復一回，

印板無殊形。

籲嗟此懶客，

其懶誰能勝？

尚恨舊物檮，

莫撫獵碣銘。

偶來海上居，

蘇集手咿嚶。

起我秋風思，

翩然思插翎。

願呼堤畔柳，

一攪波紋平。

【注釋】

〔四照閣〕四照閣，在孤山上四賢堂（白居易、蘇軾、林逋、李泌爲四賢）之左。見《西湖遊覽志》卷二。

〔滄浪亭〕在蘇州。宋蘇舜欽築。古謠諺：“滄浪之水清兮，可以濯我纓；滄浪之水濁兮，可以濯我足。”舜欽字子美。

〔蘇堤〕蘇軾在杭州做官時，疏浚西湖，堆泥築堤，故名。南起南屏山，北接岳廟，分西湖爲裏外兩湖，其間架橋六座，桃柳夾堤，稱“六橋煙柳”。“蘇堤春曉”爲西湖十景之一。

〔南屏〕山名，在西湖南岸。山麓有淨慈寺。"南屏晚鐘"，爲西湖十景之一。《西湖遊覽志》卷三："南屏山，峰巒聳秀，怪石玲瓏，峻壁橫坡，宛若屏嶂。"

〔橋〕閉塞。

〔獵〕搜尋。

〔蘇集〕蘇東坡集。

此詩有"偶來海上居"之句，當是在上海編《辭海》時思念杭州作。

贈金小環

樗翁不飲酒，
飲則惟醉墨。
開緘眼忽明，
見此圭璋特。
小環年十八，
手猶好女攝。
何從得筆力？
長劍倚嶄岩。
高視衛與管，
婉婉何娟娟！
余惟拙別識，
欲贊都無言。
但喜臨池藩，
揮灑時時來。
恨無好庭階，

移此玉樹栽。

【注釋】

〔金小環〕南京師範大學金啓華教授之女。幼年即工書法。曾隨父來杭，並以所書條幅相贈。

〔圭璋特〕《禮記·聘義》：“圭璋特達，德也。”疏：“行聘之時，唯執圭璋，特得通達，不加餘幣。”《世說新語·德行》：“謝安謂顧（和）曰：‘此子圭璋特達，機警有鋒。’”徐聲越注：“喻顧和人才卓絕，高出餘子。”

〔衛與管〕衛鑠，字茂猗，晉李矩妻，著名書法家，王羲之曾師之。管道昇，字仲姬，元書畫家趙孟頫妻，工書法，善畫墨竹梅蘭。

〔恨無兩句〕《世說新語·言語》：“謝安問諸子姪：‘子弟亦何預人事，而正欲使其佳？’謝玄答曰：‘譬如芝蘭玉樹，欲使其生於階庭耳。’”

聞鍾山師近訊敬賦

不將暇豫了諸居，
想見人畸天與徒。
八十六齡危疾後，
空齋坐讀伏生書。

【注釋】

〔暇豫〕《國語·晉語二》：“主孟事我，我教茲暇豫事君。”韋昭注：“暇，閑也；豫，樂也。”此處是悠閑從容之意。

〔諸居〕《詩經·邶風·日月》：“日居月諸，照臨下土。”用以代指日月、光陰。

〔人畸天與〕人是畸零的,但天卻賜與他。指鍾先生一生雖不得意,卻長壽。畸人,指不合於世俗的人。

〔伏生〕即伏勝。西漢今文《尚書》的最早傳授者。曾任秦博士。西漢時的《尚書》學者都出於他門下。

陳從周繪蘭竹

立地心虛以直,
深林非爲人芳。
念我鍾山龍象,
諄諄誨曰"能藏"!

【注釋】

〔陳從周〕(1918—2000),浙江杭州人。早年畢業於之江文理學院,曾受業於雲從,能詩畫,後專攻中國古代園林建築,任同濟大學教授。

〔念我兩句〕懷念鍾鍾山先生。鍾先生曾教導雲從要潛心學術,不要追求浮華的名利。"龍象"比喻有大德的人,其氣象如龍,藏而不露。《易·乾·文言》:"初九,曰'潛龍勿用',何謂也?子曰:'龍德而隱者也,不易乎世,不成乎名,遯世無悶。……潛龍也。"竹有化龍的故事。見 133 頁〔化龍〕注。又筍一稱"龍孫"。辛棄疾《滿江紅》詞:"春正好,見龍孫穿破,紫苔蒼壁。"

黃山即事

黃山絕境比星羅,
説海談松奈客何!
望斷雲峰空極目,

飲同偃鼠不乾河。
浴餘神瀵塵差減，
詩歎干霞氣未多。
不作十年再來夢，
君看樓下競流波。

【注釋】

〔黄山句〕黄山在安徽省黄山市境。風景奇麗，以奇松、怪石、雲海、温泉著名，稱"黄山四絶"。奇境極多，星羅棋佈。

〔飲同句〕《莊子·逍遥遊》："偃鼠飲河，不過滿腹。"偃鼠，田鼠。不乾河，不會將河水喝乾。意思是容易滿足，不作過多的要求。

〔神瀵〕《列子·湯問》："禹之治水土也，迷而失途，謬之一國，……其國名曰'終北'……（山）頂有口，狀若圓環，名曰滋穴，有水湧出，名曰'神瀵'，臭（氣）過蘭椒，味過醪醴。"

【備考】這一首詩，徐復老先生抄示的作者書贈件有四字之别，附録於下：

蔣禮鴻先生《黄山即事》詩

黄山絶景比星羅，
説海談松奈客何？
望斷雲峰空極目，
飲同偃鼠不乾河。
浴餘神瀵塵差減，
詩歎青霞氣未多。
不作十年再來夢，

君看樓下竟流波。

一九七八年九月作

徐復録存

黄征按：四處差別是：1.“絶境”作“絶景”；2.“減”作“滅”；3.“干”作“青”；4.“競”作“竟”。兩相比較，徐老抄示者較佳，當爲修訂本。

清平樂

觀瀑樓與天都峰相對，夢醒有作。

溪喧如雨，

攪破黑甜趣。

鄰榻鼾聲勻爾許，

似與幽蛩相絮。

奈他骨懦筋屠，

慚看當面雄騫。

三復稼軒壯語，

眼前萬里江山！

【注釋】

〔觀瀑樓、天都峰〕1977 年雲從赴黄山開會，因高血壓，不能登山，只在賓館中眺望而已。觀瀑樓，賓館。天都峰，黄山絶頂高峰。

〔雄騫〕雄飛，指山勢。

參加《漢語大詞典》第三次編寫工作會議，中秋歡敍，勉成俚句，用陳鄙懷

北來海若示汪洋，
豈謂衰齡見大邦！
處甕醯雞欣發覆，
中天顧兔燦舒光。
空疏許綴群賢末，
駑緩何辭十駕長。
浩浩滄冥涵點滴，
雷鋒有語細評量。

【注釋】

〔北來海若〕《莊子·秋水》記河伯（河神）與海若（海神）對話。"秋水時至，……河伯欣然自喜，以天下之美盡在己。順流而東行，至於北海，……河伯始旋其面目，望洋向若而歎，……北海若曰：'井魚不可以語於海者，拘於虛也；夏蟲不可以語於冰者，篤於時也。'"

〔處甕句〕《莊子·田子方》："孔子出，以告顏回曰：'丘之於道也，其猶醯雞與！微夫子（老聃）之發吾覆也，吾不知天地之大全也。'"醯雞，小蟲，即蠛蠓，生於酒上。發覆，揭開酒甕上的覆蓋。

〔顧兔〕《楚辭·天問》："厥利維何？而顧菟在腹？"王逸注："言月中有菟，何所貪利，居月之腹，而顧望乎？"菟一作兔。後顧兔成為月的代稱。

〔駑緩句〕《荀子·勸學》："駑馬十駕，功在不舍。"這裏自比為笨劣的馬，但只要不停地努力，也會有功效。

〔雷鋒有語〕雷鋒自比爲大海中的一滴水。

贈中文系畢業諸君

乳虎三朝氣食牛，
尚需攫噬勉其逎。
後生可畏前言在，
看汝崢嶸出一頭！

鵲踏枝

蕭瑟西風催夢促，
驚起雲屏，
搖曳燈痕綠。
水遠山長聞怨曲，
白蓮花上魂難續。

悴葉蝸涎縈蹙縮，
雨暈煙昏，
鬼隱頹墳哭。
萬古荒荒愁一握，
微茫篆跡誰能讀？

此詞似吊西湖上無主荒墳，作於何年，不可考。姑與一組湖上詩同列。

記所見

乍撥凝陰物態鮮，
鳴春一鳥試綿蠻。
灣頭楊柳無私貺，
綠到沉沉載糞船。

壚　畔

閑坊小巷路攲斜，
沽酒提壺向此家。
正是芳菲好時節，
且來壚畔看桃花！

新　霜

霧裏朝暾似女嬌，
疏林重露滴瀟瀟。
衝寒只恨無驢背，
一夜新霜滿板橋。

【注釋】

〔驢背〕見 85 頁〔驢背鑴心〕注。

中匡攜女見過，留二日而去

一枝借了更奚求？

請看閒庭瓜蔓幽。
絕域風塵君竟至，
卅年瑣碎話無頭。
從茲一去七千里，
能得重來幾許秋？
揮手不須潸別淚，
中郎有女此何憂！

【注釋】

〔中匡〕見 44 頁注。

〔絕域〕極遠的邊疆，指哈爾濱市。1979 年中匡攜次女吳璊來杭相訪。

〔話無頭〕無從說起，形容要說的話太多。

〔中郎有女〕中郎，蔡邕，東漢文學家。靈帝時，因被誣陷，流放朔方。董卓專政，被迫爲左中郎將，人稱"蔡中郎"。後被王允所捕，死獄中。女蔡琰字文姬，博學多才，曾被俘至匈奴，歸左賢王，居匈奴十二年。曹操憐蔡邕無後，將她贖回。文姬有《悲憤詩》，寫自己的悲慘遭遇，也反映了人民在戰亂中的痛苦。琴歌《胡笳十八拍》，相傳也是她所作。

淵雷先生過杭，留詩，謬有學人之目，愧不敢當，敬次元韻

《凡將》《急就》漫陳陳，
可許愚生得問津？
前輩儀型存目擊，
昔賢風旨失心親。
久淹行墨天機窒，

不放江山藻思新。

請與先生成後約，

西湖真賞待高人！

【注釋】

〔淵雷〕蘇仲翔（1908－1995），字淵雷，浙江平陽人，歷史學家，工詩，精書法、繪畫。任華東師範大學教授。主要著作有《易學會通》《佛教與中國文化傳統》等。1978 年應浙江省出版局邀請來杭講學。

〔凡將、急就〕都是字書。《漢書·藝文志》："武帝時司馬相如作《凡將篇》，無複字；元帝時黃門令史遊作《急就篇》。"

〔陳陳〕陳陳相因。沿襲舊套，沒有新意。

〔儀型〕儀表、典型。

〔風旨〕作風、旨趣。

〔久淹行墨〕長期沉溺在筆墨文字中。

〔天機〕猶性靈，指天賦的靈機。

附

湖上雜詩

蘇淵雷

漢宋推排跡未陳，

文瀾、性海孰知津？

談經求是河間遠，

注屈揚芬南郡親。

上舍玄言通款曲，

他山義府借清新。

倘容轉語誇甌北，

一個西湖三學人。

自注：謂王駕吾、姜亮夫、蔣禮鴻三教授

【注釋】

〔文瀾〕清乾隆時，開館修書，十年始成，分經、史、子、集四部，故名《四庫全書》，分藏七閣。其中書籍經戰火散失甚多。"文源閣"被英法聯軍焚毀，"文瀾閣"在杭州，經補抄得全，現存西湖浙江圖書館內。

〔性海〕白居易詩："性海澄渟平少浪，心田灑掃淨無塵。"《五燈會元》："（佛）祖爲説'性海'曰：'山河大地，皆爲建立；三昧六通，由茲發現！迦毗摩羅聞言，遂發信心，與徒衆三千皆剃度。'""文瀾""性海"指文章之學與性理之學，亦指西湖藏書豐富。

〔談經句〕《漢書・儒林傳》："毛公以治《詩》爲河間獻王博士。"又《漢書・景十三王傳》："河間獻王德，修學好古，實事求是。從民間得善書，必爲好寫與之，留其真。"河間，郡名，在今河北獻縣一帶。河間王是劉德的封號。毛公治《詩經》，此處以《毛詩》概括指五經。王駕吾先生專攻古代文史，亦以治經名，故以"河間"比王。杭州大學前身爲求是書院。

〔注屈句〕以王逸比姜亮夫先生。漢王逸，南郡宣城人，所著《楚辭章句》，爲《楚辭》最早的完整注本。姜亦有《屈原賦校注》，由遠及近，認爲姜繼承了王逸之學。

〔上舍玄言〕上舍，最高學府，指杭州大學；玄言，玄妙之言。

〔他山義府〕他山，見 119 頁〔玉就句〕注。義府，雲從著有《義府續貂》。

〔甌北〕清乾隆時詩人趙翼，別號甌北。少有才名，兼有經世之略。尤精史學。著有《廿二史劄記》《陔餘叢考》等。此處以趙翼比雲從。

〔王駕吾〕(1900－1982)，名焕鑣。江蘇南通人。杭州大學中文系教授，古代文史方面的研究專家。曾出版《明孝陵志》《先秦寓言》，晚年專攻墨學，出版《墨子校釋》等。

〔姜亮夫〕(1902－1995)，雲南昭通人。杭州大學古籍研究所所長、教授。曾赴英、意、法等國搜尋我國的文物瑰寶。著作等身，尤精《楚辭》和敦煌學。《瀛涯敦煌韻輯》《屈原賦校注》是其代表作。

鍾山師哀辭

一老空齋咬菜根，
平生浩氣固長存。
山頹梁壞非虛感，
雨潤風薰念舊恩。
後死期無慚晚節，
楹書責在振凝塵。
從今秦望峰頭路，
腹痛何堪更一巡！

【注釋】

〔鍾山師〕見 38 頁注。

〔咬菜根〕朱熹復陳亮、辛棄疾信：“留老漢山中咬菜根。”意爲過極清苦的生活。

〔山頹梁壞〕《禮記·檀弓上》：“孔子早作，負手曳杖，消摇(逍遥)於門，歌曰：‘泰山其頹乎，梁木其壞乎，哲人其萎乎！’……子貢曰：‘夫子殆將病也？’……(孔子)曰：‘予殆將死也！’”後以爲哀悼賢者之辭。

〔腹痛〕魏武帝《祀故太尉橋玄文》：“承從容約誓之言，殂逝

117

之後，路有經由，不以斗酒隻雞過相沃酹，車過三步，腹痛勿怪。"
（見《魏志·武帝紀》注引《褒賞令》）

余既爲鍾山師哀辭，復痛益修師前卒，因續爲一章，以述二師風概如此

鍾子岩岩徐子真，
兩翁輝映典型存。
飢猶擇食溫而厲，
<small>抗日戰爭時，徐師拒敵僞之招，曰："飢猶擇食。"</small>
儉執辭賙道益尊。
無欲屹爲千仞壁，
有容釀就一團春。
劇憐同學凋零後，
遺教何人與共論！

【注釋】

〔益修師〕徐益修（1877－1953），名昂，江蘇南通人，曾任之江文理學院及無錫國專教授，畢生致力於國學研究。五十年代初《徐氏全書》出版，得到當代國學界的高度評價。徐先生也是雲從極爲服膺的老師。

〔溫而厲〕溫和但嚴厲，《論語》："子溫而厲，威而不猛。"

〔儉執辭賙〕堅持節儉，不受周濟。

〔無欲兩句〕李斯《諫逐客書》："是以泰山不讓土壤，故能成其大；河海不擇細流，故能就其深。"《文選·袁宏〈三國名臣序贊〉》："形器不存，方寸海納。"李翰周注："方寸之心，如海之納百川也。"《尚書·君陳》："有容德乃大。"晉張載《劍閣銘》："壁立千刃。"

　　林則徐於 1839 年(道光十九年)6 月在虎門查禁鴉片時,曾親書"海納百川,有容乃大;壁立千仞,無欲則剛"爲座右銘(見中國文聯出版公司《中國古今巧對抄聯大觀》)。雲從亦書此聯作爲座右銘。詩中"無欲兩句"當由此聯化出。

洪自明挽詞　四首

(一)

玉就他山借石攻,
唱予和汝洵非同。
要知相許無嫌處,
卻在訾訾往復中。

【注釋】

〔玉就句〕《詩經·小雅·鶴鳴》:"他山之石,可以攻玉。"意思是人材可以借用。

〔訾訾〕爭辯貌。

(二)

逢麴流涎可笑生,
未將高致擬淵明。
維摩病後辭齋供,
虛負中山醖一瓶。

【注釋】

〔逢麴流涎〕杜甫《飲中八仙歌》:"汝陽三斗始朝天,道逢麴車口流涎。"此處形容自明好酒。麴,即造酒的發酵劑。

〔淵明〕見 124 頁〔乘化以俟命〕注。

〔維摩病後〕維摩是維摩詰的簡稱。《維摩詰經》中説他是一位大乘居士，與釋迦摩尼同時代，善於應機化導。嘗以稱病爲由，向問病者闡揚佛教的深奧義理。爲佛典現身説法、辯才無礙的代表人物。

〔中山醞〕《博物志》記載：有人到中山酒家買酒吃，酒家給他"千日酒"，忘記告訴他，此酒應如何節制。飲後大醉不醒，家人以爲他已死，將他埋葬。三年後，酒家想起此事，去看他，並説此酒一醉千日，家人將棺木打開，他正好醒來。

（三）

白下申江歲月遒，
杭州暫聚又蘇州。
鄙夫老矣休行腳，
免向山陽感舊遊。

【注釋】

〔山陽感舊遊〕向秀字子期，魏、晉間文學家，與嵇康、阮籍等七人，常在竹林中宴飲。人稱"竹林七賢"。後嵇因譏諷晉文帝，又牽連呂安"不孝案"，與呂安同時被殺。嵇"博綜伎藝，於絲竹特妙，臨當就命，顧視日影，索琴而彈之"。（見《晉書·向秀傳》）向秀曾與呂安在山陽（今江蘇淮安）灌園。後再經舊地，黃昏聞鄰人有吹笛者，發聲寥亮，追思曩昔遊宴之好，感音而歎，故作《思舊賦》云："昔李斯之受罪兮，歎黃犬而長吟。悼嵇生之永辭兮，顧日影而彈琴。托運遇於領會兮，寄餘命於寸陰。"（見《晉書·向秀傳》）實際是爲嵇、呂鳴不平。全篇充滿感傷憂憤之情。

（四）

人生游處幾何時？

閑卻孤山雪數枝。

無受沉泉自明死，

存亡先後總堪悲！

【注釋】

〔無受〕無受室，見 17 頁〔心叔〕注。

此四首詩吊洪自明逝世，兼及任心叔逝世在前，末句總束全篇，感傷情調很濃。

丁戊之交，余在上海，與心叔、從周諸子者遊，其後心叔物故，從周緬懷舊游，俾余録其詩詞，而余亦垂垂老矣！眼昏腕倦，僅得蕆事，繫之六言云

生恨才情溢量，

死覺文章作棱。

莫聽鄰人吹笛，

子期白髮先生。

【注釋】

〔丁戊之交〕即 1957 年（丁酉）至 1958 年（戊戌）之間。

〔録其詩詞〕蔣禮鴻《自傳》："陳從周找我把他（心叔）的詩詞遺稿寫成一個《塵海樓詩詞》長卷，我附上了一個跋和一首六言詩，……後來陳以卷求得葉紹鈞先生題上《浣溪沙》詞，是：'曾共西湖酒數卮，騷心領略廿年遲，……蔣鈔何殊吳季札。陳藏長托子期悲，交情生死見今時。'讀之慨然，難已思舊之情。"

〔蕆〕完畢。

〔莫聽兩句〕見 120 頁〔山陽感昔遊〕注。

書心叔風雨龍吟樓分韻詩後　三首

　　風雨龍吟樓者,抗日戰爭之際,浙江大學胥宇龍泉,設分校,有是樓也。瞿禪師、徐聲越先生與心叔輩居之,爰有分韻之作云。

【注釋】

　　〔風雨龍吟樓〕樓名已見詩序。辛棄疾《沁園春》詞:“老合投閑,天教多事,檢校長身十萬松。吾廬小,在龍蛇影外,風雨聲中。”樓名當是用辛詞,也是自擬。

　　〔徐聲越〕(1901—1986),名震堮,浙江嘉善人,是夏、任的好友。先後任浙江大學、華東師範大學教授。工詩詞,博學多才。

(一)

奇氣由來未易消,
恰逢秋到想蕭騷。
我無一畝松間屋,
闔眼山中鱗鬣驕。

【注釋】

　　〔鱗鬣〕謂松樹軀幹斑駁,如龍之鱗鬣。

(二)

龍泉在何許?
乃在萬山裏。
數客擁鼻吟,
魯酒薄無味。

髯詩惜癡任，

衰燈勘亥豕。

昔余與任暱，

其人今已矣！

傷哉韓公詩，

駏蛩失相倚。

遺稿紛叢殘，

欲讀不忍啟。

我年逾大衍，

今乃悟茲理。

何以稱癡絕？

燭書不燭己！

【注釋】

〔擁鼻吟〕《晉書·謝安傳》：謝能爲洛下書生詠，有鼻疾，故其音濁，名流掩鼻效其音。後以"擁鼻吟"指重濁鼻音曼聲吟詠。

〔魯酒薄〕《莊子·胠篋》"魯酒薄而邯鄲圍"陸德明《釋文》引許慎注《淮南子》：楚會諸侯，魯、趙俱獻酒於楚王，魯酒薄而趙酒厚。楚之主酒吏求酒於趙，趙不與。吏怒，乃以趙厚酒易薄酒，奏之。楚王以趙酒薄，故圍邯鄲也。"後稱味薄之酒爲"魯酒"。庾信《哀江南賦序》："楚歌非取樂之方，魯酒無忘憂之用。"

〔髯〕夏先生多須，故稱爲"髯"。

〔駏蛩〕韓愈《醉留東野》詩："願得始終如駏蛩。"《説苑·復恩》："北方有獸，其名曰蟨，食得甘草，必齧以遺蛩蛩巨虛。蛩蛩巨虛見人將來，必負蟨以走。"蟨，獸名。巨虛，一作距虛、駏虛，也是獸名。蛩蛩距虛是一是二説法不一，但均指朋友相愛護。

〔大衍〕五十歲。《易·繫辭上》："大衍之數五十。"

（三）

衰燈秋雨裹，

眼昏録遺篇。

念昔道里遠，

龍戰玄黃年。

如君憶兄詩，

乾坤屋三間。

詩云：乾坤恰似三間屋，君住西頭我東頭。

神理有牽屬，

死生忽貿遷。

自君之没矣，

抑情久無言。

何爲從遊子，

攪我枯井瀾。

亦有篋中字，

泡影露電然。

無復好事人，

爲我謀名山。

乘化以俟命，

淵明爾其賢！

【注釋】

〔龍戰玄黃〕《易·坤》：“龍戰於野，其血玄黃。”此處指動亂。

〔乘化以俟命〕用陶潛詩成句，意思説聽任造化命運的安排。陶潛，晉詩人、隱士，字淵明。心叔與夏承燾先生等住風雨龍吟樓，自 1939 年始，至 1944 年分校撤，始離去。心叔殁於 1967 年，此詩當作於 1967 年後。表現了對摯友深切的懷念。

和孟非韻

暮年荒率不能詩，
老境先從病骨知。
峻阪鹽車憐瘦驥，
霜晨雪夕咽寒雞。
湖山風物辜心賞，
遮眼文書笑舊癡。
卻怪新來有異事，
甕中短卻半冬虀！

【注釋】

〔孟非〕殷焕先(1913—1994)，字孟非，江蘇六合人。語言文字學家。能詩詞，工書法。先後任教於北京、山東等大學。主要著作有：《古韻學講義》《反切釋要》《漢字三論》等。

〔荒率〕荒唐、草率。

〔峻阪鹽車〕《國策·楚策四》記載：有人讓千里馬駕了笨重的運鹽車子上太行山，半路，上不去，善相馬的伯樂見了，哭起來。故事比喻有才能的人受到壓制，不能盡其長。

〔咽寒雞〕天冷，晨雞也發不出聲音。

〔虀〕鹹菜。雲從喜食生醃菜，常取食之。

瞿禪師《論詞絕句》版行,余得一册, 有所獻疑,書其後　四首

(一)

風謠采掇自輶軒,
樂府伶官著簡編。
豈有勞人歌事什,
源頭卻在李延年?

自注:溯源

【注釋】

〔風謠〕反映風俗民情的歌謠。如《詩經》中的《國風》即是此類。

〔輶軒〕輕車,使臣所乘,後遂爲使臣之代稱。

〔樂府、伶官〕"樂府",是古代管理音樂的官署,漢武帝始立"樂府";"伶官"是供奉内廷及"樂府"的伶人授有官職的。

〔李延年〕漢音樂家,樂工出身,善歌,善創新聲。武帝時,在"樂府"中任協律都尉。

此詩對夏先生《論詞絕句》中"一脈真傳出教坊"表示懷疑。認爲詞起源於勞動人民隨口歌唱的歌謠,不是由樂工創造的。

(二)

踏破賀蘭本嗣宗,
誰將圖志辨西東?

餐膚乳血儕貔虎，
用事將無一例同？

自注：岳飛

【注釋】

〔踏破賀蘭兩句〕雲從自注：《湘山續錄》："時天下久撤邊警，一旦元昊（西夏國主）以河西叛，朝廷方羈籠關中豪傑。"（姚）嗣宗題二詩於驛壁，有"踏破賀蘭石，掃清西洛塵"之句，"踏破賀蘭山缺"只是用事，豈必實指其地耶？

〔餐膚乳血〕雲從自注：《漢書·王莽傳》："校尉韓威進曰："以新室之威而吞胡虜，無異口中蚤蝨，臣願得勇敢之士五千人不資斗糧，飢食虜肉，渴飲其血，可以橫行。'"

〔儕貔虎〕比喻勇猛之士。

此詩不同意夏先生認爲岳飛《滿江紅》是僞作的看法。夏先生《瞿髯論詞絕句》有"黃龍月隔賀蘭雲，西北當年靖戰氛"句，另有《岳飛〈滿江紅〉詞考辨》一文認爲"餐肉、飲血"太殘酷，不像岳飛語氣。雲從以爲這些都是用典故，"餐肉、飲血"是表示對敵人的憤恨，不是實指。

（三）

書成齋袚告孔子，
亦有烏篷夢雨詞。
持讟金風亭長獄，
平亭敢問若爲辭？

自注：朱彝尊、龔自珍

【注釋】

〔書成句〕龔自珍《己亥雜詩》："少年無福過闕里，中年著書復求仕。仕幸不成書幸成，乃敢齋袚告孔子。"

〔亦有句〕龔自珍《暗香》小序:"姑蘇小泊作也,紅燭尋春,烏篷夢雨,一時情事,是相見之始矣。"烏篷,船。李商隱《岳陽樓》:"如何一夢高唐雨,自此無心入武關!"夢雨,本此。

〔持蠢兩句〕清詞人朱彝尊號竹垞,又號"金風亭長"。他的詞集中有不少豔詞。

此詩不同意夏對朱彝尊、龔自珍的評論。《瞿髯論詞絕句題解》中說朱"一方面是馬、鄭(馬融、鄭玄,都是漢代的經學家)家言(朱有《經義考》);一方面是秦、柳詞(豔詞),它們同樣起著鞏固清王朝的作用"。雲從認爲豔詞也不能一筆抹殺,評論有如斷獄,應當公正。

(四)

按譜填詞本不難,
而今人望似登天。
海南臨桂伊誰在?
收拾風騷五百年!
　　自注:詞壇新風。況周頤、陳澧

【注釋】

〔人望〕人的名望。

〔海南、臨桂〕指陳澧和況周頤。陳澧,清末學者,字蘭甫,廣東番禺人,通天文、地理、音韻等學,也工詩詞,有《憶江南館詞》。番禺屬廣東省南部,現置"海南省"。《憶江南館詞》僅二十五首,夏承燾先生認爲"每首都是精品"。《瞿髯論詞絕句》:"羅浮海滋看奇彩,落落青天廿五峰",對他評價很高。況周頤,清末詞人,號蕙風。廣西臨桂(今桂林市)人。論詞主"重、拙、大",要求"情真景真",有《蕙風詞》。

〔風騷〕《詩經·國風》《楚辭·離騷》。

此詩針對夏對"詞壇新風"的論點,認爲調子太高。況周頤、陳澧兩家的詞,繼承五代、兩宋的傳統,夏對他們也是肯定的,但《瞿髯論詞絕句》又云"蘭畹、花間百輩詞,千年流派我然疑",卻又將傳統的詞人全部否定,這是不公允的。

壽亮夫丈八十

藝圃推梁孟,
丹黄遍素緗。
已看雙白首,
更進萬年觴。
喜氣軒眉宇,
文章有耿光。
禮堂堪付業,
何羨蔡中郎。

【注釋】

〔亮夫〕姜寅清(1902—1995),字亮夫,生前爲杭州大學古籍所所長,是著名敦煌學家、楚辭學家和史學家。作者還寫有一首贊文,兹附於後:

姜亮夫先生象贊

陸維釗先生爲姜先生寫真,後學蔣禮鴻敬贊。

逢蒙視,見如霧。照乎古,爛如炬。矻矻孜孜,窮日盡年,將以恢海寧之軌,而振餘杭之緒。

水調歌頭

　　懷波多野太郎教授，君有印章曰"江南詞客"，故篇中有"我亦"句。

一羽附書至，
覼縷語何諄！
瀛海相望渺渺，
交往以精魂。
我亦"江南詞客"，
曾聽瀟瀟夜雨，
燈火九溪村。
倏忽少年去，
故侶定誰存？

老辭少，
今替昔，
夢難溫。
只餘積習未掃，
鉛槧尚紛紜。
收拾叢殘文字，
料理虛名身後，
此事托何人？
聊倚暮天闊，
浩唱睨長雲！

【注釋】

〔波多野太郎〕日本橫濱市立大學名譽教授。1959 年雲從

《敦煌變文字義通釋》第一版發表後,波多野太郎先生即在日本雜誌上撰文,給予很高的評價。以後經常有書信往來。1980 年曾來杭州講學,並訪問雲從。此詩寫於何時,不能確定,當在1959 年後。

〔一羽附書〕一隻鳥帶來書信。見 27 頁〔仿佛句〕注。

〔觀縷〕綿綿不斷。

〔交往以精魂〕即神交。唐李源與僧圓澤友善,後同遊至荊州,見一婦人汲水,圓澤曰:"是某托身之所。後十三年,中秋月夜,當與公相見於杭州天竺寺。"源如期而往,見一牧童歌曰:"三生石上舊精魂,賞月吟風不要論。慚愧情人遠相訪,此身雖異性常存。"見《西湖遊覽志·三生石》。

〔鉛槧〕刻印、出版。

〔叢殘〕雜亂、零落。

〔虛名身後〕杜甫《夢李白》詩:"千秋萬歲名,寂寞身後事。"

詩人黄仲則逝世二百周年,後人葆樹徵題

征車旋曲逐溪雲,
盡室秋風剩葛裙。
詩拔藝林雄一幟,
酒摩愁壘卻三軍!
諸公交許難紓死,
此士長寒亦絶群。
未免綺懷縈影事,
憐君欠著戒香薰!

【注釋】

〔黄仲則〕(1749－1783),名景仁,清傑出詩人,江蘇武進人。

家貧，早年奔走四方、浪跡江湖，詩學李白，兼學韓愈、李賀、李商隱。所作多抒發窮愁潦倒、憤世疾俗之情。亦擅填詞。有《兩當軒全集》。

〔盡室句〕黃仲則《都門秋思》詩："全家都在風聲裏，九月衣裳未剪裁。"葛，絲織品。

〔詩拔句〕季錫疇《黃仲則先生年譜》："按洪（亮吉）狀（行狀）云：'三月上巳，爲會於采石磯之太白樓，賦詩者十數人，君年最少，著白袷（夾衣），立日影中，頃刻數百言，遍視座客，座客咸擱筆。……咸從奚童乞白袷少年詩，競寫，一日紙貴焉。'"據此可見黃仲則在詩壇獨樹一幟之雄姿。

〔摩壘〕迫近敵人營壘。《左傳·宣十二年》："楚子又使求成於晉，楚許伯曰：'吾聞致師者，禦靡摩壘而還。'"致師、摩壘，都是挑戰。

〔未免綺懷兩句〕黃仲則懷才不遇，遂寄情聲色，沉溺於"醇酒婦人"。詩集中有不少豔情之作。其《綺懷》十六首，尤爲刻畫盡致。但中年以後，也頗自悔，末首云："結束鉛華歸少作，屏除絲竹入中年。"雲從認爲紀念詩人，也不必諱其缺點，故憐惜他未受戒香薰陶。影事，影影綽綽不能公開的事。戒香，佛教中有種種戒律，受戒時要焚香。戒，禁制。

此詩三、四兩句盛讚黃仗酒寫詩的豪氣；五、六兩句深切同情他的坎坷不遇。詩的境界挺拔、雄沉，風格與黃近似。最後不諱言黃的缺點，在紀念文字中頗少見。

種　竹

誰向鵝溪逞筆鋒，

蕭蕭月落小庭空。

自慚欲老心情拙，

種竹幽階望化龍！

【注釋】

〔鵝溪〕《漢書·地理志》："陵州仁壽郡土貢麩金、鵝溪絹。"又見蘇軾詩《文與可有詩見寄云："待將一段鵝溪絹，掃取寒梢萬尺長"次韻答之》。文與可善畫竹，"掃取"云云指此。

〔化龍〕後漢方士費長房，從壺公學道……後辭歸，翁與一竹杖，曰："騎此任所之，則自到矣。既至，可以杖投葛陂中也。"長房乘杖，須臾來歸，即以杖投陂，顧視則龍也。（見《後漢書·方術志下》）

水龍吟　兩家詞卷

自來論詞者，率以稼軒爲豪放，易安爲婉約，余每非之。惟我鄉沈寐叟論易安詞云：墜情者，醉其清芬；飛想者，賞其神駿。易安有知，當以後者爲知己，斯爲先得我心。辛酉秋到濟南，殷孟非兄、朱廣祁君導遊兩家紀念堂，因爲是解，以駑駘贊飛黃，祇見笑於其辭之塞耳。

兩家詞卷長留，

異才秀出雄齊魯！

云誰豪放？

云誰婉約？

紛紛稱數。

"羅帳燈昏"，

"星河帆舞"，

誰男誰女？

向博山道上，

心追口擬，

何曾見，

分張處？

同是江南飄梗，

未須憐鬢風鬢霧。

棲遲零落，

天應賺汝，

騰聲飛句。

打馬圖開，

美芹書獻，

恁般心素！

倩何人巨筆，

橫施勒帛，

掃浮評去？

【注釋】

〔豪放、婉約〕詞的兩大流派，以風格分。一般認爲辛棄疾是豪放派，李清照是婉約派。

〔我鄉沈寐叟〕沈曾植（1850－1922），字子培，號巽齋，晚號寐叟，浙江吳興（今湖州）人，論李清照詞，見於其《菌閣瑣談》。

〔辛酉〕1981 年。

〔朱廣祁〕殷孟非的研究生。

〔解〕詩歌、樂曲的章節。

〔駑駘、飛黃〕駑駘，馬中笨劣者；飛黃，傳説中的神馬。

〔羅帳燈昏〕辛棄疾《祝英臺近》："鬢邊覷，試把花卜歸期，才簪又重數。羅帳燈昏，哽咽夢中語。"

〔星河帆舞〕李清照《漁家傲》："天接雲濤連曉霧，星河欲轉千帆舞。"

〔博山道上〕辛棄疾《醜奴兒近》題爲"博山道中效李易安體"。全詞明白如話，"易安體"當指此。

〔鬢風鬟霧〕李清照《永遇樂》："如今憔悴，風鬟霧鬢，怕見夜間出去。"

〔打馬圖開〕打馬，是古代的一種博戲。李清照有《打馬賦》，借棋局上許多良馬，感歎："滿眼驊騮與騄耳，時危安得真致此？"諷刺南宋無人。最後："木蘭橫戈好女子，老矣不復志千里，但願相將過淮水！"歎息自己年老，不能馳騁沙場，但仍希望隨軍渡過淮水，看到收復失地。

〔美芹書獻〕辛棄疾曾獻《美芹十論》，縱論天下大勢，提出極其重要的強國治軍收復失地的策略，但皇帝卻置之不理。"美芹"，用野人以芹爲美味獻給皇帝的故事，是謙詞。

此詞爲紀念兩位詞壇大師而作，一掃陳詞濫調，認爲歷來以辛、李性別不同，因而有陽剛、陰柔之分，揚辛抑李，是不公平的，獨具隻眼，甚爲特出。

熊和謂余髮益白，賦此謝之，余頻年欲讀《漢書》未遂卒業，腹聯及之

驚看雙鬢雪蕭蕭，
多謝憐余蒲柳凋。
掃地鞠躬腰已楚，
攤書忘火飯常焦。

便遊蒿里情無怛，

欲肆蘭臺路尚遙。

自笑輟餐餘積習，

未安一字且長謠。

【注釋】

〔吳熊和〕(1934－2012)，上海人。杭州大學中文系教授，畢業於華東師大中文系及杭州大學中文系，曾任杭州大學人文學院院長。

〔蒲柳〕《世説新語·言語》：“顧悦與簡文同年，而髮蚤白。簡文曰：‘卿何以先白？’對曰：‘蒲柳之姿，望秋而落；松柏之質，經霜彌茂。’”

〔掃地、鞠躬〕謂“文革”中的折磨。

〔蒿里〕古人認爲死後魂魄所居之處。

〔蘭臺〕漢代官内藏書之處。以御史中丞掌管之。班固曾任蘭臺令史，故以代稱。

風　雨

夜來風雨聲勢粗，

早起開門風雨無。

何處好尋風雨跡？

打斷巴蕉三兩株。

小　庭

小庭未有半分賒，

兒植蕉葵婦乞花。

我享其成望窗外，
牽牛吐蔓上絲瓜。

和題畫松韻

泰山頂上一青松，
蔭蔽千年廓有容。
只是高寒攀不得，
願移直幹下層峰。

失　卻

怕雨愁風不出門，
得晴又怕擠遊人。
老夫家住西湖側，
失卻桃花又一春。

湖　上

秋風裊裊起微瀾，
湖上荷花靜欲仙。
俗客暫來疑有約，
冷吟初就倩誰聯？
浣娃白浸波中足，
飛鷺青拖柳外天。
我自臨淵無所羨，
不看桂餌下綸漣。

【注釋】

〔浣娃句〕李白《浣紗石上女》詩:"玉面耶溪女,青娥紅粉妝。一雙金齒屐,兩足白如霜。"

〔我自兩句〕《漢書·禮樂志》:"臨淵羨魚,不如歸而結網。"孟浩然《臨洞庭》詩:"坐觀垂釣者,猶有羨魚情。"是説:我雖不求官職,但看到那些達官貴人,仍不免有羨慕之意。雲從則説:別人釣魚,我根本不去看,也就沒有羨慕之心了。較孟詩立意又高一層。

砧　聲

砧聲清以哀,
隔岸聞響答。
臨流一小駐,
秋意來匝匝。

【注釋】

〔匝匝〕周匝,環繞。

論詩絶句　六首

(一)

天吳駕浪洶昂驤,
萬匯魚龍接混茫。
拈出一篇擬《恨賦》,
波瀾原不隔齊梁。

【注釋】

〔天吳〕《山海經》:"朝陽之穀,有神曰天吳,是爲水伯,虎身人面。"

〔《恨賦》〕南朝梁江淹作。歷敘古人"伏恨而死"的幾種情況,表現人生不遇的苦悶。

(二)

> 歌行縱逸信難群,
> 姑射神姿照五雲。
> 誰與恢張建安骨?
> 鑄金合到鮑參軍。青蓮

【注釋】

〔姑射神姿〕《莊子·逍遙遊》:"藐姑射之山,有神人居焉,肌膚若冰雪,淖約若處子。"後以"姑射"喻神女或仙女。秦觀詩:"超然自有姑射姿。"

〔五雲〕五色的彩雲。

〔恢張〕發揚。

〔建安骨〕李白《宣州謝朓樓餞別校書叔雲》詩:"蓬萊文章建安骨,中間小謝又清發。"建安爲漢獻帝年號,當時以曹氏父子(操、丕、植)爲中心的文人集團,詩風剛勁,內容充實,後世稱爲"建安風骨"。

〔鮑參軍〕杜甫《春日憶李白》詩:"白也詩無敵,飄然思不群。清新庾開府,俊逸鮑參軍。"鮑照,南朝宋詩人,曾爲"參軍"。

〔青蓮〕李白號"青蓮居士"。

（三）

掣鯨身手自家知，
此老何須贅一辭？
盧駱王楊同一概，
萬篇留與後賢嗤。浣花

【注釋】

〔掣鯨〕杜甫《戲爲六絶句》：“或看翡翠蘭苕上，未掣鯨魚碧海中。”“翡翠、蘭苕”，郭璞詩：“翡翠戲蘭苕，容色更相鮮。”指辭藻美麗。掣鯨碧海，指詩筆遒勁，內涵廣闊。

〔盧駱王楊〕初唐併稱“四傑”的四位詩人，盧照鄰、駱賓王、王勃、楊炯。

〔浣花〕杜甫避難成都時，在浣花溪上築草堂。

（四）

杉檜摩風漁火燃，
山樓江艇夢相牽。
昌黎景語誰能到？
白俗元輕得比肩？昌黎

【注釋】

〔杉檜兩句〕韓愈《陪杜侍御遊湘西兩寺獨宿有題一首》：“幸逢車馬歸，獨宿門不掩。山樓黑無月，漁火粲星點。夜風一何喧，杉檜屢摩颭。猶疑在波濤，怵惕夢成魘。”

〔白俗元輕〕白居易的詩歌，有淺俗之病；元稹的詩歌，有輕薄之弊。李肇《唐國史補》：“元和以後……詩章則學矯激於孟郊，學淺切於白居易，學浮靡於元稹，俱名爲元和體。”

（五）

滑易奚妨筆力遒，
東坡駿快絕詩流。
棲賢漱玉真興閣，
李、杜文章辦得否？　東坡

【注釋】

〔棲賢、漱玉〕蘇軾《廬山二勝·小序》："余遊廬山南北得十五六，奇勝殆不可勝記，而懶不作詩，獨擇其尤佳者作二首。"即《棲賢三峽橋》《開先漱玉亭》。蘇轍《廬山棲賢堂記》："……雖三峽之險不過也。"現代陳邇冬《蘇軾詩選》注："這裏的'三峽'指蜀江的三峽。"

〔真興閣〕即《真興寺閣》詩，是蘇軾《鳳翔八觀》詩之一。

（六）

披雲激電夢騎鯨，
此是英雄未死心。
誰是五丁疏鑿手？
故祠頓首涕盈襟。　放翁

【注釋】

〔披雲句〕陸遊《長歌行》："人生不作安期生，醉入東海騎長鯨。"

〔此是句〕陸游報國殺敵之心，至死不改，在其詩中多處表現。如《建安遣興》："刺虎騰身萬目前，白袍濺血尚依然。聖時未用征遼將，虛老龍門一少年。"《夜遊宮》詞："自許封侯在萬里，有誰知，鬢雖殘，心未死。"直至八十五歲臨死時還寫下《示兒》詩："死去元知萬事空，但悲不見九州同。王師北定中原日，家祭無忘告乃翁！”

〔五丁〕古代神話傳說中五位力士，曾開鑿入蜀的道路。《華陽國志》：“惠王知蜀王好色，許嫁五女於蜀，蜀遣五丁（壯士）迎之，還到梓潼（今四川江油、綿陽一帶），見一大蛇，入穴中，一人攬其尾掣之，不禁，至五人相助，大呼拽蛇，山崩時，壓殺五人及秦五女並將從，而山分爲五嶺。”

〔陸遊〕（1125—1210），字務觀，號放翁，山陰（今浙江紹興）人。一生志在恢復中原，因此受到以秦檜爲首的投降派的打擊。四十六歲爲夔州通判入蜀，以後參加范成大幕府，遠至前線。他特別重視蜀中十年的生活，詩集題名爲《劍南詩稿》。

以上六首詩縱論古代著名詩人，著眼於其詩特色，一掃浮泛之辭，每首都有創見。

成都三詩

公元 1990 年 9 月，赴四川大學主持博士研究生朱慶之君論文答辯時作。

杜甫草堂

浣花一老萬篇留，
浩浩江河亘古流。
慚愧蟪蛄聲細碎，
更無高詠繼前修！

【注釋】

〔朱慶之〕四川大學張永言教授的博士研究生。

〔草堂〕唐肅宗上元元年（760），杜甫在成都西郊浣花溪畔營建了草堂，有《卜居》《草堂》等詩。

〔蟪蛄〕見 53 頁〔邅山兩句〕注。

武侯祠

吞吳覆魏兩悠悠，
西蜀宗臣志未酬。
我向祠堂拜遺像，
古碑字蝕不勝愁！

【注釋】

〔武侯〕諸葛亮謚忠武侯。

〔吞吳覆魏〕諸葛亮本有統一天下之志，結果"吞吳""覆魏"均未能實現。

將　歸

錦水風光亦足誇，
偶來天府喜清嘉！
三千里地煙霄裏，
猶及中秋可到家！

【注釋】

〔錦水〕即錦江，在成都市南。

〔天府〕四川出產豐富，號稱"天府之國"。

又　　薛濤井歸後作

纖縻罷汲歲年深，
似有靈芬浣蕙心。
紉質即今何處是？

詩成悵望暮雲沉。

【注釋】

〔薛濤井〕薛濤，唐女詩人。字洪度，長安人，幼年隨父入川，後爲樂妓。能詩，時稱女校書。曾居成都。薛濤井故址在成都南岸百花潭上，水極清冽。相傳濤以井水創製深紅小箋寫詩，人稱薛濤井、薛濤箋。

爲士復兄八十祝嘏

余與士復在上海修訂《辭海》，嘗有詩，故云云也。

歇浦華顛炙殺時，
西湖煮茗愜前期。
吹簫白下我休矣，
攬勝棲霞讓子奇。
猶有新篇祝黃耇，
更無酒戶引深卮。
遙知黌舍筵開處，
共仰雄談四座馳。

次憲文韻

三尺蝸廬也定居，
呼牛呼馬但由渠。
殘年飽吃白米飯，
且讀平生未了書！

【注釋】

〔憲文〕張憲文（1920－？），浙江溫州人。畢業於溫州師範學校,長期從事文化教育工作。系圖書資料專業副研究員。曾發表《清康熙博學鴻詞科述論》《瑞安孫氏玉海樓書藏考》等論文多篇。1938年雲從避寇,在溫師教書數月,憲文曾受業。數十年來音信不斷。

憲文聞余病,來書有五內如焚語,作此爲報

命長總要見閻王,
命短些兒也不妨。
我友應須知此理,
勿因我病便驚惶!

無　題

飛花飛絮本無心,
偶被拈來入短吟。
我愛定庵詩句好:
"詞家從不覓知音!"

【注釋】

〔定庵〕清代著名思想家、文學家、詩人龔自珍的號。龔自珍詩文有奇氣,洋溢愛國主義熱情。其《己亥雜詩》"落紅不是無情物,化作春泥更護花"句,表現了自我犧牲的精神。"偶賦凌雲偶倦飛,偶然聞賦遂初衣""詞家從不覓知音,累汝千回帶淚吟"等詩句都體現了詩人超越的思想境界。

以上三首詩,當是1994—1995年雲從病重時作。

讀《三秦記》

赤鱧朝龍門，
登者七十二。
居然俱神異，
司命所位置。

【注釋】

〔三秦記〕即《辛氏三秦記》，古代地理書，已失傳。清張澍有輯本。

〔赤鱧兩句〕《太平廣記·龍門條》引《三秦記》：“龍門山在河東界，禹鑿山斷門，闊一里餘，黃河自中流下，兩岸不通車馬，每次暮春之際，有黃鯉魚逆流而上，得上者便化爲龍……”鯉魚登上龍門，居然能化爲龍，其實不過是司命之神所安排，即碰上了運氣。

讀《新序》

葉公有偏嗜，
雲雷致眼底。
努目出爪鬛，
壁上嚇人耳！

【注釋】

〔葉公〕劉向《新序·雜事》：“葉公子高好龍，鉤以寫龍，鑿以寫龍，屋壁雕文以寫龍。於是天龍聞而下之，窺頭於牖，施尾於堂。葉公見之，棄而還走，失其魂魄，五色無主。是葉公非好龍也，好夫似龍而非者也。”此詩說葉公好龍，不過是畫在壁上嚇人的，真龍下降，他反而嚇壞了。

以上二詩，著作年代不詳。

頻伽室語業

蔣禮鴻　盛靜霞　著

盛靜霞　注

《頻伽室語業》目录

第一卷　就讀南京，隨校西遷

第二卷　詩詞唱和（上）

第三卷　詩詞唱和（下）

第四卷　抗戰勝利,回鄉

雲從有舊衣,製自君姑,破敗不可著,余爲翻裏作表,既傷窮

第五卷　新中國成立後

第一卷　就讀南京，隨校西遷

重陽登棲霞山分韻得開字

　　彭澤汪辟疆師創雍社，重九偕諸子遊棲霞山，山多紅葉，經霜彌豔。

　　　　　明滅山容巧剪裁，
　　　　　尋村出郭得追陪。
　　　　　芳塘野荻含愁舞，
　　　　　絕洞寒花帶淚開。
　　　　　白羽鳥隨丹壑迥，
　　　　　黃衫人擁赤雲回。
　　　　　最憐小字偏相似，
　　　　　疑是三生棲止來。——青

【注釋】

　　〔諸子〕"是日同來山中者，有鍾陵章璠、彭澤汪碧城、閩侯梁璆、丹徒盛靜霞、安化陶希華諸女士。章為畢業同學；汪乃辟疆先生次女公子；梁、盛、陶，皆在校同學也。"見《文藝月刊》十卷一期《張珝香九日遊棲霞山詩》自注。

　　〔棲霞山〕在南京市東北。

　　〔汪辟疆〕(1887－1966)，名國垣，字辟疆，號方湖。古典文

學研究家,詩人。先後任中山大學、中央大學等校教授。主要著
作有《水經注疏》《唐人小說考證》《方湖詩鈔》等。

〔黃衫人句〕時同學中有著黃衫者,采得紅葉甚多,捧而下
山。《霍小玉傳》:"忽有一豪士,衣輕黃衫,挾朱彈揖生曰:'公非
李十郎乎?'……乃挽生馬而行。……命奴,報曰:'李十郎至
矣!'"李益字十郎,與霍小玉相愛,後絕不至霍家,黃衫人强使李
與小玉相見,小玉一慟而絕。後黃衫人、黃衫客遂爲俠客代稱。

巫山十二峰

玉削雲雕畫不成,
只看歷歷入蒼冥。
煙鬟霧帶都難辨,
隱隱飛來環佩聲。——青

【注釋】

〔巫山十二峰〕1937 年余隨校往重慶,過巫峽時雲遮霧擁,
隱隱見七、八峰頭,即巫山十二峰。其中有似美人揚袖而立者,
即神女峰。

巫山瀑布已涸

風刀劈崖裂,
霧雨連青冥。
白虹挾電落,
燦爛飛寒星。
千迴萬壑竦,
一瀉群山青。

似聞萬雷霆，
濤波共奔騰。
造化弄狡獪，
逼視始歡驚。
泉乾石已老，
猶作奔流形。——青

家　報

朝夕風雲變，
家書望眼穿。
也知前月事，
不惜百回看。——青

石　門

嘉陵江心有二石突起，號爲石門，勢極險峻。冬日與岸相接，春深則全没水中，舟行甚艱。

天鎖高江石作門，
兩螯怒攫浪翻盆。
心驚激電初馳突，
力盡孤舟轉倒奔。
日暮雲屯埋石骨，
冬深水落見霜痕。
遥知愁滿三春水，
多少淒涼沽客魂。——青

167

敬和霜厓師，丁丑除夕蘇民招飲，即席感賦原韻

脊令音斷失棲栖，
物候全非怯歲華。
絕澗愁腸爭轉轂，
新叢淚眼共生花。
一枝搖落頻看影，
半壁沉淪莫問家。
又是斜陽連薄暮，
萬山寒瘴咽悲笳。——青

【注釋】

〔霜厓〕吳梅（1884—1939），字瞿安，號霜厓。江蘇長洲（今蘇州）人。戲曲理論家、作家。歷任北京、南京等地大學教授，著有《顧曲塵談》《中國戲曲概論》等。著重研究曲律及文詞，另著有雜劇、傳奇二十多種。

〔丁丑〕1937 年。

〔脊令〕鳥名。《詩·小雅·常棣》："脊令在原，兄弟急難。"比喻兄弟友愛，急難相顧。

三月得家報知遷居鹽城

徹天烽火雁程迂，
五度蟾圓一紙初。
字跡模糊詞恍惚，
渾疑昨夜夢中書。——青

三月某日半夜暴雨，滿牀皆漏

忽驚驟雨挾風馳，
斗室分明是漏卮。
一夕掀翻遊子夢，
四山吹落病鵑枝。
羅衾半浣愁薰濯，
錦帙全淹失護持。
明日濕煙堆畔路，
應憐屐齒訪春遲。——青

山　花

人間不識謫仙魂，
斷隙蒼崖一點根。
豈爲我來紅若此？
蠻風蜑雨幾黃昏！——青

春　望

滄海無端起逆流，
五千里地一身浮。
別緣匆遽思偏苦，
事到艱難恨亦休。
坐久不知雙淚落，
驚回驀見萬山稠。

蜀江春水茫茫緑，
不釀韶華祇釀愁！——青

三月某日，偕春生赴磁器口吃魚　二律

巴江魚似玉，
十里訪孤罾。
野色冥無際，
荒途幸有朋。
霧濃星在水，
山斷峽遮燈。
不見峰頭路，
攀援又幾層。

山中人跡絶，
茅店一燈涼。
豎子癡窺客，
春聯亂綴牆。
登盤知故味，
把酒説他鄉。
此夕何曾醉，
朝來總病忘。——青

【注釋】

〔春生〕吳棠(1915—?)，字春生，揚州人。畢業於中央大學。
1947年去臺灣，後赴美，1956年回國，任上海師範大學教授。

〔磁器口〕在中大南，濱嘉陵江。

〔巴江魚似玉〕川江水急，魚不易生存，故很難吃到魚。

南泉雜詠　九首

煙雨遙開亞字欄，
危樓一角出花灘。
瘴炎不到南泉路，
萬木森森郁夏寒！

市外人家峽外村，
青山當戶水當門。
夜來夢醒知何處？
一片清涼沁客魂！

蒼蒼暮色接天關，
的皪明燈杳冥間。
不見飛流何處是，
霜蹄蹴踏滿空山。

隔花弦管高低咽，
近水樓臺上下明。
話到深宵渾不寐，
重重山影入窗櫺。

峰影參差入檻幃，
蒼茫夜色鎖岩扉。
一燈搖曳光如豆，
知有行人在翠微。

水村淡淡雨疏疏，
霧染雲渲作畫圖。
多少濕雲飛不起，
絲絲空翠襲肌膚。

只恐青山難醉客，
朝來黯黯晚茫茫。
多情更有終宵雨，
釀得清溪似酒黄。

門前屐齒有人行，
雨後花溪別樣清。
遠岫遥舒天外畫，
斜陽一綫幾家晴。

幾處疏村依翠壁，
一彎綠水出幽林。
滿山佳句無人拾，
盡日徘徊盡日吟。——青

【注釋】

〔南泉〕即南温泉，在重慶南。余同系梁璆邀余及蔡彬珍前
往，小住數日。

仙女洞

洞雲已死不曾開，
四壁陰陰澀冷苔。
豈有閒心作波浪，
山泉無意自飛來。——青

青姑曲

渝州當大江之北，以南謂之南岸，有溫泉曰南溫泉，與北碚之北溫泉同爲名勝。泉口曰虎嘯。附近有井、洞，皆以仙女名。洞容千人，相傳有青姑者，爲其夫彭郎所棄，投井死，彭化爲猛虎，撞山而爲洞焉。事涉詭奇，固不可信。雖然，負義忘恩，人形獸性，背本者自當化虎，貞烈者足可稱仙。俯仰古今，發爲歌曲。亦望詩以事傳，聊以諷世云爾。

堂上羅鴛鴦，
堂前列琴瑟。
香囊寶帳爛生光，
正是青姑初嫁日。
而今空有溪水流，
溪上笙歌出畫樓。
一泓寒碧自激瀲，
無人更識青姑愁。
二月春風始，
青姑年十四。

嬌癡不解父母憐，
常臨碧水比花枝。
綠髮隨波委，
紅雲一朵垂。
彭郎十八入軍伍，
閑來偶踏溪頭路。
忽看碧浪漾丹朱，
中有人面如畫圖。
驚鴻飄渺宛若仙，
流波美盼世所無。
涉溪幾度相嬉戲，
暮去朝來成連理。
軍書若火煎，
催戍湘江邊。
生離若死別，
指日還誓天。
蜀山桃花開復落，
湘江水逝年復年。
天外鳳凰又成配，
山底孤鸞抱影眠。
忽來遠方客，
閑把瀟湘述。
豔説彭郎花燭時，
瓊枝璧月相參差。
晴空霹靂更無淚，
百轉千迴惟一死。
迢迢長夜永，

梧桐覆金井。
無人曾見斷腸時，
月明空照波心靜。
紆青帶紫何煌煌，
彭郎得意歸故鄉。
涉江閒遊不稱意，
聞說仙井靈且香。
登山陟嶺似有觸，
摩井撫牀還端詳。
忽看碧浪漾丹朱，
中有人面如畫圖。
拈花一笑何嬌癡，
正是青姑十四時！
此時心已失，
摳衣一躍入。
隨從大駭爭抱持，
捉將雙足號呼急。
狂飆忽起撼千山，
井泉奔騰起波瀾。
眼前主人忽幻化，
化作猛虎光斑斕。
從此山中有虎患，
出沒咆哮昏復旦。
不將老弱婦孺吞，
食盡男兒壯年漢。
攜香抱燭村人來，
井前羅拜告且哀。

仙之貞烈冤已白，
莫使猛虎爲人災！
山風四起虎忽至，
長慟數聲血流眥。
還向青姑舊妝閣，
奮身一掃成洞壑。
騰踉踔躍更無蹤，
四山草木空索索。
居人此後可安眠，
泉名虎嘯洞名仙。
神仙渺渺不可見，
洞口繚繞惟雲煙。——青

【注釋】

〔驚鴻〕見 61 頁注。

〔花燭〕舊式結婚新房裏點的蠟燭。上面多用龍鳳圖案等
裝飾。

〔紆青帶紫〕比喻做了官，富貴了。

紅豆樹　二律

余任職白沙女中，寓楠木林內，有紅豆樹兩株，高十餘丈，校
址遂名爲紅豆樹。所結實較廣西產稍大，亦堅實紅豔可喜，數年
始一實。

嬌紅杳不見，
老幹自嶔奇。
採擷何年事？

相思不可期!
獨標林樹外,
偏與客窗宜。
夜久孤燈暗,
蕭疏瘦影移。

異種來南國,
含情寄蜀西。
時時狂客拜,
夜夜怨禽棲。
歲久精魂結,
空山風雨迷。
悲秋縱有淚,
莫灑忍寒枝。——青

【注釋】

〔相思〕紅豆,一名相思子,傳説一位女子在樹下盼望丈夫,淚落染樹,結出紅豆。王維《相思》詩:"紅豆生南國,春來發幾枝?願君多採擷,此物最相思。"

聽　泉

何處空岩滴又停,
天風吹斷細泠泠。
不辭盡日癡相語,
偏有癡人盡日聽。——青

177

礁

長礁犖确水漫漫，
濤轉渦旋欲靜難。
石爛海枯何日是，
縱無風雨也波瀾。——青

大刀吟

　　大刀隊爲我方之奇兵，抗戰軍興，屢以卻敵，敵軍見之輒魂
飛膽落。盧溝橋之役，殺傷尤衆。

寒如秋水薄如紙，
觸者摧折當者死。
中華男兒好身手，
揮之如入無人市！
盧溝橋畔月昏黃，
妖星墮地森有芒。
黃牛白酒面如灼，
帳前磨刀聲霍霍。
袒胸把刀刀卷苞，
銀蛇驟飛風漠漠。
虜兵愕眙初未覺，
不及驚呼頭已落。
一揮手倒七八人，
斷腰折臂連肩削。

人頭戲拋興未竭，
一風吹腥腥雨熱。
提刀四顧敵已空，
仰天大呼有殘月。
還來月下視寶刀，
青光凜凜不見血！——青

【注釋】

〔盧溝橋之役〕1937 年 7 月 7 日日本侵略軍突向我河北豐
臺縣附近之盧溝橋發起進攻。中國軍隊奮起抵抗。

〔青光句〕極言刀鋒之利，刀過處，刃不沾血。

入　峽

蛟蛇出没東海隅，
螯手斷腕來桑榆。
山情水態觀不足，
中有三峽駭下愚！
千尋束縛數百里，
江奔一線迴復紆。
衝騰激蕩急難出，
忽然一落走隙駒。
悲風颯颯白日暗，
千竅百孔濃霧敷。
蒼松紫樹掛其外，
天爲環嶂地胡盧。
小舟傾側轉倒走，
大舟蜿蜒行甕壺。

重巒層出無去路，
白雲瀜瀜生來途。
萬峰劍削多上指，
千岩刀劃盡下趨。
雲間仰望帽自落，
壁上遐思髮欲枯。
鳥飛倏落不可達，
斷岩三止爲踟躕。
中空雙扉懸板屋，
山巔野老竹杖扶。
至此仙妖兩不辨，
一船爭指相咕嚅。
天開絕險飛難越，
重重關塞愁妖狐。
峽中一入絕人世，
買田將在巫山趺。
劉、王、孟、李遞雄跡，
空山落日聞猿呼。——青

【注釋】

〔隙駒〕如白駒過隙，極言迅速。

〔劉、王、孟、李〕劉備（三國）、王建（前蜀）、孟昶（後蜀）、李勢（蜀）均盤踞四川稱王稱帝。

此章諷刺某些權貴，以爲入川便如入桃源，可以避亂。不知歷史上盤踞四川者，皆不長久。

吊首都

一九三七年秋,日寇陷首都,潰軍爭渡,先登舟者刀斫攀舟者,江水盡赤。敵坦克入城,輪上肝腸纏滿。華人三十萬被屠殺。

石頭石頭堅復堅,
茫茫六代隨風煙。
山河未改王氣黯,
揭天妖火明無邊。
江中一夕血肉滿,
都是健兒指與腕。
曾執干戈衛上京,
攀舷卻向江頭斷。
風煙鬱鬱山蒼蒼,
臺城斜日昏且黃。
滿城不見屍與骸,
積街盈尺醢作漿。
奔訇鐵轂那可禦,
纏黏輪軸肝與腸。
可憐百萬生靈盡,
胡馬長嘶飲大江!——青

【注釋】

〔首都〕當時國民黨政府的首都,即南京。

〔臺城〕本三國吳後苑城,後爲東晉臺省、宮殿所在。故址在今南京市雞鳴山南。

〔醢〕肉醬。

〔訇〕大聲。

〔生靈〕百姓。

袒背翁

臘月某日，重慶都郵街，有老翁袒其背，攜一童子，持衣兜賣。

袒背翁，

袒背翁，

雞皮縠觫長街中。

右手持衣左扶童，

自云"避亂遠來奔，

一家喪盡祖孫存。

天寒老朽不久死，

賣衣爲保嬌兒身"。

一言幾絕雜號哭，

號哭驚動路旁人。

路旁貂裘盡年少，

聞此相顧嗤以鼻。

鶉衣襤褸已百結，

老翁無乃發狂疾？

狂疾狂疾無人買，

長街呼遍肌膚裂。

明日老翁袒背僵道旁，

小童獨抱破衣泣。——青

【注釋】

〔觳觫〕發抖。

〔鶉衣百結〕鶉鳥尾禿,用以形容像鶉尾一樣破舊的衣服。百結,打了無數的補釘。《荀子‧大略》:"衣若懸鶉。"

警鐘行

長空杲杲白日靜,
鐘聲嗚嗚驚傳警。
狂飆蔽日走石沙,
壯呼老啼湯沸鼎。
穴中盡作蛙黽蟄,
六街颯颯陰風冷。
天崩地裂起奔雷,
當頭岩石訇然隕!
父母妻子顫相抱,
生離死別在俄頃。
震盪昏眩得不死,
耳聾睛突猶爲幸。
一彈中穴門,
百口同灰殞,
十里之外肢體飛,
鬚髮粘壁血肉緊;
一彈中居室,
四鄰火光迴,
焦梁灼棟落紛紛,
滾地抱頭無處遁。

一彈復一彈，
百彈千彈意未逞。
毒霧下墮隨風狂，
軋軋機槍急雨猛。
雕欄畫棟焰衝天，
紅塵頃刻群鬼騁。
鮮血模糊不忍觀，
遊絲一息聲悲哽。
喚兒呼女如癡狂，
遍街奔走雙睛迸！
龍鍾老嫗抱頭顱，
頭顱半缺連兒頸。
樹頭掛骸血淋漓，
破腹流腸枝穿挺。
衰翁拾得錦衾歸，
衾中熱血包雙脛。
百里樓臺化劫灰，
萬家骨肉忽異境。
怒焰齊隨彈火高，
警鐘震處癡聾醒。
爲謝東夷運無多，
人寰慘絕天安忍？
黃昏山色照群骸，
野犬無聲細舐吮。——青

月華曲

　　何月華，中央大學園藝系二年級生，攻讀甚勤。航空系章某者，已婚，有二子，仍向何求愛，為所拒，見訕於同學。乃於七月二十四日晨，槍擊何後自戕。各方對何竭力營救，經兩月終不治，逝於歌樂山，年二十有二。父母俱年邁，至今尚不知此耗也。己卯八月二十三日靜霞志。

菟絲何纏綿？
孤松青如此。
松枝故不傾，
長蔓纏之死。
金陵女兒出何家，
豐神皎皎字月華。
南雍習得司花藝，
園中萬芳爭吐葩。
盧溝戰雲釀，
倉卒來窮獐。
掌珠一去便天涯，
二老朝朝禱無恙。
下幃埋首奮益勤，
報國酬家敢辭讓！
別開新系號航空，
志在殲敵於蒼穹。
高懷奇技絕儕輩，
中有一人秉異衷。
丁年其名章其姓，

家住浙江江水東。
嬌兒已在糟糠室，
柔情還思婉娩容。
經年志不渝，
終日心忡忡。
逢人訕笑恨欲死，
十目所視十手指。
千方借得手槍來，
平旦相要狹路裏。
此時愛恨竟不分，
霹靂雙鳴同已矣！
天昏地暗群山裂，
驟雨滂沱飛電疾。
忽聞狙擊震黌宮，
駭目驚心皆麕集。
橫當鐵彈血盈腰，
自擊顴顙腦如雪。
肝腦塗地逝已久，
腰傷漸蘇蘇欲絕。
撫膺宛轉淚如泉，
呼爺喚娘聲聲咽。
爺娘命我負笈來三巴，
只知讀書，
不知其他。
人各有其志，
何辜遭虺蛇？
雙親之恩不得報，

安能從此埋黃沙！
天乎地乎，
何年何月爲我伸冤誣！
三千窗友咸雨泣，
飛馬馳車救弱息，
開胸破膈彈乃出，
呻吟兼旬神益竭。
敵機日夜仍肆虐，
病榻移入陰洞壑。
子夜愁鵑泣血聲，
荒山無術返魂魄。
隨風一縷斷還飛，
烽火漫天何處歸？
夜夜月華清似玉，
年年芳草孤墳綠！　──青

【注釋】

〔歌樂山〕在重慶南。

〔己卯〕1939 年。

〔菟絲〕即“菟絲子”。一年生纏繞寄生草本。

〔南雍〕即南京中央大學。

〔司花藝〕何月華在中大園藝系學習。

〔糟糠〕舊指窮人用來充飢的酒糟、糠皮等粗劣的食物。《後漢書·宋弘傳》，漢武帝的姊姊新寡，看中了宋弘，武帝叫姊姊坐屏風後，親自和宋弘説：“諺云‘貴易交，富易妻’，人情乎？”宋弘回答：“臣聞貧賤之交不可忘，糟糠之妻不下堂。”帝回過頭來，和公主説：“事不諧矣！”“糟糠”以後就用來代表共同嘗過辛苦的妻子。

〔婉娩〕柔順。

〔要〕邀。

〔黌宮〕古代貴族子弟學習的處所，此處指中大。

〔麕集〕群集。

〔顴顙〕顴骨、額角之間。

〔虺蛇〕毒蛇。

哀渝州

五月四日，敵機狂炸渝州，死傷數萬，焚燒達數日。城中大半成灰燼。

五月四日歲己卯，
夕照昏昏飛鐵鳥。
空岩蟄伏憤難伸，
彈落如珠聞了了。
衝霄烈火山頭起，
遙指渝州三十里。
焰舌赬星正吐吞，
江水無聲天地死。
黌宮少年眥盡裂，
攘臂連踵來城闕。
途中漸聽哭聲高，
道上惟看殘與缺。
火雲煙陣那見城，
雷轟電掣驚風逆。
崩倒之下人鬼奔，

焦爛之內號啼急。
無頭之人芒芒行，
披髮之魅當道立。
橫拉枯朽落焦梁，
忽迸血漿飛斷臂。
瓦礫如山下有人，
頭腰已出股脛塞。
翻磚撥瓦群力盡，
掙扎牽拉終不得。
泣請諸君斷余股，
寧願殘生半身失！
聞此嗚咽皆淚流，
一拽再拽肝腸出。
徹宵灰燼化孤城，
陰風慘慘天不明。
十日掩埋那得盡，
百里哀鴻相扶行。
燼中往往殘骸出，
峽底時時冤鬼鳴。
中有百人藏一穴，
穴口彈落相蒸烹。
開山忽見互抱擁，
逼視始知皆焦腥。
城中從此繁華歇，
早閉晏開行蹤絕。
僵屍夜起忽撲人，
月光如水面如鐵。

嗚乎！

百年興廢事可推，

昨日天府今劫灰！——青

【注釋】

〔渝州〕重慶。

〔己卯〕1939 年。

〔頵星〕火星。

〔無頭兩句〕傳說：有人頭已被炸斷，不自知身死，仍在行走；有人披髮而立，有如鬼魅。大轟炸後，被炸者竟成半人半鬼。

〔哀鴻〕比喻流離失所的災民。《詩·小雅·鴻雁》："鴻雁于飛，哀鳴嗷嗷。"

〔僵屍夜起〕當是半死仍能起立者，被疑爲僵屍。

薄薄粥

渝州被炸後，哀鴻遍野，校中乃設施粥處，余亦參與。

薄薄粥，

勝茶湯；

些些藥，

堪療創。

持盂歇擔立道旁。

道旁不爲市與販，

餉吾同胞來城坊。

城坊遠來爲何事？

五月四日災殃起：

家業成灰骨肉盡，

一身出自劫灰底。
夢裏但隨行者行，
行來更無止處止。
龍鍾白髮扶杖來，
伶仃稚兒走沿地。
衣裳襤褸面青黃，
遍山遍野相迤邐。
日長歲久怎爲生？
地北天南何處去？
問之無語亦無淚，
强之不食但噓唏。
披創帶血不知痛，
抱袄攜筐芒芒視。
感此浩劫意如麻。
我亦流浪無家兒，
珍重前途斜日斜！——青

【注釋】

〔迤邐〕這裏指災民絡繹不絕。

巴中曲

巴中五月蜂蝶忙，
東村女嫁西村郎。
龍笙鳳管千百行，
洞房花燭籠春光。
寶扇初開未相向，
此時人間與天上。

半空驀地來驚雷，

一聲霹靂天地摧。

堂前賓客悉爲鬼，

帳底鴛鴦成寒灰。

鴛鴦有夢憑誰喚？

頸未交時頭已斷！

萬劫難回紫玉魂，

千秋怎得冤盆轉？

生人之慘古所無，

古今有恨與此殊。

明年芳草還成叢，

白日無人孤村空。

遊魂斷魄夜相逐，

青磷點點浮春風！──青

【注釋】

〔寶扇〕見 28 頁〔寶扇開〕注。

〔紫玉魂〕見 89 頁〔紫玉竟成煙〕注。

〔冤盆〕戲曲中有《烏盆記》，敍述老頭張撇古被人謀財害命，鬼魂附著一隻黑色的瓦盆，經包公審明，伸了冤。

鄧將軍

自九一八後，東三省失守，而我遊擊隊仍出没於白山黑水間，鄧將軍鐵梅部，亦其一也。槍械不足，給養困難，苦鬥多年，終於某年冬，全軍凍斃荒山，凡三百人，皆立僵，持槍猶不放云。

將軍鄧氏諱鐵梅，

馳騁燕雲名如雷。
一朝塞上變風色,
老林深山出復没。
朝埋三覆敵魂飛,
夜襲羌營羌膽失。
長征苦鬥年復年,
矢盡援絕窮益堅!
蟣生鐵甲猶著體,
創刮金刀手自纏。
黑龍江上水嘶血,
長白山頭雪暗天。
朔風一夜起,
凍徹乾坤底。
兼旬不九餐,
千弓無一矢。
軍令如山敢縮瑟,
持槍鵠立朔風裏。
徹宵冰雪漫孤山,
三百男兒一齊死。
明日虜軍窺軍門,
狐疑鼠竄還驚奔。
朝朝只見岩岩立,
逼視始知化忠魂。
金槍在握堅不放,
銀霜遍體容如生。
全軍盡僵陣未變,
裂眥蝟髮聞叱聲!

胡兒眼淚雙雙落，

孤鴞徘徊嗚嗚鳴。

年年長白山頭雪，

碧血丹心結爲鐵。

古梅斥蕚凝青霜，

千秋萬歲同芬芳！——青

【注釋】

〔九一八〕1931 年 9 月 18 日日本關東軍突襲瀋陽，次年東北全境淪陷。

〔白山黑水〕長白山、黑龍江。

〔燕雲〕五代時石敬瑭割讓給契丹的北方地區，總稱"燕雲十六州"，後爲北京失地的泛稱。

〔三覆〕多處埋伏，三，虛數。

〔蟻〕蛀蟲。

〔創刮金刀〕用刀刮出創傷中的膿血。據說良醫華佗曾爲關羽刮骨療創。

〔岩岩〕高峻貌。《詩·魯頌·閟宮》："泰山岩岩，魯邦所瞻。"

〔斥蕚〕開花。

千人針

千人針，

千人針。

針密密，

線深深。

半尺紅綾出千人。

出自島夷女兒手，
得自島夷壯士身。
壯士已死綾在胸，
鮮血模糊綾更紅。
女兒閨裏梳裝畢，
日日拈針街上立。
人持一片縫一針，
線密針深更無隙。
謂出一千女兒手，
可化壯士胸前鐵。
槍刀炮彈俱不入，
病蠱邪魔遠可辟。
三軍人人佩在胸，
擄掠姦淫仗神力。
陣前壯士紛紛死，
街頭女兒縫不已。
縫不已，
千人針。
針自密，
線自深。
低頭縫綴口中禱：
"願儂至誠上通神！"
上通神，
神若有靈，
豈佑極惡窮凶人？——青

【注釋】

〔魙〕同䰟。舊時迷信説法，稱鬼死爲魙。《聊齋•章阿端》："人死爲鬼，鬼死爲魙。"

影中人

影中人，
影中人。
顔色如花命如葉，
低頭獨坐如傷神。
寄自島夷少婦手，
得自島夷壯士身。
壯士已死影在胸，
鮮血模糊顏更紅。
左手當胸右手按，
腰中錦札如珠貫。
語語都疑血淚飛，
封封只問何時歸？
閨中無計消春晝，
小影攝成初罷繡。
應知影裹人意深，
應見影中人面瘦。
百轉千迴萬種愁，
可憐獨坐還低頭。
沙場棄骨緣何事？
吞天爲遂豺狼志。
豺狼之志何日遂？

帳下屍骸如山積。
櫻花三月海上春，
春閨有夢花飛辰。
游魂不受東風管，
好見影中如花人。——青

天都烈士歌

朱希祖先生撰《天都烈士歌》，序云："烈士姓吳，諱承仕，字檢齋，歙縣人。受業餘杭章先生，嘗研覈"三禮"及《左氏春秋》，撰《經藉舊音辨證》，主講西北諸大學凡十餘年。瀋陽既陷，乃改談時政，薰陶弟子，益無倦。盧溝橋變起，自故鄉移寓天津，密撰抗敵文告不下三十萬言。始遭名捕，繼復利誘，卒以不屈爲敵人支解而死云云。"讀而壯之，因仿原玉，不足爲效顰也。

東南秀鍾天都石，
天都靈蘊烈士出。
頭角崢嶸幼不群，
詩書激厲長能述。
析音辨紐承名師，
大義微言精考覈。
手中"三禮"幾絕編，
眼底百家供指摘。
傳經論道踵前賢，
塞北江南二十年。
紛紛桃李遍天下，
穆穆清風薰元元。

闔微張眇志不足，
蒿目艱難常悲天。
榆關忽陷來群醜，
匡時怒改經綸手。
縱談大勢勢已成，
獨看長劍劍夜吼。
盧溝月暗燕京失，
倉皇走作天津客。
潛編《心史》在金函，
三十萬言平戎策。
揮毫擬作魯陽戈，
吐氣將吞東海日。
雄圖密計忌胡羌，
威脅利誘柔復剛。
死生詎移烈士志，
冰霜久結烈士腸。
印綬在前刀在胸，
嗚嗚笑罵轉從容。
屢遭名捕更不屈，
一朝支解金軀裂。
三載萇弘怨結天，
朝朝精衛空銜石。
四支雖解心更堅，
血化江河山化骨。
嗚呼！
烈士之死天下哭，
天都之峰天上矗！——青

【注釋】

〔朱希祖〕(1879－1944)，著名歷史學家，通目録、版本、校讎、金石、考古等學。歷任清華大學、北京大學、中央大學等大學教授。主要著作有《汲塚書考》《戰國史年表》等。

〔天都〕吳承仕爲安徽歙縣人，歙縣接近黄山，黄山主峰爲天都峰。

〔吳承仕〕(1884－1939)，受業章炳麟先生。事蹟見詩歌本文。

〔名捕〕列名黑名單中，爲逮捕對象。

〔崢嶸〕山勢高峻，此處比喻出人頭地。

〔析音辨紐〕分析音韻，辨别聲母。紐，聲母。

〔大義微言〕即微言大義。《漢書·藝文志》："昔仲尼没而微言絶，七十子喪而大義乖。"即隱微的言語中包含深遠的意義。

〔絶編〕編書的繩子斷絶了，即熟讀之意。語出《史記·孔子世家》："孔子晚而喜《易》，……讀《易》，韋編三絶。"韋，本是牛皮，韋條是用來穿編竹簡的。

〔闡微張眇〕説明精微奥妙的道理。

〔蒿目〕極目遠望，即對世事憂慮之意。

〔榆關〕山海關。

〔潛編句〕傳説南宋末年鄭思肖撰《心史》藏於鐵盒中，埋井底，至明崇禎時始發現。

〔平戎策〕平定侵略者的策略。辛棄疾《鷓鴣天》："卻將萬字平戎策，换得東家種樹書。"

〔魯陽戈〕《淮南子·覽冥訓》："魯陽公與韓構難，戰酣，日暮，援戈而撝(揮)之，日爲之反(退)三舍。"古時行軍以三十里爲一舍。

〔萇弘〕周大臣劉文公的大夫，晉卿内訌，萇弘被周人殺死。

傳說其血三年化爲碧玉。

〔精衛〕見 33 頁〔衡石〕注。

飛纜子

　　嘉陵江南流入大江，距渝州六十里處，謂之大渡口。有怪石
鷗伏江心，曰飛纜子。春夏水深，第見波濤洶湧，微露其脊而已。
相傳每日必覆一舟，神物所據也。一九四〇年春，民用輪抵此，
觸之，立沉。除少數善泳者外，全船五百人，盡遭滅頂之禍。江
中小舟如蟻，竟坐視不救。

　　　　　飛纜子，
　　　　　飛纜子。
　　　　　嘉陵江底石如山，
　　　　　老蛟流涎飢無食。
　　　　　漁人舟子相號呼，
　　　　　船轉纜飛行不得：
　　　　　艨艟巨艦輕輕來，
　　　　　怪浪驚波生頃刻。
　　　　　船頭觸石成齏粉，
　　　　　船尾翻騰風卷隼。
　　　　　爹娘妻子不相顧，
　　　　　黿鼉魚鱉爭磨吻。
　　　　　江干小舟聚成霰，
　　　　　葉葉隨風輕似燕。
　　　　　舟人放槳自偃眠，
　　　　　滿江溺人如不見。

據云撈死不救生，
救生鬼神責替身。
千年遺俗誓遵奉，
滿船獲救無一人。
渝州當局亦束手，
日覆一舟皆由神。
茫茫白水自透迤，
明日江頭多白衣。
纜飛船轉自不息，
江空日落聞鬼啼。——青

【注釋】

〔艨艟〕大船。

〔隼〕鷹。

壯丁行

東鄉抽壯丁，
西鄉抽壯丁；
南鄉追逃逋，
北鄉仗刀兵。
東南西北多如鯽，
二十、三十壯且英。
壯丁、壯丁何處去，
保家衛國爭光榮。
城中山中搜羅盡，
五千壯丁初抽成。
空中敵機忽蔽天，

山底洞壑可容身。
居人盡作龍蛇蟄，
壯丁猶如鹿豕屯。
抽來不易不能放，
放之惟恐逃戍征。
長繩大索縛將死，
鐵鎖橫扉何猙獰！
狂風颯颯彈如雨，
釜中魚鱉遭烹蒸。
號呼輾轉無人問，
一息未斷猶望生。
千挣萬扎白骨現，
千匝萬匝仍纏繩！
四方自此多寡獨，
軍書塗卻五千名。——青

【注釋】

〔匝〕圍繞。

〔軍書句〕五千壯丁之死，竟無人追究責任，但將名册上五千名字抹去，糊塗了事。

張總司令歌

司令名自忠，字藎忱（1891—1940），山東臨清縣人，賦性忠誠，夙懷志節。抗戰後一戰於淝水，再戰於臨沂，三戰於徐州，四戰於隨棗，皆建殊勳。而臨沂之役，率所部疾趨戰地，一日夜達百數十里。與敵板垣司令號稱鐵軍者，鏖戰七晝夜，卒殲敵師。後豫鄂會戰，在南瓜店附近激戰，中彈犧牲。

浩氣蕩蕩充天地，
氣不可奪生可棄。
將軍百戰棄虎軀，
大漢於今有正義！
喜峰口外初揚威，
淝水滔滔倭魂飛。
大洪山上骨如雪，
雲夢澤中奇布圍。
豫南、鄂北名雷起，
轉鬥苦爭更不已。
鏖戰臨沂七晝夜，
夜走羌營二百里。
無何會戰襄陽道，
橫拉殘敵如朽草。
輕騎追風不顧身，
困獸臨危反相咬。
殺氣連雲不見天，
黃沙漫漫白日窅。
三軍大呼如瘋狂，
怒將鐵甲裹金創。
賊援如山殺不盡，
征袍血透刀無芒。
飛彈忽中將軍臂，
振臂一呼臂如鐵。
紛紛人馬盡辟易，
創痛復起戰更烈。
飛彈忽中將軍胸，

203

挺胸三躍轉從容。

手刃百賊賊愈衆，

天昏地暗圍重重。

拔劍自裁左右奪，

慨然顧語氣滂渤。

於國於家心無慚，

殺敵致果待奮發。

一聲大呼眥血流，

金創迸裂忠魂歿。

天愁地慘生陰霾，

殘軍舍死爭忠骸。

忠骸入都萬人拜，

萬人意氣更慷慨！　——青

【注釋】

〔淝水〕在安徽省。

〔臨沂〕在山東省東南部，今有臨沂市。

〔徐州〕在江蘇省北部，今徐州市。

〔隨棗〕在山東省。

〔喜峰口〕在河北省遷西縣北部。長城要塞之一。

〔大洪山〕在湖北省中部偏北。

〔雲夢〕古澤藪名。在湖北省洞庭湖一帶。

〔豫南、鄂北〕河南、湖北。

〔鏖戰〕激烈的戰鬥。

〔襄陽〕古郡名。轄境相當於今湖北襄樊市一帶。

〔辟易〕後退，指敵軍。

〔自裁〕自殺。

〔殺敵致果〕《左傳・宣公二年》："殺敵爲果，致果爲毅。"孔穎達疏:"能殺敵人,是名爲果,言能果敢以除賊;致此果敢,乃名爲毅,言能强毅以立功。"後因謂勇敢殺敵以立戰功爲"殺敵致果"。

第二卷　詩詞唱和(上)

南鄉子　梅影

一片亂雲低，
滿院橫斜漸漸移。
幾度分明花在手，
淒迷。
惹得空香滿素衣。

畫角入疏幃，
十二欄干月向西。
午夜夢回清似水，
依稀。
曾伴芳魂到剡溪。——青

【注釋】

〔剡溪〕在浙江嵊縣。《世說新語・任誕》:王子猷居山陰,夜大雪,……忽憶戴安道。時戴在剡,即便夜乘小船就之,經宿方至,造門不前而返。人問其故,王曰:"吾本乘興而行,興盡而返,何必見戴!"

前　調　前題

何處訴襟期？
曾是沉吟石帚詞。
籬角黃昏才始見，
霏微。
香影亭亭一片迷。

肯向綺筵低，
多謝蟾輝著意移。
珠玉爲心應付與，
單衣。
不信中宵冷露滋。——雲

【注釋】

〔石帚〕南宋詞人姜夔號白石道人，又號石帚。（鄭文焯《絕
妙好詞校錄》稱白石爲石帚。）

鵲踏枝

解道江南腸斷句，
消受年時，
梅子黃時雨。
去去棲香深院宇，
夢魂猶怯花鈴語。

蕉葉抽情絲是緒，

簾裏濃愁，

簾外天涯絮。

密約鸞箋容易許，

能言鸚鵡休頻妒。——雲

【注釋】

〔花鈴〕即"護花鈴"。王仁裕《開元天寶遺事·花上金鈴》記甯王用紅絲繩密綴金鈴，繫於花梢，鳥雀飛來，則令掣鈴驚之，蓋惜花之故。

〔能言句〕朱慶餘《宮中詞》："寂寞花時閉院門，美人相並立瓊軒。含情欲説宮中事，鸚鵡前頭不敢言。"鸚鵡會學人説話，"能言鸚鵡"比喻會搬弄是非的人。

前　調

謝盡荼蘼香入句，

十二重簾，

遮卻閑風雨。

篆裊微煙沉院宇，

凝情似解流鶯語。

難縮難分千萬緒，

風聚飄萍，

可是沾泥絮？

漫問新愁深幾許，

低徊不信天能妒。——青

竹　枝

汀花岸草悄冥冥，
吹笛孤舟小炷明。
説與煙中棲泊苦，
可能來日更無晴？——雲

【注釋】

〔無晴〕諧音雙關“無情”。

和　韻

夢入蒹葭更窈冥，
蒼茫水國夜難明。
飄蓬一夜愁多少？
雨歇風馳漸解晴。——青

【注釋】

〔蒹葭〕《詩·蒹葭》：“蒹葭蒼蒼，白露爲霜。所謂伊人，在水一方。”係懷人之作。

〔漸解晴〕諧音雙關：漸漸懂得了愛情。

浣溪沙　紀夢

霧失千山水浸空，
縞衣飄漾五更風。
小橋白石路斜通。
一片珮聲和露墮，

滿身花影似紗籠。

稀星殘月有無中。——青

前　調　前題

庭院偏宜寄素悰，

消魂卻在五更鐘。

此時剛許一相逢。

似喜似顰雙黛影，

非寒非暖弄花風。

覺來唧唧語春蟲。——雲

【注釋】

〔此時句〕當時與雲從僅通信，尚未見面。

調笑令

風勁，

風勁。

窗外鳥啼蟲應。

空帷羅袂生寒，

針線琴書坐閑。

閑坐，

閑坐。

自拍自歌自和！——青

前　調

花信，
花信。
風雨幾翻過盡。
又還倦出重帷，
和淚嚴妝整齊。
齊整，
齊整。
自把玉顏問鏡。——雲

鷓鴣天

才識浮生已上場，
幾番弦管換凄涼。
梧桐未落先敲夢，
杜宇無聲更斷腸！

杯已盡，
劍空長。
從教淺醉作清狂。
近來處處成酣睡，
何必佳人錦瑟旁！——青

謝贈影　二首

萬里瀟湘雁幾群，
神光一寸寄殷勤。
日長休更嗟閒散，
好買新絲繡碧雲。

十二峰前趁雁群，
飛來楚甸太殷勤。
空慚白傅無佳句，
辜負清朝一片雲。——青

【注釋】

〔碧雲〕代替所愛之人，見 81 頁〔碧雲合〕注。

〔空慚兩句〕唐繁知一《題巫山神女祠》詩："忠州刺史今才子，行到巫山必有詩。爲報高唐神女道：早排雲雨候清詞。"白居易曾貶爲忠州刺史。排，擺列儀仗。參見 249 頁〔訂情兩句〕注。

綠萼梅

院門梅花一樹著花，未幾又謝矣。

百度巡簷與繞牆，
憑伊留眼慰何郎。
乍堪素月一枝亞，
無奈蠻風昨夜狂。

過翼光陰情慨慨，
飄煙身世感茫茫。
西湖千樹無消息，
愁説春心到地香。——雲

【注釋】

〔何郎〕何遜。杜甫《和裴迪登蜀州東亭送客逢早梅相憶見寄》詩："東閣觀梅動詩興，還如何遜在揚州。"何遜《詠早梅》詩："兔園標物序，經時最是梅。……枝橫卻月觀，花繞凌風臺。"

〔亞〕壓。

〔過翼光陰〕光陰迅速，如鳥飛過。

戲　作

麗句清詞不可加，
霜毫飛散九天花。
近來贏得新詩債，
不及清償一味賒。——青

【注釋】

〔飛散九天花〕佛經故事，天女散花試菩薩和弟子的道行。此處説寫出的詩詞很美，有如天女散花。參看 242 頁〔天花著身〕注。

和　韻

清狂似子亦何加？
別樣襟懷愛墨華。
若使長鑱無米煮，

213

可能折貼向人賒？——雲

【注釋】

〔若使兩句〕假使鍋子裏沒有煮飯的米，能寫首詩就抵得賒米的錢嗎？王羲之曾寫《道德經》向一道士換得鵝。見《晉書·王羲之傳》。

浣溪沙　疊紀夢

臥後清宵細細風，
徘徊明月靜房櫳。
夢魂飛矗一聲鐘。

何處許加離別字？
只今猶是未相逢。
春蠶秋蝶思無窮。——雲

又

款款清宵款款風，
山樓沉入月明中。
星河浪靜接天東。

粉蝶飛迷千里路，
落花飄下一聲鐘。
眼波猶漾小簾櫳。——青

浣溪沙　和祖棻　二首

謝盡名園百種芳，
客中春事太尋常。
漫憑鸚鵡説離腸。

碧篆有心香蘊結，
青山無恙夢微茫。
淚絲離緒不堪量。

不去尋思怕斷腸，
緑楊煙裏是家鄉。
滿湖醇碧醉韶光。

四壁風聲人入夢，
一燈棋子指生涼。
此時往事怎生忘？——青

【注釋】

〔祖棻〕見 217 頁注。

〔碧篆〕焚的香迴繞作篆字形。

〔緑楊煙裏句〕静霞生長揚州，揚州瘦西湖垂柳甚多，有"緑楊村"等名勝。

和　韻　二首

小院春歸散剩芳，
履痕苔掩已尋常。
此中駐得九迴腸。

料得歡期猶間阻，
只應星漢怨微茫。
漫同孤影做商量。

未忍詩篇號斷腸，
終期歸占水雲鄉。
采菱歌裏灩奩光。

儂是鴛鴦湖畔客，
須君同領芰荷涼。
鴟夷盟好莫相忘！——雲

【注釋】

〔間阻〕有間隔。

〔詩篇號斷腸〕宋代女詩人朱淑真有《斷腸詩集》《斷腸詞》。
相傳她因婚姻不滿，抑鬱而死。

〔鴛鴦湖畔客〕雲從生長於嘉興，有南湖，一稱鴛鴦湖。

〔鴟夷盟好〕見 94 頁〔范大夫〕注。

附

原 作 二首

滿目青蕪歲不芳，
啼鵙聽慣也尋常。
而今難得是迴腸。

燕子簾櫳春晼晚，
梨花院落月微茫。
人間何處著思量？

忍道江南易斷腸，
月天花海當愁鄉。
別來無淚濕流光。

紅燭樓心春壓酒，
碧梧庭角雨飄涼。
不成相憶但相忘。——祖棻

【注釋】

〔晼晚〕天氣溫和。

〔祖棻〕沈祖棻(1909—1977)，女，字子苾，浙江海鹽人。畢業於中央大學。歷任南京師範學院、武漢大學等校教授。潛心詩歌、小説，其古典詩詞創作尤爲特出。主要著作有《沈祖棻詩詞集》(由其夫程千帆先生注)、《宋詞賞析》等。

浣溪沙　再疊紀夢

隱隱迢迢第幾峰，
畫樓煙散小屏空。
不勝惆悵五更風。

弱水萬條舟一葉，
微雲數點月千重。
太分明處轉朦朧。——青

【注釋】

〔弱水〕古代小説中傳説的水流。東方朔《十洲記》："鳳麟洲在西海中央，……四面有弱水繞之，鴻毛不浮，不可越也。"

浣溪沙

清漏消殘一簞慵，
涉江誰共采芙蓉？
夢雲歸去碧天空。

消盡矜嚴雙玉靨，
略餘清苦兩眉峰。
詩中依約記相逢。——雲

【注釋】

〔涉江〕《楚辭·九章》中有《涉江》，王逸注："此章言已佩服殊異，抗志高遠，國無人知之者。徘徊江之上，歎小人在位，而君子遇害也。"此處借用篇名，仍是本意。即蹚過江水。

〔矜嚴〕矜持嚴肅。

蝶戀花

百尺高樓連碧樹，
萬水千山、總是還鄉路。
羈客年年聽杜宇，
聲聲只送春歸去。

滿眼遊絲兼落絮，
客夢韶光，
一例無憑據。
月易朦朧天易妒，
人間別有煙和霧。──青

【注釋】

〔杜宇〕鳥名。即杜鵑。詳見 279 頁〔冤魄〕注。

和　韻

日日遙山連遠樹，
久住天涯、忘了還鄉路。
今夜月華澄院宇，
斷魂根觸何方去？

一樣遊雲和落絮，
也有相逢，
休道無憑據。

客裏歡娛天忍妒，
江南回首如煙霧。——雲

【注釋】

〔悵觸〕悵惘。

一叢花　並蒂燈花

蘭釭夜靜冷凝煙，
晼晚落花天。
相攜紅袖辭丹闕，
幻奇葩，
火吐雙蓮，
薄暈籠嬌，
高鬟襯靨，
一樣鬥嬋娟。

重帷密密寶雲連，
並立颭香肩。
低頭細結同心字，
絳臺小，
影合光圓。
喜兆嘉祥，
憑人報説，
羞倚更無言。——青

【注釋】

〔晼晚〕天氣温和。

〔髀〕下垂。

〔細結同心字〕即結出同心結,同心結是男女相愛的象徵。用帶子打成連環回文的結子。

〔嘉祥〕祥瑞。

鵲踏枝　芳草

滿地傷心誰做弄,
楚楚韶光,
淚眼還相送。
百尺秋千繩不動,
青青直上瑤階縫。

記得羅裙煙暈重,
須信王孫,
不是耽遊輊。
千里萋萋千里夢,
殷勤早把愁根種。——雲

【注釋】

〔羅裙煙暈〕劉長卿《春草宮懷古》:"君王不可見,芳草舊宮春。猶帶羅裙色,青青向楚人。"古人常以草色比羅裙。

〔耽遊輊〕在外東遊西蕩,不肯回家。

清平樂

柳姨桃妹,
何似尋連理?

欲寄一雙紅豆子，
換取相思萬字。

近來多少纏綿，
低徊怎訴人前。
從道拗蓮作寸，
千絲只要相連。——雲

【注釋】

〔柳姨桃妹〕認楊柳爲姨，以桃花爲妹。即和女性做朋友。

〔尋連理〕連理，原系不同根而枝幹相連的樹。後代表一對愛人或夫婦。白居易《長恨歌》："在天願作比翼鳥，在地願爲連理枝。"

〔紅豆子〕見 177 頁〔相思〕注。

〔拗蓮兩句〕拗，折斷。温庭筠《達摩支曲》："搗麝成塵香不滅，拗蓮作寸絲難絕。""蓮"諧音"憐"，代表所愛之人。這兩句即不管千磨百折，只要情絲不斷，總要成爲連理之意。

浣溪沙　謝贈紅豆再用紀夢韻

遠水遙岑雲霧封，
瑤臺有路轉難通。
千辛萬苦一相逢。

共說相思鑴肺腑，
還將寶玉嵌玲瓏。
一雙心字可憐紅！——青

【注釋】

〔共說三句〕見 341 頁〔井中兩句〕注。

鷓鴣天　孤雁

萬里孤飛已斷腸，
月明如水過瀟湘。
新愁滿目迷歸路，
往事留人入夢鄉。

天渺渺，
恨茫茫。
煙程水驛幾多長？
驚魂苦怯征衣重，
一夜西風百尺霜！——青

前　調　前題

幾度西風幾度霜，
人間辛苦稻和粱。
歸飛豈是無雲海，
其奈寥空片羽涼！

南侶在，
好同翔。
相逢各自有迴腸。
遺山苦有纏綿調，

傳語高墉莫浪傷！——雲

【注釋】

〔稻和粱〕雁的糧食。

〔南侶〕南方的伴侶。時雲從尚在湖南。

〔遺山句〕元遺山有《摸魚兒·雁丘》詞，自敍：道遇捕雁者，云"捕得一雁，殺之。次日，另一雁悲鳴不去，自投地死"。遺山買之，爲埋葬立碑。"遺山"見 55 頁〔和遺山《薄命妾辭》〕注。

〔高墉〕高牆。

〔浪傷〕徒然地悲傷，不必要地悲傷。

附

前 調 前題

寂寂秋心欲斷腸，
漫回倦羽問瀟湘。
空江萬里寒蘆白，
風露中宵已異鄉。

波渺渺，
夜茫茫。
平沙夢起漏初長。
汀洲月冷鴛鴦宿，
一樣年華滿翼霜！——企冰

【注釋】

〔企冰〕黄懿嫻，(1917—?)，字璧如，又字企冰。生長揚州，就讀揚州國專。從女詞人丁寧學詞。著有《無是軒詩詞草》，風格清新婉約。

重返母校有感

西征涕淚已飄零，
一夕東流撼客醒。
海角無家供悵望，
天涯有夢説歸寧。
烽煙綿亙新臺苑，
霜露銷殘舊影形。
漫喜棲遲能再度，
蠻風蜑雨不堪聽！——青

和　青

常恐秋來霜霰零，
空吟《九辯》抱愁醒。
一階蚤語腸堪腐，
三匝南枝意未寧。
雲海蒼茫慳健翮，
江潭憔悴認枯形。
飄零莫更傳商調，
忍喚知音擱淚聽。——雲

【注釋】

〔九辯〕《楚辭·九辯》係宋玉所作。文中充滿悲秋之情。

〔腸堪腐〕即斷腸之意。腐，腐爛。

〔三匝南枝〕曹操《短歌行》："月明星稀，烏鵲南飛。繞樹三匜，無枝可依。"
　　〔慳〕愛惜。
　　〔商調〕秋聲。
　　〔攔淚〕忍淚。

蕭　瑟

　　振地商飆下帝庭，
　　紛紛木葉觸空屏。
　　渾難入夢三更蝶，
　　聚未成河萬點星。
　　滌盡飛汙猶恨玉，
　　銷殘孤淚不嫌冰。
　　滿裾風露從沾澈，
　　蕭瑟何妨此夜醒！——青

滿江紅　八月廿七日夜有夢瞿禪師次心叔舊韻

　　如墨天容，
　　亂蠻外，
　　暗愁萬緒。
　　休轉顧，
　　江南路杳，
　　漲塵幾許。
　　簾影江濤流盡未，
　　湖山青鬢看遲暮。
　　驀詩仙，

相遇客鐙邊，

瀟瀟雨。

身世恨，

須傾訴；

別來事，

還知否？

只舊情最好，

未嫌塵土。

敍別何須江令語，

哀時且讀蘭成賦。

又遠村，

膠角幾聲雞，

催誰去。──雲

【注釋】

〔遲暮〕衰老、晚年。

〔詩仙〕指夏瞿禪先生。

〔江令〕梁江淹著有《別賦》，描繪古今離別之苦。

〔蘭成賦〕梁庾信善辭賦，暮年有《哀江南賦》，感傷遭遇，風格蒼涼。“蘭成”是庾信的小字。《哀江南賦》：“蘭成射策之年。”

附

前　調　原作

和雲從聞亂見寄，感念既深，言不盡意。

倦柳愁綿，

近寒食，

更無意緒。

渾不記，

江南江北，

春深幾許？

翠舞珠歌猶鬥勝，

粉痕眉黛終遲暮。

況晚來，

情緒正難禁，

風兼雨！

流水夢，

春知否？

舊曲恨，

憑誰訴？

便咽成鉛露，

忍拋塵土！

一斛曾添深院淚，

千金枉乞《長門賦》。

數天涯，

更有惜春人，

春休去！　——心叔

【注釋】

〔鉛露〕李賀《金銅仙人辭漢歌》序："魏明帝……取漢孝武捧
露盤仙人，欲立置前殿，宮官既拆盤，仙人臨載，乃潸然淚下。"歌
辭中有："空將漢月出宮門，憶君清淚如鉛水。"

〔一斛句〕舊題曹鄴小説《梅妃傳》，唐玄宗既寵楊妃，不忘舊情，密封珍珠一斛，賜梅妃。妃不受。謝以詩曰："桂葉雙眉久不描，殘妝和淚汗紅綃。長門自是無梳洗，何必珍珠慰寂寥。"桂，一作柳。

〔千金句〕司馬相如有《長門賦》，序文説：漢武帝時，陳皇后失寵，住在長門宮。送黃金百斤給司馬相如，請代做一篇賦，武帝看了，和陳皇后又恢復了恩愛。

〔數天涯兩句〕南宋都城臨安（今杭州）破於三月。劉辰翁《須溪詞》中有好幾首《送春》詞，都是追憶亡國之痛的。清厲鶚《論詞絶句》："送春苦調劉須溪。"

此詞"春休去"是説：絶不能讓國家滅亡！

菩薩蠻　紀夢和企冰

淡煙流水瀟湘路，
匆匆一霎愁無數。
巷口夕陽斜，
相逢即是家。

月明孤夢暗，
風入疏羅幔。
和淚聽殘更，
故園無此聲。——青

【注釋】

〔巷口兩句〕飄零的燕子，隨處爲家。劉禹錫《烏衣巷》詩："朱雀橋邊野草花，烏衣巷口夕陽斜。舊時王、謝堂前燕，飛入尋常百姓家。"烏衣巷是過去王、謝貴族的住所。

前　調　<small>前題</small>

緑窗暗雨絲絲碎，
羅衾細釀愁滋味。
乍覺蝶分飛，
翻翻金縷衣。

寶爐殘麝冷，
撩亂魂難定。
只爲故情長，
憶來教斷腸。——雲

附

前　調　<small>奉和</small>

枝頭紅豆江頭水，
年年多少相思淚？
一自寶釵分，
經春夢不温！

蘭屏回舊蕊，
羞見腰支細。
欹枕到更殘，
朦朧驚曉寒。——千帆

【注釋】

〔寶釵分〕見 22 頁〔擘鈿分釵〕注。後"分釵"即代表情人贈別。辛棄疾《祝英臺近》：“寶釵分，桃葉渡，煙柳暗南浦。”

〔千帆〕程千帆(1913—2000)，湖南寧鄉人。曾執教四川、南京等大學，與女詞人沈祖棻結爲夫婦。

附

前　調　原作

萬枝楊柳江南夢，
春波乍綠春愁重。
明月謝廊斜，
相逢莫問家！

故園芳訊早，
莫待紅衣老。
惆悵落梅風，
雙看憔悴中。——企冰

【注釋】

〔明月兩句〕見 229 頁〔巷口兩句〕注。

〔紅衣〕荷花。趙嘏《長安晚秋》詩：“紅衣落盡渚蓮愁。”

菩薩蠻　大鶴詞八首次韻

蔫紅生便禁憔悴，
糝風瀝露都成淚。
凝恨對晴暉，
低徊又待飛。

翠尊殘酒冷，

漫照亭亭影。

花落自歸來，

重幃悄悄開。——雲

【注釋】

〔大鶴〕晚清鄭文焯字叔問，號大鶴山人。有《瘦碧》《冷紅》諸集，晚訂《樵風樂府》。

〔蔫紅〕暗淡的紅色。指花將謝。

墨痕深淺開秋苑，

只應心事雲箋見。

不用效西顰，

近來幽恨新。

寒多衾更薄，

弱夢埋深幙。

尚想洛川來，

明璫換翠釵。

【注釋】

〔西顰〕西施常捧心作顰眉狀。

〔尚想兩句〕曹植《洛神賦》："容與乎陽林，流眄乎洛川。……戴金翠之首飾，綴明珠以耀軀。……無微情以效愛兮，獻江南之明璫。"璫是用珠玉製成的耳環。

清江早晚聲嗚咽，

聲聲流去團圓月。

淥酒貰金環，

爲憐相會難。

織衫金作縷，
鴉軋鴛機語。
贈與禦番風，
啼多色不濃。

【注釋】

〔淥〕清。

〔蕢〕睞欠。

〔金作縷〕杜秋娘歌：“勸君莫惜金縷衣，勸君須惜少年時。花開堪折直須折，莫待無花空折枝！”金縷衣是用金絲織成的衣服。

〔鴉軋〕行船時搖櫓聲。蘇軾《九日登黃樓》詩：“樓前便作海茫茫，樓下空聞櫓鴉軋。”

〔番風〕即二十四番花信風，應花期而來的風。每年有二十四種花，按時開放。

瓊花璧月都難老，
香塵低護瑤階草。
何處卓金車？
瀛洲帝子家。

女牀多少樹，
——鵷鸞駐。
錦幄繡夫容，
望中愁煞儂！

【注釋】

〔卓〕停。

〔帝子〕皇帝的兒女。

〔女牀〕星官名。《晉書・天文志》：“女牀三星，在紀星北。”

〔鵷鸞〕鵷雛、鸞鳥，都是鳳凰一類的鳥。

歸來袛在蒙騰裏，

插天一道滄江水。

沙岸日平西，

荒煙没馬蹄。

昏鴉成隊送，

黯黯頹陰重。

靈瑣未應知，

秋魂欲化時。

【注釋】

〔靈瑣〕古稱宮門或廟門。《離騷》：“欲稍留此靈瑣兮，日忽忽其將暮。”王逸注：“靈以喻君；瑣，門鏤也，文如連瑣。”此處代替至愛之人。

瓊枝望斷青禽駐，

迢迢銀漢三千路。

雙槳破秋煙，

月華空滿船。

月低風轉急，

猶向層波泣。

隔港敗蘆填，
蕭蕭旅雁銜。

【注釋】

〔青禽〕即青鳥。

〔銀漢〕即銀河。

無端紅淚雙雙落，
淚多不奈羅巾薄。
夢便到伊家，
殘燈映綺花。

熏爐憑藉暖，
意切言翻淺。
來路隔煙蘿，
春寒特地多。

【注釋】

〔淚多句〕言薄薄的羅巾不能勝任太多的眼淚。

一年幾見團圓月，
人生誰免傷離別！
留取兩眉春，
將來見舊人。

風花都過眼，
一會還愁晚。
莫自照春池，
知卿腰帶移。

【注釋】

〔腰帶移〕言人瘦了，腰帶上的眼移動了。

　　大鶴詞八首，系"托志房帷，緬懷君國"之作。雲從愛其婉媚，逐首和之，余亦奉和。但與大鶴的寄託不同。時我已往白沙先修班任教。兩人詞中均有患得患失、憂讒畏譏等情緒，蓋關係尚未完全肯定也。

前　調　八首　前題

　　　　　東風不管人憔悴，
　　　　　珍珠萬斛蔫成淚。
　　　　　深院背晴暉，
　　　　　遊絲縮恨飛。
　　　　　小屏山色冷，
　　　　　夢斷江南影。
　　　　　燕子未歸來，
　　　　　庭花緩緩開。——青

【注釋】

〔珍珠句〕見 229 頁〔一斛句〕注。

　　　　　惝惝月淡梨花苑，
　　　　　幾多心事從君見。
　　　　　螺黛鎮常顰，
　　　　　難勝眉樣新。

　　　　　無端啼暈薄，

風入深深幕。
省識夢中來，
挑燈叩玉釵。

【注釋】

〔愔愔〕安靜。

〔叩玉釵〕用玉釵卜卦，看那人是否要來。唐鄭會《題邸間壁》詩：“敲斷玉釵紅燭冷，計程應説到常山。”

長將緘默當嗚咽，
開簾羞見當時月。
百度撫刀環，
奈何行路難。

迴文千萬縷，
織作同心語。
細數廿番風，
釀花漸漸濃。

【注釋】

〔撫刀環〕見 73 頁〔唱大刀〕注。

〔廿番風〕見 233 頁〔番風〕注。

恒沙流盡天難老，
燒痕暗發原頭草。
油壁認香車，
夢中猶有家。

瑶華辭玉樹，

准擬頻伽駐。

莫更種夫容，

恣君愁怨儂。

【注釋】

〔恒沙〕恒河流經印度，含沙量很大。

〔燒痕句〕白居易《草》詩："離離原上草，一歲一枯榮。野火燒不盡，春風吹又生。"

〔油壁香車〕美人所乘之車。宋晏殊《寓意》詩："油壁香車不再逢，峽雲無跡任西東。"

〔頻伽〕妙聲鳥，出於雪山，在殼中即能鳴。見《翻譯名義集》卷二。又《墨莊漫録》卷五："寶陀山……佛殿上，有頻伽鳥二枚，……毛羽紺翠，聲音清越如擊玉。"

〔夫容〕芙蓉的諧音，此處係雙關語。

鞭絲搖漾垂楊裏，

帶羅碧似春池水。

斜日謝橋西，

踏花金裏蹄。

江頭空目送，

一語惟珍重。

夢幻杳難知，

愁魂未返時。

【注釋】

〔謝橋〕謝橋、謝廊均指舊時王、謝人家。

〔金裏蹄〕蘇軾詩："家有鴻寶書，不鑄金裏蹄。""金裏蹄"即"馬蹄金"。

瑤臺不許驚禽駐，
低徊又向分攜路。
雙鬢濕淒煙，
蕭蕭風滿船。

水深波浪急，
無數愁魚泣。
恩怨等難填，
明珠何處銜？

【注釋】

〔分攜〕分離。

〔明珠句〕銜珠報恩，見 45 頁〔靈珠〕注。

釵鈿箏雁都零落，
那堪重歎人情薄？
杜宇說還家，
連山血似花。

泥融沙漸暖，
一水清還淺。
挽袖理青蘿，
草深荊棘多。

【注釋】

〔釵鈿〕見 22 頁〔擘鈿分釵〕注。

〔箏雁〕箏上的柱，有如飛雁。

長廊入靜煙欺月，
幽情好釀經時別。
離恨亦宜春，
韶光愁煞人。

飛花將困眼，
坐到芳庭晚。
皺破小銀池，
月明風暗移。

菩薩蠻　和孟非

秋風不皺星河水，
閒庭一霎愁無已。
萬籟更無聲，
都成此夜醒。

那回音訊斷，
空怨宵來雁。
誰與共徘徊？
金徽塵未開。——青

【注釋】

〔金徽〕琴。
〔孟非〕見 125 頁注。

前　調　前題

泠泠一夜前溪水，
起來梳裹慵還已。
只此是愁聲，
愁魂怎得醒？

危弦渾欲斷，
切切啼哀雁。
中曲自徘徊，
遠山開未開？——雲

【注釋】

〔梳裹〕梳妝打扮。

〔危弦〕羊士諤《夜聽琵琶詩》："掩抑危弦咽不通，朔雲邊月想朦朧。"

〔中曲〕曲子彈到一半。

附

原　作

流芳漱石清溪水，
辭山向海行難已。
九曲咽灘聲，
霜天愁夜醒。

故園魂欲斷，

影入銜蘆雁。
還與月徘徊，
煙波一鑒開。——孟非

南泉別館　二首

花溪黛色到簾腰，
一角疏櫺望不遙。
多謝岸邊燈錯落，
送人雙影過溪橋。

燈邊款語愛清真，
信有天花著此身。
乞得三生游一度，
不辭淪謫百千春。——雲

【注釋】

〔天花著身〕《維摩詰經》說維摩詰室內有一天女，聽到說法，即現身，散天花。散至諸菩薩，花墮落；至大弟子，即著不落。維摩詰，見 120 頁〔維摩病後〕注。

花　溪　二首

媚客溪山覺有情，
秋漪相映臉霞明。
一枝柔櫓咿唔說，
結得鴛盟更鷺盟。

輕舸款款鏡中過，
亞水幽篁弄影多。
比似青溪何處好？
曉風吹度榜人歌。——雲

【注釋】

〔亞〕壓，低垂。

和雲從《南泉別館》《花溪》四絕句
南泉別館

一樓燈漾可憐紅，
山影溪聲弦管中。
移過雲屏遮錦幄，
怕因密語妒金風。

借將山館定深盟，
燈底喁喁語未清。
底事泥人不教去？
今宵倍覺不勝情。——青

【注釋】

〔定深盟〕1943 年秋，與雲從訂婚，在南溫泉旅舍小住。

花　溪　二首

一點晨曦破霧屏，
危舸並倚過前汀。
入花雙槳須輕緩，
爲有鴛鴦尚未醒。

無邊温婉一輕舸，
欲説深情轉覺多。
穩渡清溪山一角，
塵寰何處有風波？——青

第三卷　詩詞唱和(下)

游南温泉雜詠

飛　泉

馮夷束向怒岩居，
掣汞鞭銀破碧虛。
局促難如雞處甕，
少年心事絕如渠！——雲

【注釋】

〔馮夷〕水神。

穠姿淨洗胭脂暈，
百和微薰沁骨香。
誰管碧潭秋半畝？
便應喚作水仙王。——雲

【注釋】

〔百和香〕《漢武內傳》："殿上設百和之香。"

〔水仙王〕蘇軾《飲湖上初晴後雨二首》："朝曦迎客豔重岡，晚雨留人入醉鄉。此意自佳人不會，一杯當屬水仙王。"自注：

"湖上有水仙王廟。"

仙女洞

㷍青舊作《青姑曲》,序略云:有青姑爲夫彭郎所棄,投井死,後彭化爲虎,撞山而成洞焉。

大千幻化亦何疑,
屬曲詞人未是癡。
壁滿幽雲苔滿露,
女兒情淚認澌澌。——雲

虎嘯口

四山日静素湍摧,
兩耳風驚百怒雷。
見説世塗多灩澦,
此波非險且徘徊。——雲

附

奉和雲從、㷍青永好之作　六首

風流卓犖不凡胎,
玉侶雙攜天外來。
自是三生有夙約,
何須佳句作良媒?——笠塘

【注釋】

〔笠塘〕周鼎（約 1914—1947），畢業於中央大學，字禮堂，號笠塘，湖北人，與我及雲從友誼均深。1945 年後，自疑身患絕癥，將不久于人世，但仍能步行自沙坪壩至柏溪相訪。1946 年回鄉，不料其夫人懷疑其在抗戰八年中行爲不軌而致病，竟不與交一語，余另有詩紀之。382 頁《吊笠塘》詩序。

〔卓犖〕超絕，特出。

〔夙約〕舊約。

〔佳句作良媒〕曹植《洛神賦》："無良媒以接歡兮，托微波以通辭。"參見 288 頁〔慚愧兩句〕注。

研經譚史快朝朝，
軟語柔情夏易消。
最愛晚涼池月上，
頻將低唱換吹簫。

【注釋】

〔低唱換吹簫〕姜白石《過垂虹》詩："自作新詞韻最嬌，小紅低唱我吹簫。曲終過盡松陵路，回首煙波十四橋。"小紅，是姜的婢女，有色藝。參見 288 頁〔慚愧兩句〕注。

騷人詞客兩堪傳，
一種温情火樣然。
同上衡廬最高處，
當年應笑欲參禪。

【注釋】

〔然〕燃燒。

〔衡廬〕白沙女中校址，原系某公莊園。

〔參禪〕余《歸來歌》有"禪關幽闃數聲息"句。

幾番風雨幾番愁，
獨佔靈鼇最上頭。
做到功夫深密處，
從教欲罷亦難休！

【注釋】

〔靈鼇〕鼇，海中大魚。唐宋時皇帝殿前陛階上刻有巨鼇，入翰林苑爲"上鼇頭"。後亦稱狀元及第爲獨佔鼇頭。此處比喻雲從得到佳偶。

霧縠飄香不染塵，
拈花座上是前身。
芳心偶寄凌雲句，
黌舍當年第一人！

【注釋】

〔拈花〕相傳釋迦摩尼在靈山會上説法，大梵天王獻上金色波羅花，佛即拈花示衆，大衆不解其意，惟有摩訶迦葉破顏微笑。

〔凌雲句〕凌雲，直上雲霄。《史記·司馬相如列傳》："相如既奏《大人》之頌，天子大悦，飄飄有凌雲之氣，似遊天地之間意。"

〔黌舍〕古代的學官，此處指中央大學。

足締浮生未了因，
天公著意使悲辛。
若非百折千磨後，
那識人間一點真？

附

聞雲從、静霞訂婚喜賦二絶即寄雲從以賀之

搗盡雲英不作難，
何言蜀道上青天？
一情會使人奔走，
未待紅絲兩足纏。──訒叟

【注釋】

〔雲英〕傳說裴航遇仙女雲英，求得玉杵白合藥，結爲夫婦。
見《太平廣記》五十卷。

〔蜀道上青天〕李白《蜀道難》詩：“蜀道之難難於上青天！”

〔未待句〕傳說月下老人袋中藏有“赤繩”，暗繫在男女雙方
腳上，使他們成爲夫婦。時雲從與余尚未訂婚，即從湖南藍田至
重慶。

文字相知有夙因，
相投事不比文君。
訂情何用辭人賦？
但譜巫山一片雲！

【注釋】

〔相投句〕投，奔。見 27 頁〔琴心〕注。

〔訂情兩句〕説用不著辭人的賦來訂情，只要奏“巫山一片
雲”之曲，就可以了。宋玉《高唐賦》：“昔者先王（楚懷王）嘗游高
唐，夢見一婦人曰：‘妾巫山之女也……願薦枕席。’王因幸之。
去而辭曰：‘妾在巫山之陽，高丘之阻，旦爲朝雲，暮爲行雨，朝朝
暮暮，陽臺之下。’”

〔訒叟〕即訒齋，鍾泰先生的號。

附

水龍吟

率和，博雲從先生、弢青女士一笑。

窺簾蟾月通歡，
瑤臺偃蹇吹瓊管。
吳頭楚尾，
千山萬水，
等閒尋遍。
弱羽淩波，
凝香款夢，
良宵微暖。
有琴心暗逗，
連環倩解，
憑闌看，
流雲緩。

賦得黃花人瘦，
倚新聲，
小屏山畔。
勝因漫記，
華鬟一笑，
三生燕婉。

> 碧海青天，
>
> 紅朝翠暮，
>
> 霜娥偷怨。
>
> 待定巢燕子，
>
> 翩躚儷影，
>
> 照盦花滿。——唐長孺

【注釋】

〔唐長孺〕(1911—1994)，江蘇吳江縣人。歷史學家。上海大同大學畢業，歷任藍田師範學院、武漢大學教授。主要著作爲《魏晉南北朝史論叢》等。

〔偃蹇〕高聳。《離騷》：“望瑤臺之偃蹇兮。”

〔琴心暗逗〕見 27 頁〔琴心〕注。逗，引逗。

〔連環倩解〕倩，請。解連環，是一種遊戲。故事出於《戰國策》：“秦昭王遣使遺君王后玉連環，曰：‘齊多智，能解此環否？’……君王后引錐椎破之，曰：‘謹以解矣。’”

〔賦得句〕李清照《醉花陰》：“莫道不消魂，簾捲西風，人比黃花瘦！”見 96 頁〔卻被兩句〕注。

〔倚新聲〕填詞。

〔勝因〕佛家詞，善因，美好的緣分。

〔華鬘一笑〕鬘，成串連結的花。參看 248 頁〔拈花〕注。

〔燕婉〕和美。蘇武《詩四首》：“結髮爲夫妻，恩愛兩不疑。歡娛在今夕，燕婉及良時。”

〔碧海青天〕李商隱《嫦娥》詩：“嫦娥應悔偷靈藥，碧海青天夜夜心。”

附

民國三十二年十月二九日，重獲弢青惠書，敬悉已與雲從先生締白首之約，悲喜曷極，因賦詩二章寄之

頻年苦製心頭淚，
茲夕爲君一盡傾。
空谷足音驚老魅，
春風鬢影畫豐神。
塵寰猶有忘形友，
荒服應餘未死身。
從此海鷗休避客，
忘機同是過來人。

【注釋】

〔民國三十二年〕1943 年。

〔空谷足音〕《莊子·徐無鬼》："夫逃虛空者，聞人足音，必跫然而喜矣。"比喻極難得的音信。

〔老魅〕自謙之詞，謂久與人世隔絕。

〔春風鬢影〕李賀《詠懷》詩："長卿懷茂陵，綠草垂石井。彈琴看文君，春風吹鬢影。"此處以司馬相如與卓文君相愛比喻我與雲從。

〔荒服〕荒涼的邊遠之地。

怪底東南山氣佳，
曾聞玉樹著琪花。
詞清楚尾傳龍女，
語妙吳儂唱館娃。

枝上珍禽來翡翠，

弦間金羽訴琵琶。

一從結得相思子，

占盡風流是白沙。——企冰

【注釋】

〔玉樹、琪花〕都是仙境中花木。

〔詞清句〕《詞苑叢談》卷十二外編："黃魯直登荊州，亭柱間有詞似《清平樂》令，詞云：'簾捲曲闌獨倚，山展暮雲無際。淚眼不曾晴，家在吳頭楚尾。　數點雪花亂委，撲鹿沙鷗驚起。詩句欲成時，沒入蒼煙叢裏。'……魯直驚悟曰：'此必吳城小龍女也。'"吳頭楚尾，今江西北部，春秋時爲吳、楚兩國交界之地。

〔語妙句〕吳王夫差在靈岩山上(今江蘇蘇州市附近)建館娃宮，使西施居之。蘇州人語音很軟，故有"吳儂軟語"之稱。

〔枝上珍禽句〕見 30 頁〔胎禽〕注。

〔弦間句〕韋莊《菩薩蠻》："琵琶金翠羽，弦上黃鶯語。"晏幾道《臨江仙》："琵琶弦上說相思。"

菩薩蠻

十二月八日夜作小詞與鶯。

分明祇隔江頭尾，

踏香後約明朝事。

一夕到屏幃，

雙蛾休更低。

戲裁金鳳紙，

比寫雙雙字。
還是枕函欹，
聞呼阿倩時。——雲

【注釋】

〔鸞〕靜霞的小字。
〔阿倩〕雲從的小字。

答圭璋師

一枝芳訊一枝梅，
碧海春愁回未回？
知否散仙厭迫仄，
有人偷下小蓬萊。——青

前　調　前題

東風一夜綻紅梅，
欲喚祇林綺夢回。
見說維摩心寂久，
卻從雲裏望蓬萊。——雲

【注釋】

〔祇林〕佛國。

再用前韻

做梅莫做下風梅，
青來書云，打油只好拜下風也。

254

憶著清芬便欲回。

攜手深山深頂禮，

張默君曼殊大師墓上語也，引用恰合，但幽明有異，切莫誤爲一談。又崔、張之於唐六如，亦得相況，亦頗不囿於存歿之見也。

爲伊築個小蓬萊！——雲

【注釋】

〔攜手句〕金董解元《西廂記諸宮調》："清河張君瑞，不勝其喜，寶獸添香，稽首頂禮。"

〔張默君〕(1884—1965)，早年參加同盟會及南社，與呂碧城、徐自華爲南社活躍的女詩人。

〔曼殊大師〕蘇曼殊(1884—1918)，原名玄瑛，後爲僧，號曼殊。廣東中山人。留學日本，能詩文、善繪畫，參加南社。所撰小説，有《斷鴻零雁記》《碎簪記》等。有《蘇曼殊全集》。

〔崔、張〕張靈，明吳縣人，善畫人物山水，間作竹石花鳥，工詩、好交遊，使酒作狂，與唐寅爲至交。據清黃星周《補張靈、崔瑩合傳》敍述：崔、張一見鍾情，後崔被强選入宸濠王宮中。唐寅不知兩人鍾情，受命畫"十美圖"，以崔爲首，將獻皇上。適宸濠叛變被殺，十美皆遣散，而張已病死，崔聞耗亦自縊死。唐深爲震悼，乃爲合葬，忽見張、崔攜手出現墓上，唐感歎曰："始信真才子、真佳人死而不死也！"於是作崔張合傳，已失傳，黃爲補之。崔瑩不見其他記載。《補合傳》收入《舊小説·清·一集》。故事當是仿《西廂記》中之"崔、張"，不一定確有其事。

〔唐六如〕唐寅字伯虎，號六如，爲明代著名才子，工詩善畫，狂放不羈。

按此詩係因唐圭璋先生有"青鳥不傳雲外信，白沙今日是蓬萊"之句而作。以唐先生比唐六如，比我倆爲崔、張，不以存歿爲嫌。自詡"真才子、真佳人"，蓋遊戲口吻也。

三迭前韻

步屨同尋一徑梅，

清於驢背雪中回。

較量才鬼猶堪作，

"寧爲才鬼，猶勝頑仙"，《隨園詩話》中語。

消得先生點簿來。

唐人詩有所謂"點鬼簿"，來詩"青鳥雲外"是也。

——雲

【注釋】

〔驢背〕見 85 頁〔驢背鑴心〕注。

〔點簿〕《全唐詩話》："楊盈川爲文，好以古人姓名連用，如'張平子之略談，陸士衡之所記……'號爲點鬼簿。"唐先生來詩有"青鳥不傳雲外信"之語，恰將'弢青、雲從'嵌入"青鳥"句，用五代南唐中主李璟《浣溪沙》成句。

附

原作　寄雲從、弢青

東風一夜綻紅梅，

誰道人間春未回？

青鳥不傳雲外信，

白沙今日是蓬萊！——圭璋

臨江仙

紅梅折枝,芟青與余小影在其下,燈下得句,後二十二日余兩人當合併也。

> 憑仗明燈廝守,
> 莫教素月相牽。
> 碧紗如霧影仙仙。
> 伴儂雙影,
> 伴我影邊看。
>
> 褪萼巧黏妝靨,
> 穠紅點鬥瓊顏。
> 相逢也合在花邊。
> 思君遥夜,
> 香裏未曾眠。——雲

【注釋】

〔褪萼句〕《雜五行書》:"宋武帝女壽陽公主,人日臥於含章殿簾下,梅花落額,成五出花,拂之不去。皇后留之。經三日,洗之乃落。宮女奇其異,競效之,今梅花妝是也。"

和梁彥登臨

> 一徑雙攜去,
> 煙雲拂袖過。
> 層嵐出奇岫,
> 清露響枯荷。

浩蕩江波遠，

蕭條客思多。

萬方兵革後，

臨眺復如何？——青

前　題

掛席隨飛鷺，

江流幾派過。

登高抉雲霧，

舊隱想茇荷。

對子吟心話，

能抒客感多。

青春歌下峽，

歸訊問如何？——雲

【注釋】

〔掛席〕李白《東魯見狄博通》詩：“謂言掛席渡滄海，卻來應是無長風。”掛席，即揚帆。

〔茇荷〕《離騷》：“製芰荷以爲衣兮，集芙蓉以爲裳。”洪興祖補注：“芰，荷葉也。”

〔青春歌下峽〕杜甫《聞官軍收河南河北》詩：“白日放歌須縱酒，青春作伴好還鄉。即從巴峽穿巫峽，便下襄陽向洛陽！”

附

原　作　登臨

野徑石苔滑，
寒山少客過。
村貧吠瘦犬，
池冷響殘荷。
夢雨秋江漲，
涼風落葉多。
登臨自有恨，
休問意如何。——梁彥

南歌子

漸放層層葉，
爭抽寸寸芽。
三年檀木也輸他，
只是植蕉人尚滯天涯！

挹露供詩本，
和煙補檻紗。
幾多情思爲伊加？
閑傍碧雲一片便爲家！——青

【注釋】
〔檀木〕一種易長大的樹。杜甫詩："門前檀木三年大。"
〔詩本〕寫詩的稿紙。

七 律

大前年，子我自紅豆樹移贈小芭蕉一本，今已成蔭。而子我
離去，亦且經年。賦此寄之。

> 移來一本才盈尺，
> 今日抽舒欲入雲。
> 八載流離誰敢信，
> 三年長大汝何勤？
> 蕭蕭舊雨鳴孤夢，
> 漠漠疏煙駐夕曛。
> 此是君家紅豆種，
> 教人那得不思君！——青

【注釋】

〔此是兩句〕吳子我，白沙紅豆樹女中校長。中華人民共和
國成立前去臺灣，死於車禍。

虞美人 和儀璋

> 年華暗逐征塵換，
> 心事迴飆轉。
> 翻飛亂葉故相驚，
> 輸與殘蟬，
> 咽咽尚能鳴。
>
> 計佳只有尋酣睡，
> 休費悲秋淚。

孤雲解向暮山回，

不信夢中芳訊斷前期！——雲

【注釋】

〔儀璋〕汪儀璋(1915—1995)，揚州人。畢業於揚州中學、中央大學，爲余至友。歷任揚州工農速中教師、揚州師範學院教授。

又

天涯又見流光換，

深院金梧轉。

月明無處不心驚，

瑟瑟蕭蕭，

儘是不平鳴！

淒淒抱得秋魂寐，

多少鄉關淚。

飛雲逝水總能回，

知否今宵有夢即歸期！——青

又

西風孤客秋先換，

一葉悲蓬轉。

危樓不耐五更驚，

咽露寒蛩，

猶作死生鳴！

朝朝薄醒同沉寐，

難揾紛紛淚。

天邊苦自盼人回，

數盡征鴻，

今歲又無期。——青

【注釋】

〔死生鳴〕在死亡線上爭扎的叫聲。

又

飛塵往事匆匆換，

沉恨應難轉。

無端哀樂總堪驚，

又是風噓，

萬竅吐悲鳴！

披衣不慣通宵寐，

月色清於淚。

蛻絲一寸尚千回，

惆悵年年，

遼雁誤心期！——青

【注釋】

〔風噓萬竅〕《莊子·齊物論》：“子綦曰：‘夫大塊噫氣，其名為風。是唯無作，作則萬竅怒號。’”

又

嬌花悴葉匆匆換，
懶撥商弦轉。
飄霜墮葉夢先驚，
坐倚煙櫺，
聽徹斷鴻鳴。

燭花低照人無寐，
也結銅盤淚。
袖羅紅印定千回，
腸斷年年，
將夢作歸期！——雲

【注釋】

〔商弦〕商聲，悲傷之音。歐陽修《秋聲賦》："商聲立西方之音，夷則爲七月之律。商，傷也。夷，戮也，物過盛而當殺。"

〔銅盤淚〕見 228 頁〔鉛露〕注。

附

前　調　前題

吹花嚼蕊心情換，
彈指韶光轉。
葉聲如雨已堪驚，
何況通宵，

四壁亂蛩鳴！

投荒萬里難成寐，
空灑滄桑淚。
江頭日日看潮回，
苦恨經年，
烽火阻歸期！——圭璋

【注釋】

〔吹花嚼蕊〕幼年時之遊戲。

附

前　調　原作

金風颯颯秋容換，
深夜涼初轉。
小樓獨醒自心驚，
四壁細聽，
鼠齧應蟲鳴。

滿牀明月渾難寐，
欹枕低垂淚。
故園渺渺幾時回？
還向五更，
夢裏覓歸期！——儀璋

洞仙歌

弢青惠小影索詞爲報。

嘉陵燈火，
渺鄉心幾許，
厲亂飄煙更沾霧。
數江山信美，
那及金焦縈梦想，
梦与江声流去。

雲涯還信否？
天意憐才，
故遣萍蹤賺佳句。
慈竹喜平安，
出峽前期，
有故國依然吾土。
渾未減、圖中舊丰姿，
況半簏香詞，
稱君眉嫵。——雲

【注釋】

〔金焦〕鎮江附近長江上的兩座山，均爲名勝。原均屹立江心，後因泥沙滿積，金山遂與陸地相連。

〔慈竹〕指母親。杜甫《假山》詩：“慈竹春陰覆。”

〔眉嫵〕眉妝。史達祖《綺羅香·春雨》：“隱約遥峰，和淚謝娘眉嫵。”

前　調　次韻自題

慈雲海嶠，
黯離愁如許！
一領青衫滿鬢霧。
認年年落魄，
客裏韶華容已改，
空付心魂歸去。

閒情非我苦，
秋盡嘉陵，
近日詩清漸無句。
攬影伴斯形，
屢舞傲傲，
都忘了夢中鄉土。
對壓檻、巴山萬千重，
也瘴雨冥迷，
半消眉嫵。——青

【注釋】

〔心魂〕精神、魂魄。顧貞觀《金縷曲》："詞賦而今須少作，留取心魂相守。"

〔傲傲〕醉舞欹斜貌。《詩‧賓之初筵》："屢舞傲傲。"

上元即事，時再客白沙

筵前佳釀潑春甕，

筵頭喧嘩山嶽動。
華燈醉魘相争紅，
狂歌蠻舞蛟與龍。
星火冪天天無色，
鉦鼓掀地馳豐隆。
魑魅巧作西子笑，
魍魎忽躡飛燕蹤。
人神妖鬼辨不得，
三更歸客耳目失。
寒銀遍野寂無人，
平沙漱月微有聲。
竭來復去終是客，
殉利殉名空自炙。
年年佳節此投荒，
雜遝華堂昏兀兀。
蒼茫百感一時生，
踏碎瓊瑤鞋盡濕。
瘴煙四起月已西，
紅燈隱隱江頭没。——青

【注釋】

〔豐隆〕雷神。

〔魑魅兩句〕當地野人，奇形怪狀，乃作西施之笑，飛燕之舞。

〔殉利殉名〕《莊子·盜跖》："小人殉利，君子殉名。"

次　韻

豈有諸山出銀甕，

甲兵如麻天不動。

幾年大野戰血紅，

殺機滿陸蛇逐龍。

空山一月不相娛，

夢中鼛鼓聲隆隆。

吳頭楚尾遠復遠，

飄爾來躡蠶叢蹤。

飛蓬去住計不得，

鬱儀然鄰愁裏失。

娟娟天末彼何人，

雲箋微逗吟哦聲。

蒼茫人海同是客，

嗜詩不異口嗜炙。

一篇高詠真陽春，

配我倦懷昏兀兀。

那無俚唱隨邦人，

但覺涔淫顏汗濕。

時艱佳節奈爾何？

恨不醉頭酒杯没！——雲

【注釋】

〔銀甕〕比喻月下四圍的群山。

〔甲兵如麻〕武裝的士兵很多。

〔殺機滿陸〕《陰符經》：“天發殺機，龙蛇起陆。”

〔蠶叢〕傳説中的蜀王。《文選·蜀都賦》劉淵林注引揚雄《蜀王本紀》：“蜀王之先名蠶叢、伯護、魚鳧……”

〔鬱儀然鄰句〕鬱儀、然鄰是神話傳説中與日、月同居的仙人，此處即指日、月。燈火燭天，使日、月無光，故云“愁裏失”。

〔陽春〕《陽春》《白雪》，古代楚國高級樂曲名。

〔恨不句〕《新唐書·文藝傳》："文宗時詔以白（李白）歌詩、裴旻劍舞、張旭草書爲三絕。旭……嗜酒，每大醉呼叫，狂走，乃下筆。或以頭濡墨而書，既醒，以爲神，不可復得也。"

和孟非

半壁崔嵬走蜀滇，
山川滿目獨凄然。
空矜辭賦原無價，
猶喜清風未論錢。
孤傲一身應不治，
窮愁滿紙漸成編。
天寒歲暮江頭客，
甘說蕭條似去年！——青

得孟非三月三十一日書謂同鄉中有傳余已逝者

鑽研幾日廢春醒，
凶耗飛來喜亦驚。
誰解仙屍欺葛樸？
略如山鬼禎秦嬴！
已嘗世味真能死，
未殺狂懷尚戀生。
循視形骸空兀坐，
洪爐騰躍一無成！——青

【注釋】

〔誰解兩句〕《晉書・葛洪傳》："葛洪尤好神仙導養之術。……乃止羅浮山煉丹。……至日中，兀然若睡而卒。時年八十一。視其顏色如生。體亦柔軟，舉屍入棺，甚輕如空衣，世以爲屍解得仙云。"《史記・秦始皇本紀》："秋，使者從關東夜過華陰平舒道，有人持璧遮使者曰：'……"今年祖龍死"'。……使者奉璧以聞。始皇默然良久曰：'山鬼固不過知一歲事也。'"秦始皇姓嬴名政。

〔洪爐句〕《莊子・大宗師》："今大冶鑄金，金踊躍曰：'我且必爲莫邪！'大冶必以爲不祥之金。今一犯人之形，而曰：'人耳，人耳。'夫造物者必以爲不祥之人。今一以天地爲大爐，以造化爲大冶，惡乎往而不可哉！"

夜　坐

空山夜雨歇，
久坐慘無神。
暗淡燈如豆，
從容鼠狎人。
風回掀屋霤，
鬼語亂蟲呻。
五度驚春訊，
羈棲一病身。——青

歸來歌

白沙兩載苦困微，

沙坪師友召我歸。

沙坪十月驚怪誕，

白沙故人要我返。

長江浩浩皆流沙，

流人有緣即爲家。

禪關幽閴數聲息，

氍毹歌舞聞喧嘩。

狂波飛鶻忽起没，

要使萬變飫生涯。

蒼顔渺渺隔天路，

六年流轉隨征戍。

寸膚一髮敢毁傷，

千磨百折吞奇怒。

回看大塊亦可疑，

怳然直欲失故步。

開緘三復招我歸來篇，

蒼蒼莽莽歸何處？——青

【注釋】

〔要〕邀。

〔幽閴〕寂静。

〔氍毹〕歌舞的地毯。

〔飫〕豐富。

〔大塊〕大地。

〔失故步〕《莊子·秋水》：“且獨不聞夫壽陵餘子之學行於邯鄲與？未得國能，又失其故行矣，直匍匐而歸耳。”

弢青寄來《歸來歌》,膈臆之積,欲吐無言,聊書數語爲報,并寄大哥

亦同生亦有鄉,

讀《歸來歌》感茫茫。

亂世棲遲真泛梗,

幽憂天地亦荒唐。

居身直以憤爲屋,

系思還疑月是霜。

恨殺髫年英氣盡,

欲呼閶闔不能狂。——雲

> 仲舉先生返自渝城,泝嘉陵江。於時陰霾,江水晶淼,稀見過舟。一路子規呼:"不如歸去!"甚急。語予曰:爾時情懷大有不堪。羈人固同此感哉! 五月四日,柏溪牽連記。

【注釋】

〔膈臆〕胸口。

〔還疑月是霜〕李白《静夜思》詩:"牀前明月光,疑是地上霜。舉頭望明月,低頭思故鄉。"

〔欲呼閶闔〕閶闔,傳說中的天門。《離騷》:"吾令帝閽開關兮,倚閶闔而望予。"此處"呼閶闔"即呼天之意。

〔仲舉〕見 68 頁注。

〔晶淼〕江水潔白光明、無邊無際。

燭影摇紅　爲雲從題照

羽翼蕭蕭,

江南江北飄零慣。
愁山瘴水萬千程，
魂與風煙暗。
信是蓬瀛路斷。
又巴陵，
金飆驟轉。
宵來長聽，
搗月疏砧，
驚霜孤雁。

離合悲歡，
幾番心曲傷撩亂。
銀瓶一夜泄春冰，
夢魘流鶯喚。
曾作湘靈俊伴，
研瓊箋，
眉痕尚淺。
生華怎寫？
無賴韶光，
一懷清怨。——青

【注釋】

〔湘靈〕湘水上的神仙。《楚辭》中有湘君、湘夫人。

〔研〕刻印。

前　調　次韻

逝水流花，

十年蹤跡相隨慣。

天涯未了惜春心，

春忍和魂暗。

夢緒筝弦按斷。

繞孤雲，

哀音漫轉。

惜惜長和，

迷月春鵑，

叫煙秋雁。

儂自憐儂，

眉情眼意都撩亂。

移愁著喜不分明，

鏡底癡難喚。

消受瑤臺俊伴，

寫豐神，

隃糜蘸淺。

重帷須辦，

障了秋光，

扇紈誰怨。——雲

【注釋】

〔隃糜〕古縣名，今陝西千陽縣。以産墨名，後遂爲墨之代稱。

〔扇紈誰怨〕見 23 頁〔秋風悲畫扇〕注。

八聲甘州　春霜

三月某日驟寒，繁霜，因拈此題，步雲從。

是依稀殘月下章臺，
孤飛到天涯。
便低栓燕翼，
輕鉤山黛，
暗勒蘭芽。
幾杵疏鐘未散，
一帶謝橋斜。
認得鞋尖鳳，
又漸濃些。

早已冬衣典盡，
甚淒風一夜，
淚迸冰華。
渺鄉關春夢，
都被曉寒遮。
記溫馨，
千紅怨煞，
柳絲斑，
隔水誤兼葭。
驚翻覆，
坐愁羈旅，
喚酒人家。——青

又

認雪痕露態不分明，
淒淒滿天涯。
被東風碾碎，
春人意緒，
愁客心芽。
畫角一聲飛繞，
簾影月初斜。
試問重簾底，
昨夜寒些？

好是芳菲時候，
甚萬紅回豔，
讓了涼華。
盡春魂冷暖，
離夢粉雲遮。
誤關山，
萋萋芳草，
向九秋，
頭白學蒹葭。
長途滑，
薄衣羸馬，
漫想還家。——雲

好事近

小影有釵弁之易，謹贊。

> 瑤圃孕靈根，
> 第一風標矜異。
> 饒說腰支擬沈，
> 尚謝家情味。
>
> 蒹葭隔水報瓊枝，
> 不憶有如水。
> 何日鯉魚風好，
> 許傲傲相倚。——雲

【注釋】

〔釵弁之易〕女扮男裝。

〔腰支擬沈〕南朝梁沈約清瘦腰細，稱“沈郎腰”。

〔謝家情味〕謝道韞的風格，見94頁〔謝女〕注。

〔蒹葭、瓊枝〕《世說新語·容止》：“魏明帝使后弟毛曾與夏侯玄共坐，時人謂‘蒹葭倚玉樹’。”此處雲從自比為蒹葭，是自謙之詞。

〔傲傲〕醉舞欹斜貌。

又

> 何處是真吾？
> 萬象無非遊戲。
> 為傅何郎新粉，

怕自家猜忌。

金創難冷少年心，
莫問當年事。
叱盡西山風雨，
看彩虹長倚！──青

【注釋】

〔傅何郎新粉〕《世說新語・容止》："何平叔美姿儀，面至白。魏明帝疑其傅粉，正夏月，與熱湯餅。既啖，大汗出，以朱衣自拭，色轉皎然。"

綺羅香　杜鵑

一徑濃陰，
三弓淺水，
花雨草煙深處。
鎮日悲啼，
重怨不分朝暮。
斷征夢、焰冷青燈，
耿長夜、暈生銀兔。
是誰招、冤魄飛來，
無窮幽怨盡情吐？

黃錯聲急更苦，
血淚紅爭劫火，
行人無路。
喚起疏風，

千壑萬岩相助。

客腸迴、是處消魂，

溪橋漲、幾家閉户？

謝殷勤，

漫勸東姨，

不如歸海去！——青

【注釋】

〔冤魄〕古代傳説：蜀國國王名杜宇，後退隱，值鵑鳴，國人懷之，因呼爲"杜鵑"。見《華陽國志》。又《文選·蜀都賦》"鳥生杜宇之魂"，注引《蜀記》："杜宇王蜀，號稱'望帝'，俗説杜宇化爲子規，蜀人聞子規鳴，皆曰'望帝'也。"後亦稱杜鵑爲杜宇，其啼聲似"不如歸去"。李商隱《錦瑟》詩："莊生曉夢迷蝴蝶，望帝春心托杜鵑。"

〔東姨〕諧音"東夷"。

又

暗緑連雲，

餘花窄徑，

寂寞送春歸處。

戀眼斜陽，

冉冉盡教啼暮。

曳幽緒、竹裂空山，

化孤魄、冷溶寒兔。

算枯喉、殘血無多，

爲誰連夜滿枝吐？

春歸原自淒切，

何況津橋塵漲，

烽煙無路。

衔我歸飛，

黃鵠可能相助？

添一夜、獨客哀吟，

剩故林、幾家門户。

只應學，

移石冤禽，

海東填恨去。——雲

【注釋】

〔移石冤禽〕見 33 頁〔衔石〕注。

洞仙歌

　　瞿師賜觀滬上見賣盤梅，有憶西湖紅萼之作，次韻奉和。猶憶丁丑歲暮，侍師探梅茶山，誦白石千樹西湖之句，相對黯然。各譜《暗香》以記。今七年矣。

縞霞何許？

叱夢雲飛起。

暗暗長空祇煙水。

恨華嚴換劫，

費盡長繩，

都不系，

慘澹斜陽身世。

前遊雙別淚。

湖綠縈魂，

曾譜瓊兒入哀徵。

更遠天涯，

遮莫冰心，

也漸怯霜邊涼吹。

問清氣塵寰，

幾分留者，

似酒釀濃愁，

恁般厮避。——雲

【注釋】

〔茶山〕見 30 頁注。

〔華嚴〕佛家語。華嚴宗是佛教的宗派，《華嚴經》是華嚴宗的經典。此處似用以代表大千世界。

〔瓊兒〕唐鄭璧《奉和陸魯望白菊》："瓊妃若會寬裁剪，堪作蟾宮夜舞裙。"瓊兒疑是指仙女。此處以白菊聯繫梅花。

〔哀徵〕哀音。

〔厮避〕相避。

釵頭鳳

擬雲從，以代佳節之貺。

釵頭鳳，

宵來夢，

一簾幽寂無人共。

爐煙篆，

遊絲懶。

釀春香膩，

瘞花風軟。

亂！

亂！

亂！

新鶯弄，

餘寒重，

玉璫分付靈犀送。

飛雲遠，

心情淺。

銀蟾空卜，

閒愁休綰。

斷！

斷！

斷！——青

【注釋】

〔玉璫〕見 232 頁〔尚想兩句〕注。

〔靈犀〕李商隱《無題》詩："身無彩鳳雙飛翼，心有靈犀一點通。"《抱樸子》："通天犀角，有白理如線。"其線貫通犀角兩頭。

又

東飛鳳，

西飛夢，

沉沉碧落何時共？

鴛鴦篆，

描還懶。

一回啼切，

十分腸軟。

亂！

亂！

亂！

香箋弄，

檀痕重，

商量一剪流波送。

春山遠，

平蕪淺。

盈盈愁眼，

柳綿風綰。

斷！

斷！

斷！——雲

【注釋】

〔碧落〕天空。白居易《長恨歌》："上窮碧落下黃泉，兩處茫
茫皆不見。"

燭影搖紅　　賀吳漊齋周棠子新婚

月晃風簾，

夢雲嬌軟輕輕蔽。

圓蟾也解愛雙棲，

未向斜河墜。

前度相逢何地？

感芳心，

相思暗起。

洛川步襪，

迤邐來時，

此情須繫。

不負良宵，

喁喁細説當時事。

燭花點滴濺珠璣，

那是銅盤淚？

明日妝臺笑倚，

未應消，

蘭情麝氣。

池頭試覰，

皺碧鸞環，

文禽同睡。——雲

【注釋】

〔斜河〕斜轉的銀河。

〔洛川步襪〕曹植《洛神賦》：“淩波微步，羅襪生塵。”參見
232 頁〔尚想兩句〕注。

〔銅盤淚〕見 228 頁〔鉛露〕注。

〔池頭兩句〕南唐馮延巳作《謁金門》云：“風乍起，吹皺一池
春水。”中主云：“吹皺一池春水，干卿何事？”頗有妒意。馮對曰：
“未若陛下‘小樓吹徹玉笙寒’也。”

〔文禽同睡〕黃庭堅《兩同心》：“曾共結合歡羅帶，終願效比

284

翼文禽。"文禽,即鴛鴦。言其有文彩。

浣溪沙　沙磧雨坐偕叕青

妙句難和《昔昔鹽》,
野雲凝赭復凝藍。
夕暉無語雨纖纖。

坐愛翩禽雙羽好,
不知流水幾分添。
羅衣略道晚涼尖。——雲

【注釋】

〔昔昔鹽〕即《夕夕曲》。隋薛道衡作此曲。名句有"空梁落
燕泥"。煬帝善屬文,而不欲人出其右,道衡由是得罪,被藉故誅
之,曰:"更能作'空梁落燕泥'否?"見《隋唐嘉話》。

又

野水淳瀠疊亂漪,
鮫人泉底散珠時。
風牽夢雨作機絲。

西塞山前青箬笠,
女兒浦口遠山眉。
干人何事費新詞?——雲

【注釋】

〔鮫人〕傳説中的人魚。《太平御覽》引張華《博物志》：“鮫人從水出，寓人家積日，賣綃將去，從主人索一器，泣而成珠滿盤，以與主人。”

〔西塞兩句〕張志和《漁歌子》：“西塞山前白鷺飛，桃花流水鱖魚肥。青箬笠，緑蓑衣，斜飛細雨不須歸。”黄山谷《浣溪沙·漁父詞》“新婦磯頭眉黛愁，女兒浦口眼波秋”，自言：“以水光山色替卻玉肌花貌，此乃真得漁父家風也。”東坡云：“才出新婦磯，又入女兒浦，此漁父無乃太瀾浪乎？”見《苕溪漁隱叢話》四十八卷。

鷓鴣天　　前題

和雨和煙坐夕曛，
垂虹几度绕衣巾。
一枝碧伞欹莲叶，
半亩银沙展锦茵。

风习习，
水粼粼，
江天如畫夢如塵。
不知扇底犀環墮，
驚起雙飛半入雲。——青

七絕四首

昔龔君有銘，寫其神思，而曰：“樓中有鐙，有人亭亭。未通一言,化爲春星。其境不測,其神習焉。其殆溯洄從之、溯遊從之而有所不得已者乎?"夫古人固嘗有言曰:形在江海之上,心存魏闕之下矣。彣青曄曄,揚娉含芬,壬午歲予始有感於鳳兮四海之事。爰以瀟湘之客,更爲巴渝之遊。始則箋書,終於見答。凡歷春二、歷秋亦二。向之抽思乙乙、轆轤交往者,良不可得而忘也。爰爲短詠,贈我粲者。庶攄心素,且欣逢遇。詞工互拙,有不及計爾。彣青有酬,並列於後。——雲

【注釋】

〔龔君有銘〕清龔定庵《寫神思銘》,描寫所懷念之人。

〔溯洄兩句〕《詩·秦風·蒹葭》:"蒹葭蒼蒼,白露爲霜。所謂伊人,在水一方。溯洄從之,道阻且長。溯游從之,宛在水中央。"

〔形在兩句〕《莊子·讓王》:"中山公子牟謂瞻子曰:'身在江海之上,心居魏闕之下,奈何?'"魏闕,高大的宮門,代表朝庭。此處是比喻身在遠方,而懷念所愛之人。

〔曄曄〕光輝燦爛。

〔揚娉含芬〕既有外表的美貌,又有内在的美德。

〔壬午〕1942 年。

〔鳳兮四海〕傳說司馬相如作琴歌:"鳳兮鳳兮歸故鄉,遨遊四海求其凰。"名爲《鳳求凰》,係向卓文君求愛之詩。

〔箋書〕即書信往來。

〔乙乙〕難出貌。《文選·陸機〈文賦〉》:"思乙乙其若抽。"

〔粲者〕指美女。《詩·唐風·綢繆》"今夕何夕,見此粲者。"

無雙亭下奇花胎,
湯沐揚州明月來。

慚愧堯章無後勁，
可能佳句作良媒？

【注釋】

〔無雙亭〕《玉蕊辨證》："王禹偁《移瓊花詩·序》：'自淮南遷東平移後土廟，瓊花植於濯纓亭，此花天下獨一株，歐陽永叔爲揚州太守，作無雙亭以賞之。'"

〔胎〕初發。

〔揚州明月〕見 81 頁〔二分明月人〕注。

〔慚愧兩句〕堯章，南宋詞人姜白石字。"無後勁"，姜白石晚年，將愛婢小紅嫁出。嚴傑《白石道人小傳》引蘇泂挽姜白石詩："幸是小紅方嫁了，不然啼損馬塍（姜葬於馬塍）花。"小紅見 247 頁〔低唱換吹簫〕注。張鎡《因過田倅坐間得姜堯章所贈詩卷，以七字爲報》："應是冰清逢玉潤，只因佳句不因媒。注：千岩居士蕭東夫，即姜婦翁也。"説姜白石因詩做得好，所以娶得蕭東夫之女，並不靠良媒。"冰清玉潤"，《晉書·衛玠傳》："玠妻父樂廣有海內重名，議者以爲婦公冰清，女婿玉潤。"馬塍在杭州，今文三路附近有馬塍路。

一花一月一暮朝，
一種温馨不可消。
一事傲他黃二尹，
不曾無分比文簫。

【注釋】

〔一事兩句〕黃二尹，即黃景仁（字仲則），排行第二。黃景仁《歲暮懷人》詩："莫怪年來拋韻語，此身無分比文簫。"唐裴鉶《傳奇》："晉太和中，書生文簫往遊鍾陵西山，遇一姝，吟曰：'若能相伴陟仙壇，應得文簫駕彩鸞。'引生至絕頂，有仙童持天判曰：'吳

彩鸞以私欲洩天機，罰爲民妻一紀。'姝乃與生同歸。"黃景仁見
131頁〔黃仲則〕注。

> 隔花便是九衢塵，
> 曠代常疑少解人。
> 肯學相如草封禪，
> 等閒孤負遠山春？

【注釋】

〔草封禪〕司馬相如曾寫《封禪書》，死後，由卓文君獻上。參
看252頁〔春風鬢影〕注。

〔遠山春〕《西京雜記》："文君姣好，眉色若望遠山。"

原作：

> 茂陵辭賦舊流傳，
> 我學長卿儘未然。
> 看汝春風吹鬢影，
> 不應有暇草封禪。
> 世事韓公劇欷愁，
> 短檠二尺棄牆頭。
> 憑君化我心光在，
> 直到天荒肯便休！

【注釋】

〔韓公、短檠〕韓愈有《短檠燈歌》："長檠八尺空自長，短檠二
尺便且光。……裁衣寄遠淚眼暗，搔頭頻挑移近（將短檠移近）
牀。一朝富貴還自恣，長檠高張照珠翠。籲嗟世事無不然，牆角
君看短檠棄。"檠，是燈架或燈柄。韓詩感歎世人一旦得意，就將
原來喜愛的棄如敝屣了。

〔天荒〕天荒地老，即經歷很長時間。

酬雲從

雙攜同下此微塵，
記得龍華會上身。
曾是相知未相識，
朱絲一繫倩何人？——青

【注釋】

〔微塵〕佛家語，即下界之意。

〔龍華會〕佛家語。《荊楚歲時記》：四月八日，諸寺作龍華會，以爲彌勒下生之徵。

〔未相識〕尚未識面。

瑤華玓瓅發靈臺，
廿四番風著意裁。
采向心心最深處，
不辭萬里涉江來！——青

【注釋】

〔靈臺〕指心靈。

〔廿四番風〕見 233 頁〔番風〕注。

〔涉江〕見 218 頁注。

經年繾綣理歡愁，
百折千磨一味柔。
此際更無言語說，
從教無那爲君羞！

漫向人天叩夙因，

幾番款曲識悲辛。

春雲蕩漾三千丈，

不及君家一點真！——青

黃征按：以上唱和七絕各四首，得香港學者郭長城先生厚誼出示二人唱和毛筆工抄真跡，有"民國三十二年九月一日始有永好之約贈答各四章"之題，年月分明，行款印章皆極嚴整，文字有足資校正者（例如"儘""玓瓅"等字，今皆據以校正）。今全文抄錄於後：

民國三十二年九月一日始有永好之約贈答各四章

無雙高下奇花胎，湯沐揚州明月來。慚愧堯章無後勁，可能佳句作良媒？

一花一月一暮朝，一種温馨不可消。一事傲他黃二尹，不曾無分比文簫。

茂陵辭賦舊流傳，我學長卿儘未然。看汝旹風吹鬢影，不應有暇草封禪。

世事韓公劇歎愁，短檠无光棄牆頭。憑君化我心光在，直到天荒肯便休！

　　　　　　　　　　鴻（朱文印章"云从龍"）

雙攜同下此微塵，記得龍華會裏身。曾是相親未相識，朱絲一繫情何人？

瑤華玓瓅發靈臺，廿四番風着意栽。采向心心最深處，不辭萬里涉江來！

經年繾綣理歡愁，百折千磨一味柔。此際更無言語説，從教無那爲君羞！

漫向人天叩夙因，幾番款曲識悲辛。春雲蕩漾三千尺，不及君家一點真！

霞（朱文印章"弢青"）

又贈弢青

煙綿水遠江南春，

絕愛《停雲》筆墨新。

歸去畫圖應仿佛，

伴君餘事作詞人。——雲

文衡山畫《江南春圖》，真跡見於重慶。弢青所藏故宮畫册亦有之。

【注釋】

〔停雲〕陶淵明《停雲》詩序："停雲，思親友也。"

〔文衡山〕文徵明，明書畫家，號衡山居士。

和雲從

贈詩字字溢奇春，

頓覺清秋物候新。

萬里孤蓬將十載，

從今更不作羈人。——青

高陽臺　弢青爲製裲襠賦此謝之

墨淡零箋，

蟫遊旅篋，

詩成窈窕同顰。

唐女郎張窈窕詩:"今日賣衣裳,明日賣衣裳。衣裳渾賣盡,羞見嫁時箱。有賣愁仍緩,無時心轉傷。故園有虜隔,何處事蠶桑。"

一桁西風,

蕭蕭冷到孤根。

春人衣著知多少?

舞流紅、散曲紛紛。

定誰知、蛩畔行吟,

意緒無溫。

　

相憐多謝摻摻手,

費針牽密縷,

絮著吳雲。

蓄意含情,

燈脣幾個黃昏?

今生緣是葳蕤結,

更他生、更莫廝分。

便生生、同暖同寒,

守定心魂。——雲

【注釋】

〔裲襠〕背心。

〔桁〕衣架。

〔吳雲〕即吳棉。棉花色白如雲。

〔葳蕤〕草木茂盛,枝葉下垂。引申爲繁盛貌。

〔廝分〕分離。

長相思　二首

雲連天，
海連天，
百尺危岩別有天。
有人方並肩。

衣生煙，
鬢生煙，
遙指金烏墮紫煙。
明霞繞頰圓。——青

【注釋】

〔金烏〕即太陽。

風疏疏，
月疏疏，
一片淒清不可娛。
小亭一角孤。

秋雲敷，
夢雲敷，
影騑空階淡欲無。
語香入鬢初。

【注釋】

〔騑〕下垂。《聊齋志異·蓮香》："騑袖垂鬢，風流秀曼。"

又　二首

夢中天，
畫中天，
笑説塵中無此天。
淺寒人倚肩。

蹋秋煙，
俯秋煙，
潑剌鷗穿隔浦煙。
猜他波影圓。——雲

【注釋】

〔潑剌〕鷗鳥飛過之聲。象聲詞。

墨痕疏，
樹痕疏，
乞與詩魂淡可娛。
荆關興不孤。

淡雲敷，
淡蟾敷，
攜手欄邊忘得無？
衷情深訴初。

【注釋】

〔荆關〕李白《送張瑶之壽陽幕府》詩："壽陽信天險，天險橫
荆關。"壽陽，今安徽壽縣。荆關當在壽縣附近。

賦得雲從歸來

　　十二月廿六日，雲從來白沙度歲，親友咸以爲歸來矣，而余亦寄寓也。因賦四章云。

夢轉梨雲十二層，
分明人映小窗燈。
難從眼角分啼笑，
約略眉痕似減增。
後二句，余十四歲舊句也。

離情別緒總如綿，
還向妝臺看比肩。
共說儂朧卿亦瘦，
不成相怨只相憐。

最怯紗窗燈影清，
千迴萬轉此時情。
從教百度推伊去，
真欲相依坐到明。

飄零同是天涯客，
梁燕雙巢尚未裁。
無怪紛紛人笑說，
相看真覺似歸來！——青

【注釋】

〔裁〕剪裁，製定。

採桑子　一月十五夜雨寄鸞

紅鱗報我梅花訊，
未肯垂垂。
准擬垂垂，
留供分箋鬥小詩。

憶梅説與相思夜，
儂便相思。
汝更相思，
隔個連江夜雨時。——雲

【注釋】

〔紅鱗〕鯉魚。此處代替魚書、書信。
〔垂垂〕花很多。

江南好

甲申人日，係雲從廿九歲初度。是月廿三日則余之誕辰也。
因提前十六日，同慶之。

（一）

千秋慶，
今日便雙雙。
室滿佳賓紛笑語，

手調滋味郁芬芳。

春在紫霞觴！

（二）

人散後，

還向碧窗中。

戲剖雙柑籠小炷，

漫裁喜字貼房櫳。

無限是融融！

【注釋】

〔甲申〕1944 年。

〔戲剖句〕即製橘燈。將柑橘挖空，中置小火撚子。

（三）

紅燈裏，

相並更相憐。

還說無疆期白首，

此時剎那抵千年。

疑夢復疑仙！

（四）

低聲問，

今夕甚心情：

素壁半籠梅萼影，

茜衫都作臉霞明。

一片暗香盈！——青

【注釋】

〔茜衫〕淺紅色的衫子。

甲申正月十七日,風日清美,記後六日是鸞生日也。願言不從,悵然有寄。

（一）

夢傍香奩月上初,

等閒妨汝繡工夫。

匆匆又被晨雞喚,

寄我迴文詩有無?　——雲

【注釋】

〔甲申〕1944 年。

（二）

莫緣離別便無聊,

記汝生朝是此朝。

已是一年三度見,

天津還少木蘭橈。

【注釋】

〔天津〕即天河。

〔木蘭橈〕即木蘭舟,李商隱《木蘭花》詩:“幾度木蘭舟上望,不知元是此花身。”馮浩注引《述異記》:“七里洲中魯班刻木蘭爲舟,至今在洲中。”

東風第一枝

甲申正月廿三日是鸞廿八歲生日，是夕倚聲寄之。依梅
溪韻。

碧透層波，
愁生遠岫，
湖山迢遞新暖。
未愁雁字無憑，
更憐夢痕較淺。
梅風小倚，
記一片香溫煙軟。
又片帆解袂匆匆，
得似定巢雙燕！

容易到，
芳辰轉眼；
渾未勸，
流霞暈面。
思隨桂棹浮江，
意逐游雲過苑。
彩繩繫臂，
要合贈五紋絲線。
算兩邊，
小穗銀釭，
今夜夢中還見。——雲

【注釋】

〔甲申〕1944 年。

〔梅溪〕南宋詞人史達祖,字邦卿,號梅溪。

桂殿秋　四首　書弢青二月廿二、四兩札後

予與弢青離居相思,時亦涉江一見,二月二十日長江壖一舟,而予十七日以後所郵書皆不達。弢青憂涕倉皇,不知爲計,泊二十四日,予書乃至也。所來二札,驚喜之情,一自肺肝流出。予慚無以答其意,姑製小詞繫焉。其二札,雖佩之終身,萬金不易焉,可見。

恩已甚,

轉愁濃,

一宵幽夢警天風。

偶然吹皺池頭碧,

只道凋殘鏡面蓉!　——雲

又

從字裏,

見愁容,

憐他織錦是人工。

欄邊朱碧何曾定,

看到心源墨也紅!

【注釋】

〔織錦〕見 24 頁注。

〔朱碧〕武則天《如意娘》詩："看朱成碧思紛紛，憔悴支離爲憶君。"看朱成碧，即花落盡，剩了綠葉。

又

甘共苦，

淺和濃，

悲歡一例愛河通。

就中多少悲歡淚，

莫問卿來莫問儂！

又

無限意，

信渠儂，

不隨飛絮嫁東風。二十九日書，謂予如此，即
予謂君可也。

世間不少鴛鴦牒，

萬語無如此語工！

【注釋】

〔不隨句〕即不隨波逐流。

〔鴛鴦牒〕記下一對對戀人愛情的譜籍。

七絕　四首

二月二十日，重慶上水船有觸礁者。而自十九日起，四日不
得雲從書，疑慮萬狀，晝夜惟以淚洗面而已。廿二夜夢中得手
書，恍惚見平安字樣。廿四日三札並至矣。余經此打擊，萬念俱

灰。向之欲兼顧前途暫忍離別之説，豈砒鴆乎？復書遂有"討飯亦在一塊"語，雲亦爲之悽愴不已也。——青

【注釋】

〔砒鴆〕毒藥。

（一）

> 碾碎柔腸那得眠，
> 一思量處一淒然。
> 頻年已少思鄉淚，
> 今夜潺湲似怒泉！

（二）

> 錦書一葉從天下，
> 淚眼朦朧仔細看。
> 滿紙龍蛇全不辨，
> 最分明處是"平安"！

（三）

> 已是天生刻骨癡，
> 那堪日日浸相思。
> 憑他風雨千千劫，
> 比翼頻伽在一枝！

【注釋】

〔頻伽〕見 238 頁注。

（四）

利鎖名韁苦自欺，

從今與汝永相期：

牛衣貯得奇温在，

死死生生無別離！

【注釋】

〔利鎖名韁〕爲名利所拘囚。

〔牛衣〕給牛禦寒用的覆蓋物，即蓑衣之類。《漢書·王章傳》："章疾病，無被，臥牛衣中。與妻訣，涕泣。"後以"牛衣對泣"形容夫妻共守窮困。

又　　四首

二月二十日事，余既作四詞，致青後有詩來，爰復和之。

（一）

驚損雲屏信宿眠，

開緘一度一淒然。

不成相抱盡情哭，

與汝雙雙淚徹泉！——雲

（二）

莫將此日千行淚，

留在春衫待我看。

我亦爲君腸百摺，

相逢只可説平安！

（三）

入骨相思祇益癡，
憑將願力補相思。
雙身便作雙蕖看，
要乞慈雲楊柳枝！

【注釋】

〔願力〕誠懇的力量。

〔雙渠〕即雙蓮、並蒂蓮花。

〔慈雲楊柳枝〕傳說中的觀世音菩薩手執淨瓶，中插柳枝。只要灑下一滴甘露，便可化爲大慈大悲的雲彩，解救衆生的苦難。

（四）

最覺靈臺不可欺，
與君鄭重訂襟期。
君言即是我言語，
死死生生無別離！

【注釋】

〔靈臺〕指心。

附

得雲從殳青近訊並新製，率奉一章，以解殳青餘惕

獨聽江聲淚雨垂，
平安夢報轉心疑。

嗟君莫笑兒情重，
千古英雄總是癡！——子厚

【注釋】

〔子厚〕錢堃新先生，字子厚(1896—1956)，江蘇鎮江人。畢業於東南大學。歷任藍田師範學院、貴州大學教授，精古文，係我與雲從的介紹人。主要著作有《王伯沆先生行述》。

踏莎行

單枕寒生，
疏窗風驟，
淒淒一夕數人瘦。
五更才得夢兒成，
夢中又到分襟候。

雪黯江天，
雁沉長晝，
寸心已碎書來後。
只能掩淚不開緘，
開緘須濕行行透！——青

正月廿七夜夢得五六兩句呈弢青

最長更夜雨愔愔，
思自纏綿夢自尋。
已比吹簫攜弄玉，
漫勞約指費鉤金。

魂依裊裊飛花弱，
語墮重重綺障深。
紅印小箋憑護惜，
豈無彩筆畫雙心！——雲

【注釋】

〔吹簫攜弄玉〕古代傳説中的一對神仙夫婦。蕭史、弄玉，均善吹簫，後乘龍、鳳昇天而去。見《列仙傳》。

採桑子

吊大微兄，大微逝於一九四四年二月廿八。

曇雲一刹因風散，
生也淒涼，
死也淒涼。
天賦清愁比命長！

十年往事真如夢，
恩也難償，
怨也難償。
此日空餘淚萬行！——弢青

又

而今教我如何説：
情入膏肓，
病入膏肓？

坐看金軀一旦亡!

誰能爲汝安排定?
人已荒唐,
天更荒唐。
一慟何曾抵斷腸! ——青

【注釋】

〔大微〕張兆傑(1916—1944),字大微,淮陰人。畢業於揚州
中學及西南聯大哲學系,後入胡宗南部下。余在白沙先修班時,
渠來信云,擬離部隊,囑余爲謀職。先後在白沙女中、大學先修
班任教。1944年,忽發高燒,頭部劇痛,急送重慶醫院醫治。月
餘遂長逝。據診斷肺結核已轉移至腦部。喪事由揚中同學張亮
侯、朱志明等料理。英年早逝,身後蕭條,傷哉!

吊大微兄

(一)

少年才氣轉頭空,
消渴誰將二豎攻?
後死哭君一張紙,
人情自古似西風! ——雲

【注釋】

〔消渴〕中醫病名。因口渴、易飢、尿多、消瘦故名。司馬相
如患此癥。

〔二豎〕《左傳·成十年》:"公疾病,求醫於秦,秦伯使醫緩爲
之。未至,公夢疾爲二豎子,曰:'彼良醫也。懼傷我,焉逃之!'

其一曰:'居肓之上,膏之下,若我何?'"豎,小兒。後以"二豎"稱
病魔。

(二)

清愁洗馬定何居?
萬境應能理遣之:
一夜天弢弇然解,
教人猶念渡江時!

【注釋】

〔洗馬〕晉衛玠,曾任太子洗馬,體弱多病,早逝。

〔何居〕何如。

〔一夜句〕比喻突然逝世。《莊子·知北遊》:"解其天弢,墮
其天袠。紛乎宛乎,魂魄將往,乃身從亡。乃大歸乎?"弢,弓衣;
袠,書衣。解、墮,均比喻解束縛。大歸,即"死"。

〔渡江〕衛玠隨諸名士避亂到江南。死後,很多人哀悼他。
《世說新語·容止》:"衛玠從豫章至下都(南京),人人久聞其名,
觀者如堵牆。玠先有羸疾,體不堪勞,遂成病而死。時人謂'看
殺衛玠'。"

鷓鴣天　　和孟非夢返嘉陵江

雨霽斜陽半是煙,
冷香一徑落花眠。
忽如有會微凝竚,
萬籟無聲聽杜鵑。

山寂寂,

月娟娟。
歸來人在晚風前。
分明曾踏江干路，
夢斷更殘只自憐。——青

附

前　調　原作

山館高低帶晚煙，
棹歌伊鬱過行船。
翩翩兩岸仍仙侶，
寂寂斜陽復杜鵑。

花窈窕，
竹便娟。
依稀模樣十年前。
平生瘦損江頭路，
夢裏重行盡可憐。——孟非

【注釋】
〔伊鬱〕行船時打槳的聲音。
〔便娟〕姿態輕盈美好。

鷓鴣天　聽鵑

總爲人間惜別離，
不成相勸只成啼。

千林風雨花爭落，
滿枕滄涼月又西！

心上血，
已成灰。
人間心願總相違。
十年聽汝催歸去，
聽到今年猶未歸！　——雲

種柿謠

階前種得番茄十數株，或云補血之良品也。

三日鉏鎯忙，
二尺階前地。
隨風漫布種，
從此抱希冀。
頻年征戍敢言苦，
薪桂米珠何足比。
紛紛父母愁悴死，
一口一身亦無計。
登堂挾策妙生風，
歸來束帶吞粗糲。
食罷相看慘澹容，
談來滿座長籲氣。
神仙亦自在人間，
翠圍珠擁不知寒。

一擲千人萬人食，
十年烽火鑄金變。
富貴不可慕，
還望天公助。
朝朝躑躅小階前，
一芽一葉心花吐。
剪裁支架那敢停，
日炙雨淋不知苦。
蓬勃幾疑手握功，
灌溉全憑眼波注。
傳聞異質藏實中，
可以益人肌膚充。
乞君雨露之餘瀝，
濟我僝僽之眇躬。
枝頭未見花萼坼，
夢裏已飛雙頰紅。
吁嗟乎！
種柿種柿，
須用力！
何時攬鏡，
見我當年之顏色！——青

贈仲舉

如君奇意鬱靈襟，
幄裏嬋娟定姓陰。
珠比黃河穿九曲，

網從越客結千尋。

瓊枝易覓雖無價，

玉杵能求合有心。

欲贈繞朝舊鞭策，

寶驄一驟看駸駸！　——雲

【注釋】

〔幄裹句〕陰麗華，以美麗著稱。漢光武帝年輕時在長安見執金吾車騎甚盛，因歎曰：“仕宦當作執金吾，娶妻當得陰麗華。”

〔九曲〕蘇軾《祥符寺九曲觀燈》詩：“寶珠穿蟻鬧連朝。”王十朋集注引宋趙次公曰：“小說載：有以九曲寶珠欲穿而不得，問之孔子，孔子教以塗脂於線，使蟻通焉。”

〔網從句〕李商隱《寄成都二從事》詩：“莫將越客千絲網，網得西施別贈人。”

〔玉杵能求〕見 249 頁〔雲英〕注。

〔繞朝鞭〕繞朝知道士會密謀離秦，在士會臨走時，送他一根馬鞭，說：不要以爲秦没有人，我的謀略不過偶然不被採用而已。見《左傳·文十三年》。又李白《送羽林陶將軍》詩：“莫道詞人無膽氣，臨行將贈繞朝鞭。”

〔駸駸〕馬速行貌。

無　題

所以愛善者，

豈爲善之名？

生平抱孤尚，

百夫不可爭。

豈惟百夫力，

有我無天神。

臨河一瓢飲，

林間一枝棲。

衆植豈不好？

唯此故枝歸。

縱使劫火燒，

抱枝誓不逃。

百骸可以糜，

心魂不可撓。

不知所謂善，

不知所謂真，

不知所謂美，

裁詩書之紳！——雲

【注釋】

〔孤尚〕自己獨有的意志。

〔臨河兩句〕見 109 頁〔飲同句〕注。

〔抱枝誓不逃〕見 42 頁〔鮑焦〕注。

〔書之紳〕寫在衣帶上。

蝶戀花　二首　和圭璋師韻

自是三生才一遇，

驀地驚波，

從此天難曙。

夢裏依然無片語，

斷紅雙靨嬌成怒。

長任風風和雨雨。
幽恨誰知？
自懺其中苦。
的的心膏煎復煮，
信它一刹能明汝！——青

【注釋】

〔斷紅句〕《西廂記》：普救寺退兵後，老夫人爲了答謝張生，
命子、女以兄禮見張生，鶯鶯不肯出見。老夫人怒，一定要她出
見。"乃至，常服悴容，不加新飾，垂鬟接黛，雙臉斷紅而已。"

〔明〕原是照明之意，現雙關使對方明白。

又

十二欄干天竟暮，
月幌風屏，
猶認離魂處。
尋入桃源原是誤，
落紅遮斷來時路。

憔悴能禁春幾度？
百尺朱幡，
早已蔫風露。
一點靈芽猶未吐，
愁根繞遍相思土。——青

【注釋】

〔離魂〕唐陳玄祐有傳奇小説《離魂記》寫張倩娘與王文舉相
愛，爲母所阻，文舉被迫赴京趕考。倩娘魂魄離軀，趕上文舉，結
爲夫婦。後魂魄與軀體復合。

附

前　調　原作

夢裏江南欣乍遇，
不忍分襟，
偏是天將曙。
心事萬千無一詞，
低垂紅淚從君怒。

門外春殘風又雨，
試聽青山，
多少啼鵑苦。
百轉車輪腸自煮，
天涯忘了儂和汝！——圭璋

又

樓外眼穿當日暮，
一寸雕闌，
一寸傷心處。
舊月不知花影誤，
更深猶照雙攜路。

不惜韶光如水度，
只惜離人，
不慣禁風露。

字字迴文和血吐，

尋思血也如塵土！——圭璋

甲申四月十二夜作

杜宇淒淒夜正長，

一春相憶減疏狂。

悄依角枕人尋夢，

涼浸單衾月下牀。

蕉葉欲抽猶卷翠，

雲箋試疊漸盈箱。

欲知相遣還難遣，

漫費簪花墨數行。——雲

【注釋】

〔甲申〕1944 年。

〔角枕〕用獸角作裝飾的枕頭。《詩·唐風·葛生》："角枕粲兮，錦衾爛兮。"

〔簪花墨〕明王彥泓詩："含毫愛學簪花格，展畫慚看出浴圖。"此處即指漂亮的小字。

奉和冀野師四十述懷

事業文章只恨多，

猶將歲月歎蹉跎。

經營禮樂人思古，

鼓吹江山自放歌。

曼倩談諧皆感慨，
君房言語似江河。
少年豪氣分明在，
誰信先生四十過？

師有散曲集《中興鼓吹》。——青

【注釋】

〔冀野師〕盧前字冀野（1905—1951），南京人。以詞曲擅名，深得吳梅先生薪傳。畢業於中央大學。廿四歲起即歷任四川大學、金陵女子學院、中央大學等校教授。主要著作有《中國戲曲概論》《明清戲曲史》等。

〔經營禮樂〕盧先生曾任禮樂館館長。

〔曼倩談諧句〕東方朔字曼倩，滑稽多智，時時寓莊於諧，諷喻漢武帝。《史記‧滑稽列傳》載朔故事。盧先生亦喜以詼諧表現對政治的感慨。

〔君房言語〕《漢書‧賈捐之傳》：捐之字君房，與楊興善，興曰："君房言語妙天下。"

附

四十述懷

四十頭顱感慨多，
棲棲道路亦蹉跎。
門前剩對桓譚樹，
海內空傳陸厥歌。
漸覺驚心添白髮，
定能洗眼俟黃河。

平生躍馬橫戈意，
祇惜風雲紙上過。——冀野

【注釋】

〔棲棲〕忙碌不安。《論語·憲問》：“丘何爲是棲棲者與？”

〔桓譚樹〕桓譚，後漢人，好音律，善鼓琴，博學多才，簡易不修威儀，而喜誹議俗儒，由是多見排詆。後因不阿諛皇帝，論斬，經乞求乃免。見《後漢書·桓譚傳》。“門前樹”故事不詳，似是桓譚曾於樹下講學。

〔陸厥歌〕陸厥，南齊人，精音律，有與沈約討論四聲八病書。見《南齊書·陸厥傳》。

〔俟黄河〕黃河水濁，古有一千年一清之說。河清，比喻極難得之事。“河清海晏”比喻昇平。

〔躍馬橫戈〕參加戰鬥。

紀　夢

五月某日夜，夢與雲從飲於酒家。忽同席三人，向余求婚。是夕，雲從留書一紙，竟不知所往。既醒，夢境歷歷，余悲不能自已。因爲此篇，蓋紀惡夢之無端，非敢疑雲從也。

酒家臨大道，
高閣敞華筵。
三子連袂坐，
儇佻皆少年。
當筵齊相拜，
忽詠好逑篇。
不復能驚訝，

諧謔諷且憐。
君在我肩右，
不笑亦不言。
片時皆散去，
隔座聲猶喧。
晚來燈影織，
侍坐慈親側。
一候君不來，
再候無消息。
淒然忽心驚，
倉皇入君室。
昏燈暗無光，
衾裯慘無色。
案橫棄擲筆，
硯濕殘餘墨。
欹斜一紙書，
字字如刀戟。
君去既已遠，
我冤乃不白。
寧願飲君之刃，
爲君劍下鬼，
亦不願寂寞江干，
化作孤單石。
憤氣溢喉吭，
砉然裂肝膈。
杜宇一聲聲，
空山正五更。

淒風襲紙帳，

冰汗透全身。

夢轉驚魂猶未定，

夢中淚已如潮傾。

明知是夢幻，

掩愁愁如縈。——青

【注釋】

〔儇佻〕輕佻。

〔化石〕傳說：女子因丈夫行役未回，每日登山眺望，遂化爲石。見《方輿記》。

和弢青紀夢

杯中美酒浮新綠，

座上少年裝濯濯。

羨君玉質光照筵，

援琴卻奏求皇曲。

畫眉自有瑤閨伴，

答以微言雜嘲玩。

豈知此際聯肩人，

不笑不言神黯黯。

宴闌此事復何有，

一去翩然渺雲漢。

羅巾不暖挹淚紅，

毒如千刃開心胸。

夢中之君之夫婿，

即是今日之阿儂。

無端夢惡醒還怕，

庭樹騷騷簾半亞。

聊將幻跡寫雲箋，

寄與癡郎淚同灑。

癡郎心悲爲汝言，

從今與汝倍相憐。

百千萬劫推而遷，

永永不忘結盟花溪年。

此年之中之一月一月又一日一日，

不願離汝驂鸞上青天。

重爲告曰：

生不願學九州鑄錯鐵，

死但願取汝骨我骨在一處，

百年化作相思土。

年年春風吹野火，

燒出鴛鴦瓦不破。

使後之好事文人，

摭入古歡譜。——雲

【注釋】

〔濯濯〕光澤、清朗。《晉書·王恭傳》："恭美姿儀，人多愛悅，或目之云：'濯濯如春月柳。'"

〔求皇曲〕見 27 頁〔琴心〕注。

〔騷騷〕風聲。

〔亞〕掩。蔡伸《如夢令》："人静重門深亞。"

〔驂鸞〕駕鸞，騎在鸞鳥上。

〔鑄錯鐵〕造成重大錯誤。《資治通鑑·唐昭宣帝天祐三年》："羅紹威雖去其逼，而魏兵自是衰弱。紹威悔之，謂人曰：

'合六州四十三縣鐵，不能爲此錯也。'"

〔鴛鴦瓦〕白居易《長恨歌》："鴛鴦瓦冷霜華重，翡翠衾寒誰與共?"溫庭筠《懊惱曲》："野土千年怨不平，至今燒作鴛鴦瓦。"

〔撦〕摘。

〔古歡〕古人歡愛的心情。《古詩十九首》："良人惟古歡。"

菩薩蠻　和圭璋師韻，雲從同作

畫簾不卷煙絲重，
瑤琪樹底雙飛鳳。
夜夜夢中來，
銀波漾玉階。

透花更漏促，
堆枕蕉雲綠。
相對總成迷，
杜鵑休再啼。——青

前　調　前題

蜷蜷領上雅雲重，
倩羅襟畔斜飛鳳。
含笑入門來，
蝶圍蜂滿階!

會長猶恨促，
秋水盈盈綠。

坐久麝煙迷，

瑣窗鶯一啼。——雲

【注釋】

〔蝤蠐〕天牛的幼蟲，色白身長。用以形容女頸之美。《詩·衞風·碩人》："領如蝤蠐。"

〔雅雲〕雅同鴉，即烏黑如雲的頭髮。

〔秋水句〕眼波清澈。秋波，常用來形容眼神之美。

附

前　調　原作

曲屏日暖羅衣重，

香雲自委慵簪鳳。

日日望君來，

落花堆滿階。

十年真太促，

天外迴峰綠。

殘夢一春迷，

杜鵑無血啼！——圭璋

前　調　用圭璋師韻

綠顰紅笑江南路，

香迷蝴蝶雙飛處。

人意自無聊，

春容亂似潮。

淡中香永在，
日日教尋耐。
目斷晚風前，
遊絲裊向天。——青

附

前　調　原作

暑中將暫離沙坪,感賦。

烽煙遮斷江南路，
飄零燕子歸何處？
去往兩無聊，
笑人江上潮。

舊綃香尚在，
冰雪年年耐。
一醉落花前，
此生休問天！——圭璋

【注釋】

〔舊綃句〕以前歡會時的羅綃上,仍有餘香。見 342 頁〔留香句〕注。

八聲甘州　送雪耕歸里

信虛舟不繫漾空浮，

旅人幾絺裘。

認烽明塵暗，

天長目短，

殘夢鉤留。

喚我游襄王粲，

汝亦賦《登樓》。

一事輸君處，

能辦歸舟。

努力歸程千里，

想閨中思夢，

何限淒愁！

便滄桑換了，

啼笑尚堪酬。

更牽衣、嬌兒癡小，

認阿爺、面目似娘不？

休辜負、未闌燈灺，

欲斷更籌。——雲

【注釋】

〔雪耕〕周學根，字雪耕，中央大學中文系同學生。

〔絺〕細葛布。

〔喚我兩句〕三國時王粲避亂荊州，依劉表，作《登樓賦》云：
"登茲樓以回望兮，聊暇日以銷憂。"元人鄭光祖作《王粲登樓雜劇》,抒寫其恃才狂傲,求官不得,思念故鄉之情。

鷓鴣天

雪耕十載離鄉,將歸省家室。小住即出,意必有不可堪者,因此意譜一解送之。

夢裏歸程也不長,
千山萬水是康莊。
爲尋十載相思地,
橫跨中原苦戰場。

兵氣迴,
積骸荒,
一氈一笠便還鄉。
忍教燈下初乾淚,
又向征鞍灑萬行。——青

朝中措

狸奴淺夢困模糊,
驀地日西徂。
待撲一雙戲蝶,
覺來空剩煙蕪。

深春釀得,
落花都醉,

亂遣風扶。

傳語翠尊頻引，

要愁那得工夫！　　——青

好事近　繡蝶枕

催促和新篇，

點綴還忙雙翅。

放慢縷金絲線，

且尋思一字。

迷離翻被綺懷紛，

含笑一相視。

縱有天孫機杼，

怕心情不似。——青

【注釋】

〔繡蝶枕〕此爲準備結婚而作。蝴蝶係我自描。

〔天孫〕天上的織女。

減字木蘭花　效涉江體

驚雷碎轂，

有個人人顏似玉。

不住瓊軒，

來死西南驛道邊。

衫翻蛺蝶，

除向莊生春夢覓。

終日三褫，

便是今朝良有司。——雲

【注釋】

〔效涉江體〕沈祖棻《涉江詞》，有不少諷刺時事之作。祖棻，見 217 頁注。

〔褫〕拷打。

《涉江詞·丙稿》有《減字木蘭花·成渝紀聞》，第四首："一曲霓裳，領隊誰家窈窕娘？"程千帆箋云："時有北平南遷某校之校長夫人，尤工媚外，每率諸女生陪美軍官跳舞，雖爲路人指目不顧也。"抗戰期間，滇緬公路通後，盟軍由此開出。"西南驛道"，即"滇緬公路"，詞中所指，當爲伴舞女郎遭姦污慘死者。

與阿倩相見尚有八日賦此寄之　二首

無多幾日更如年，
怦斷心頭一縷弦。
聞説歡期能匝月，
相逢恰在打春前。——青

憐儂生小太嬌癡，
量水調糜兩不知。
幸得春回人意好，
待君尚有一篇詩。

【注釋】

〔阿倩〕雲從小字。

〔匝月〕滿一個月。此處指寒假。

〔打春〕立春。

〔糜〕粥。

鷓鴣天　和長孺兄韻

石齒無聲漱暗瀾，
纖雲飛縷著林端。
靜從月隙窺人影，
細聽微風弄佩環。

花露潤，
蝶衣單。
一般恩怨在清寒。
共伊拾作香奩句，
淺笑低吟且未還。——雲

又

錦字迴文仔細看，
簾漪輕颭麝絲閑。
風情戲比春塘水，
好句如遊朗玉山。

含笑處，
試顰間。
隋宮眉暈定能餐。
卻思悵望星河畔，
吹徹瓊笙一夜寒。——雲

【注釋】

〔隋官眉暈句〕陸機《日出東南隅行》:"鮮膚一何潤,秀色若可餐。"又隋煬帝開運河,往江都看瓊花,使一千"殿腳女"負纜牽龍舟。忽見其中一女子甚美,驚曰:"此女何以雜在其中?"頃刻召見。並曰:"古人云'秀色可餐'……今此女豈不堪下酒耶?"……煬帝起初遠望,不過見她風流裊娜的態度,及走到面前,畫了一雙長黛,就如新月一般。問她何處人、叫什麼名字,那女子答道:"賤妾吳縣人,姓吳名絳仙。"見《隋唐演義》四十回。

附

前　調　二首　原作

良夜微風起井瀾,
忽然綺夢著花端。
巾銜青雀嬌雲扇,
笛咽朱欄織月環。

虯箭永,
袖羅單,
也知天上怯高寒。
可憐守到胡麻熟,
玉佩瓊琚還未還?——長孺

【注釋】

〔虯箭〕杜審言《除夜》詩:"冬氛惡虯箭,春色候雞鳴。"虯箭,箭壺上刻有龍形。

〔天上怯高寒〕蘇軾《水調歌頭》:"我欲乘風歸去,又恐瓊樓玉宇，高處不勝寒。"

〔胡麻熟〕漢明帝時，劉辰、阮肇入天臺山采藥，見一杯流出胡麻飯屑，溪邊二女笑曰："劉、阮二郎至矣！"邀至家，留半年。迨還鄉，子孫已歷七世。見《幽明錄》。胡麻，芝麻。

又

依約眉痕鏡裏看，
南枝纖月未曾閑。
鐙闌噩夢凋微喘，
病枕低吟蹙遠山。

多少意，
有無間，
鸞刀親割勸加餐。
無言消領嬌波絮，
錦幄芳溫減夜寒。

【注釋】

〔長孺〕唐長孺。

〔遠山〕指美好的眉。《西京雜記》："（卓）文君姣好，眉色如望遠山。"

〔鸞刀〕有鈴的刀。《詩·小雅·信南山》："執其鸞刀，以啓其毛。"孔穎達疏："鸞即鈴也。謂刀環有鈴，其聲中節。"

〔嬌波絮〕絮即絮語，連續不斷的低語。嬌波絮，即眼波流動，似在綿綿低語。

鷓鴣天　二首　用唐長孺先生韻

一轉盈盈眸底瀾，
萬千言已上眉端。
待攜月下凝霜腕，
卻弄玲瓏臂上環。

良夜永，
袷衣單。
憑將溫語卻輕寒。
金鳳抵死催人去，
知否瑤臺夢又還。——青

又

鸞鏡移來相對看，
此時消領最清閒。
銷殘寶炬千行淚，
掩過銀屏幾曲山。

魂夢裏，
畫圖間，
盡教秀色爲伊餐。
誰知無限溫存處，
都作今宵別樣寒。

【注釋】

〔秀色爲伊餐〕見 331 頁〔隋宮眉暈句〕注。

瑶臺第一層

　　民國紀元三十四年六月十六日，與敩青結婚渝州。嘉賓不棄，惠然肯來，爰乞題名，以留永念，並製慢詞爲引。

連理枝頭，儂與汝、
人天總是雙。
瑶華小謫，
回頭驀見，
只是迷藏。
分明相見慣，
怯此度、燭底輕狂。
難回避，
催人密誓，
長命鴛鴦。

風光。
聯翩裙屐，
筵前共看杜蘭香。
華鐙灩綺，
羞霞酡玉，
幽意無量。
更房櫳窈窕，
笑語裏、送入仙鄉。
記情芳、向淺紅羅帕，
翠墨行行。——雲

【注釋】

〔民國紀元三十四年〕1945 年。

〔渝州〕重慶。

〔連理枝〕見 222 頁〔尋連理〕注。

〔瑶華〕仙官。

〔聯翩裙屐〕很多衣冠整齊的賓客。裙屐，指少年。

〔杜蘭香〕傳説中下嫁凡人的仙女。《晉書·曹毗傳》："時桂陽張碩爲神女杜蘭香所降，毗因以二篇詩嘲之，並續《蘭香歌》十篇。"李商隱《重過聖女祠》詩："萼綠華來無定所，杜蘭香去未移時。"萼綠華、杜蘭香均爲仙女。

前　調　和雲從婚筵韻

明鏡臺前，
肩並處、笑看恰一雙。
羅衾雪粲，
寶奩月滿，
密幄雲藏。
相攜還試問，
問者番、可許輕狂？
低回煞，
怕仙雲夢邈，
迷了鴛鴦。

春光。
筵開圖畫，
氤氳都是酒紅香。

無端凝坐，
怎禁羞澀，
不許思量。
又紛紛催說，
說早早、好入花鄉！
郁芬芳、有流蘇一地，
燭影千行。——青

【注釋】

〔流蘇〕穗子。

第四卷 抗戰勝利,回鄉

雲從有舊衣,製自君姑,破敗不可著,
余爲翻裏作表,既傷窮困,復感慈恩。惻然同賦此

君有一襲衣,
出自慈母手。
十年風雨在襟袖,
色澤剝落非故有。
隨君既萬里,
母逝亦已久。
窮愁無新製,
積笥生塵垢。
我來見之心惻惘,
爲君翻陳出其新。
顏色雖改針線密,
拆來費盡金刀力。
還想當年縫衣人,
寒燈照首首如銀。
慈顏我已不及見,
但從手澤知艱辛。

我亦有母在天角，
摩挲此衣空傷神。
衣成親爲披君身，
轉側看衣頷首頻。
雖有好顏色，
不復針線密。
針線雖粗，
亦願君永存。
存之傳之於後昆，
中有羈人浪子之淚痕！——青

母氏所製衣，弢青爲重新之，感而成詩。讀竟，縱筆書其後

春雨露濡秋霜氣，
十年攜之走萬里。
霜露驚心長已矣，
沾袖空餘淚如水。
君從吾篋見淚痕，
欲將針線回陽春。
忽看顏色一朝新，
坎泉何處尋慈魂？
君今留滯在天涯，
翹首白雲苦憶家。
嗚乎！
君乎我乎真細草，
春暉無際那能報！——雲

【注釋】

〔坎泉〕壙穴，即墳墓。

〔春暉句〕孟郊《遊子吟》："誰言寸草心，報得三春暉。"春暉比喻母愛。

酬伯康過余故居之作

雲箋三誦有餘哀，
塵網應封舊鏡臺。
我已離家逾八載，
詩中還見故人來。——青

【注釋】

〔伯康〕季廉方，字伯康（1915—？），鎮江人，與余爲中央大學中文系同學。長期任南京師範學院附中語文教師。新中國成立後，曾來杭相訪。

附

三遊維揚懷弢青

違別鄉關已七年，
三遊灣子訪庭軒。
書齋曾共君吟嘯，
寂寂荒苔映硯田。——伯康

【注釋】

〔灣子〕余舊居在揚州灣子街。

弢青有酬季白過揚州故居見懷絕句，輒和其韻，預爲歸家後之語焉

題詩端爲被餘哀，

香閣重開舊鏡臺。

此日鏡中鸞有伴，

風標公子肯同來？——雲

【注釋】

〔季白〕即季伯康。

〔鸞有伴〕指我與雲從已結婚，鸞鳳相伴。

〔風標公子〕指鶴，此處借指伯康。唐李群玉《辱綿州于中丞書信》詩："風標想見瑤臺鶴，詩韻如聞淥水琴。"風標，即風度。

菩薩蠻　和旭初師韻

淚花冷落鴛鴦褥，

春風猶作求凰曲。

見也不多時，

如何無見期？

珍珠流鳳燭，

淚漬香腮玉。

夜夜漏聲遲，

此情誰得知？——青

前　調　同弢青步寄庵先生韻

麝熏漸歇芙蓉褥，
銀箏怕理當年曲。
微醉欲醒時，
西風冷與期。

井中深點燭，
要見心如玉。
歸雁故遲遲，
繁霜知未知！——雲

【注釋】

〔井中兩句〕溫庭筠《楊柳枝》："井底點燈深燭伊，共郎長行莫圍棋。玲瓏骰子安紅豆，入骨相思知不知？"燭諧音囑。長行，諧音長信，原係棋類的一種，此詩全首均用雙關，"玲瓏"兩句尤爲著名。

　　附

前　調　原作

留香漫展芙蓉褥，
行雲已度屏山曲。
江水有還時，
君行無盡期。

帳搖金鳳燭，

幻見人如玉。

繡被獨眠遲，

憶君知未知？——旭初

【注釋】

〔留香句〕元稹《鶯鶯傳》：“張生辯色而興，自疑曰：‘豈其夢耶？’及明，睹妝在臂，香在衣，淚光熒熒然，猶瑩於枕席而已。”

〔旭初〕汪東先生（1890—1963），字旭初，號寄庵。江蘇吳縣人，詞學家、詞人。畢業於日本早稻田大學，參加同盟會。回國後，參加南社。任中央大學文學院院長，及禮樂館館長。主要著作有《夢秋詞》《法言疏證別録》等。

讀梁彦先生與雲從相調詩寄和一律

風流自古無夫子，

説著風流一臉霞。雲從最怕此二字。

有氣浩然充碧落，

將人吹去向銀沙。

十分邋遢曾同病，

一樣蹊蹺鬥墨華。

三讀新詩笑不已，

欲書歪句愧方家。——青

【注釋】

〔有氣浩然〕錢子厚先生來書告我，雲從在藍田師院，有“小聖人”之目。《孟子》：“吾善養吾浩然之氣。”

〔銀沙〕指白沙鎮。

〔蹊蹺〕刁鑽。

〔方家〕大家。《莊子·秋水》："吾長見笑於大方之家。"

贈細君疊梁彥見調韻

> 聞聲對影何須爾，
> 小字魂消喚作霞。
> 贈汝愧無青玉案，
> 迎儂欲到長風沙。
> 分明南國相思種，
> 亦號西方並蒂花。
> 好寫驚鴻一片影，
> 五湖歸去即儂家！——雲

【注釋】

〔細君〕見 93 頁〔猶喜細君兩句〕注。

〔青玉案〕張衡《四愁詩》："美人贈我錦繡段，何以報之青玉案。"案，碗。

〔長風沙〕李白《長干行》："早晚下三巴，預將書報家。相迎不道遠，直至長風沙。"長風沙，地名。據《太平寰宇記》記載，在安徽懷寧縣，距南京五百餘里。相距數百里，但在戀人的心中不算遠。長干，里名。在今南京市。

〔五湖句〕以後同泛五湖，便以為家。見 94 頁〔范大夫〕注。

附

調蔣公　二首

> 年少風流蔣夫子，

温柔終老臥雲霞。
一生相伴憐紅豆，
雙槳同飛到白沙。
潑暑傍窗消棋局，
新涼依枕賽詞華。
商君讀罷詁荀墨，
欲笑俞、孫詒讓是大家！——梁彦

【注釋】

〔商君兩句〕雲從撰有《商君書錐指》及解釋《荀子》《墨子》的著作。俞樾、孫詒讓都是清代訓詁學者。

知有仙人憶張碩，
黃山雲傍赤城霞。
江津冷卻胡麻飯，
溪岸流來紅豆沙。
小別朝朝寄詩稿，
相思夕夕卜燈花。
定知歲暮舟行穩，
自有天風送到家！

【注釋】

〔張碩〕見 335 頁〔杜蘭香〕注。
〔江津〕地名，在白沙附近。
〔胡麻飯〕見 332 頁〔胡麻熟〕注。
〔紅豆沙〕此處將紅豆樹、白沙鎮兩地合而爲一。

酬雲從

三生石上誰能證,
雲近蓬萊便是霞。
此日但吟調笑令,
可憐幾関浣溪沙。
紅箋裁出相思字,
玉管描來腸斷花。
還想綠楊煙裏去,
西施清減最宜家。雲從曰:羨青家江都,有瘦
西湖也。──青

【注釋】

〔三生石〕見 131 頁〔交往以精魂〕注。

〔調笑令、浣溪沙〕皆詞牌名。

〔綠楊煙裏〕揚州有綠楊城郭之稱。隋煬帝巡幸廣陵,開運
河,詔民間有柳一株,賞一縑。帝自種一株,賜垂楊柳姓楊。見
《開河記》。

金縷曲　和梁彥

錦字和天遠。
望層城、紅樓十二,
浮雲遮掩。
鏡裏鸞孤無人省,
綠酒瓊漿誰勸?
祇雙燕、淒涼曾見。

團扇當年明月樣，
過秋風、怎問恩深淺。
花落也，
露痕濺。

玉璫緘札何由遣？
盡低迴、啼珠汗粉，
斷紅橫臉。
此去便須憔悴損，
還有寸心難卷。
離合事、古今不免。
昨夜分明圓好夢，
把雙蛾、笑向伊人展。
千萬憶，
莫教剪。——雲

【注釋】

〔玉璫緘札〕李商隱《春雨》："玉璫緘札何由達，萬里雲羅一雁飛。"玉璫，耳飾。緘札，書信。古時常以玉璫爲男女定情信物，與書信同寄。

〔斷紅橫臉〕見 315 頁〔斷紅句〕注。

附

前　調　原作

舊夢無端遠。
讓年華、塵塵土土，

風摧霜掩。
猶記綠窗依倚膩，
軟語丁寧相勸。
祇明月、偷來窺見。
添了人間千萬誓，
又阿誰、能探情深淺？
身世怨，
淚相濺。

如今應悔輕拋遣。
從別後、腸迴損眼，
眉顰壓臉。
事阻緣乖魂厭厭，
一似芭蕉心卷。
人縱絕、相思怎免？
過盡秋光春又盡，
舊時書、空向愁時展。
無限恨，
渾難剪。——梁彥

前　調　用梁彥先生韻寄阿倩

眉月窗間遠。
正燈邊、紅紗成霧，
羞和嬌掩。
細語隨風都欲散，
猶聽頻頻相勸。

怕天畔、雙星窺見。
別樣風流惟領會，
此時情、忘了深和淺。
但記得，
暖香濺。

一春魚雁雖頻遣。
只教人、粉香漬袖，
枕痕硏臉。
林外鵑啼花外夢，
常把鴛衾獨卷。
凝念處、閒情怎免。
知否相思無小別，
便一分一刻都難展。
愁似水，
從何剪！——青

奉懷劬堂先生南京

夔府秋江駐客舟，
商歌一豁古今愁。
英雄逝矣空陳跡，
老子歸與已倦遊。
正使中興堪作頌，
可知薦亂未消憂？
先生莫放如椽筆，
頹欲何人挽萬流？——雲

【注釋】

〔劬堂先生〕見 71 頁注。

〔夔府〕即白帝城。

〔商歌〕即悲歌。古以商音在五音中屬金，其聲淒厲，與肅殺的秋氣相應。

〔豁〕放歌。

〔老子〕老頭子。此處指柳老。

〔中興堪作頌〕中興指抗戰勝利。唐代平安史之亂後，元結撰《大唐中興頌》。

〔薦亂〕屢次禍亂。指抗戰中之災難。

〔如椽筆〕大筆。

〔挽萬流〕挽住社會上的狂瀾。韓愈《進學解》："障百川而東之，回狂瀾於既倒。"

三十初度寄阿倩　　四首

夢裏芳菲不可知，
韶華都逐戰氛馳。
十年前在慈雲下，
挹盡流霞碧玉卮。

崎嶇蜀道難常涉，
咫尺巫雲不易開。
江有風波灘有險，
檀郎但寄壽詩來。

憑誰祝嘏在天涯？

如酒春風到碧紗。

還向小窗成獨坐，

茗煙一縷伴山茶。

今歲蜀中奇暖，山茶已可入瓶矣。

年華也有西流日，

情到深時見本真。

依舊無猜如兩小，

一相逢便駐青春。——青

【注釋】

〔無猜如兩小〕如兩個小孩一樣，毫無猜忌之心。李白《長干行》：“同居長千里，兩小無猜嫌。”

和鸞三十初度見寄　五首

我方羨汝汝能知，

巫峽歸船似箭馳。

行到揚州無一欠，

慈雲低護紫霞厄！

最憐繡閣光陰好，

臨鏡雙蛾一笑開。

昨夢青鸞和怨道，

頻勞雙羽附詩來。

【注釋】

〔青鸞〕即青鳥。神話傳說，曾爲西王母送信給漢武帝。

蘭蕙曾云就一焚，

隨流紅紫漫紛紛。

但將瀟灑酬風月，

此語從無熱客聞。

【注釋】

〔蘭蕙句〕《紅樓夢》二十一回，賈寶玉看了《莊子·胠篋》，續曰："焚花散麝，而閨閣始人含其勸矣。"

〔瀟灑酬風月〕清高灑脫，欣賞風月。

〔熱客〕熱衷的人。

爲尋芳草到天涯，

位置雙身有碧紗。

盡意牙籤消永晝，

春衫笑潑一甌茶。

蘭臺辭賦原多幻，

楚岫雲嵐也不真。

別有穠華印心曲，

筆顛自出一家春。——雲

【注釋】

〔盡意句〕長長的白晝，都消磨在書籍裏。牙籤，是舊時藏書者繫於書函上以便翻檢的牙製籤牌。

〔春衫句〕宋趙明誠、李清照夫婦，有鬥茶故事。李清照《金石錄後敘》："余性强記，每飯罷，坐歸來堂，烹茶，指堆積書史，言某事在某書、某卷、第幾頁、第幾行，以中否角勝負，爲飲茶先後。中即舉杯大笑，至茶傾覆懷中，反不得飲而起。甘心老是鄉矣。……樂在聲色狗馬之上。"參看 96 頁〔卻被兩句〕注。

臥病復員舟中　三首

一病綿千里，
昏沉淚雨潸。
驚聽病侶死，
愁見萬山環。
不自知生死，
猶能裂肺肝。
歸來餘瘦骨，
拼擲道途間。

【注釋】

〔愁聽病侶死〕抗戰勝利，余與雲從隨中央大學包輪出峽。至宜昌，余大病幾死。同舟重病者尚有三人已死。其中有胡小石師第四子，年僅十餘歲，極健壯，師呼爲"老虎"者，嘔血數升，竟死於途中。

十客已九病，
一錐隙地難。
風沙攢七竅，
匍匐進三餐。
雞犬雲中過，
灘頭魂魄寒。
遥憐巴國裏，
苦羨鬼門關。

【注釋】

〔一錐隙地難〕舟中擁擠不堪，每鋪七寸寬、三尺長，枕籍而臥。而達官貴人則攜保姆乘飛機返。所謂"一人得道，雞犬昇天"也。見《神仙傳‧劉安》。

〔鬼門關〕長江自四川東部而下，有豐都縣、鬼門關等地。唐李德裕詩："崖州在何處？生度鬼門關。"係指廣西鬼門關。後凡險惡之地皆以"鬼門關"名之。

> 八載償羈恨，
> 誰知共病還。
> 孤舟綿頓裏，
> 弱喘有無間。
> 不死真奇幸，
> 能歸亦太頑。
> 喧傳達京國，
> 無力舉頭看。——青

舟抵宜昌，尚須分批候換船，數百人住一大統鋪。余與雲從至江邊散步，見野店有售鮮魚羹者，不禁垂涎三尺。雲從素不食魚，余獨吞一巨碗。詎知兩小時後，腹瀉不止，休克。幸在江邊曾邂逅雲從秀州中學同班同學朱有圻君，雲從立即雇人力車，將余連衣被抱置車上，送至朱寓。其夫人吳愛群不顧瘟疫，央保姆爲余洗滌，復邀宜昌唯一私人醫師出診。注射針劑，始得控制。蓋所患爲急性阿米巴痢疾也。包輪已開出，又隔數日，始購得東去船票。抵武漢，再換船，抵南京。至雲從姑母家休息四天，返揚州。沿途，余病痢，時作時緩，不斷服藥，始能扶病登程。若非雲從竭力護理，余早登鬼簿矣。余曾有小詩紀其事，全詩已不復記憶，僅記得斷句云："神女多情留病客，鬼關有隙放生人！"

讀劬堂先生泊夔府詩有感用雲從奉懷韻

白帝城高記溯舟，
倉皇已遣八年愁。
中原才見三分定，
故國依然一夢遊。
天意不教螻蟻盡，
人心直令鬼神憂。
昇平更有無窮憤，
極目寒江浩蕩流！——青

【注釋】

〔劬堂先生〕見 71 頁注。

〔白帝城〕在今四川奉節縣東白帝山上。劉備爲陸遜所敗，退居此城，死於城西永安宮。李白《下江陵》詩：“朝辭白帝彩雲間，千里江陵一日還。”

〔三分定〕此三分，非三分鼎足之意。言抗戰勝利，局勢稍稍穩定。

〔人心句〕當時國民黨官僚集團極腐敗。

虞美人　瞿禪師湖樓命製

綠苔依約年時跡，
再見幽尋屐。
湖山原屬不羈人，
常獻濛濛鷗外一帆春。

樓中玉貌知尤好，

未是中年了。

但翻緗帙近清尊，

那爲封侯齷齪向風塵。——雲

【注釋】

〔封侯〕求名利。

前　調

瞿禪夫子湖樓，命雲從及予作詞。憶十年前嘗一度流連湖上，尚不識夫子也。不圖乃有今日之遇，敢不勉爲一章乎！

韶華換盡芳堤跡，

長記流連夕。

蒼茫曾指翠煙叢，

定有幽人棲止水雲中。

識荆還向名湖畔，

自是平生願。

待看侍坐小樓時，

常把一池新墨乞新詞。——青

【注釋】

〔識荆〕李白《與韓荆州書》："生不用封萬戶侯，但願一識韓荆州。"韓朝宗爲荆州刺史，甚有名望，人皆仰慕之，以得一見爲榮。

搶米謠

戰後，各地物價奇昂，尤以滬上之米爲最，購買困難。奸商更居奇屯積，於是搶米之事常發生。軍警亦置不問焉。

東海狂風作，
申江惡浪起。
江頭矗米市，
鐵鎖雙扉閉。
大道直如髮，
道上人如蟻。
攜筐抱篚久鵠立，
立滿通衢無隙地。
四更摸索來，
午日相蒸曬。
白頭老嫗僵欲死，
黃面兒郎裂眶眥。
已交辰過扉不啟，
怒焰憤火衝天起。
一人呼搶萬人和，
萬拳一舉雙扉破。
雲囷穗積接棟高，
潮奔蜂湧呼且號。
市中主人肥如豕，
血漬雙睛空咆哮。
銀珠白玉遍地流，
餓骸千萬齊騰踔。

大筐小筐滿復溢，
衣袋襟袖無餘竅。
攜之不得步難移，
街頭抱米坐嘻笑。
道傍有警士，
顧視亦莞爾。
主人咆哮風雷聲，
負手倘佯如充耳。
日斜人散米已無，
珠玉一地猶疏疏。
黃口小兒扶地走，
百結衣衫面浮垢。
還伸雙手瘦如鷁，
細撿泥沙入破帽。　　——青

虞美人

丁亥秋日，重到秦望。宿顧雍如先生小樓，夢回有述，示
弢青。

倦顏急付酣眠浣，
一枕金難換。
夢回萬籟已收聲，
只有畫簷餘滴伴蟲鳴。

是儂辛苦攤書地，
地近嚴光里。

十年來去竟何成，

慚愧羊裘澤畔未逃名。——雲

【注釋】

〔丁亥〕1947 年。

〔顧雍如〕之江大學文學院院長，溫州人。

〔嚴光〕字子陵，曾與劉秀同學，劉秀（漢光武帝）即位後，召他進京，不肯爲官，歸隱富春江。現有嚴子陵釣臺名勝。見下注。

〔羊裘澤畔〕《高士傳》："齊國上言，有一男子披羊裘，釣澤中，帝疑（嚴）光也，乃遣安車元纁聘之，三反而後至。"

又

五噫歌罷今何世，

一歎滔滔是。

更憐膏火自熬煎，

一落塵樊已是十餘年。

夢回欲與伊人説，

此意君能識。

小樓那畔即江天，

安得刺船海上覓成連。——雲

【注釋】

〔五噫歌〕係梁鴻作，見《後漢書》，歌曰："陟彼北邙兮，噫！顧瞻帝京兮，噫！宮闕崔巍兮，噫！民之劬勞兮，噫！遼遼未央兮，噫！"

〔更憐膏火句〕《莊子·人間世》："山木，自寇也。膏火，自煎也。桂可食，故伐之。漆可用，故割之。”

〔塵樊〕塵世樊籠。

〔安得句〕伯牙學琴於成連，三年而成。……成連曰：“吾師子春在海中，能移人情。”乃與伯牙至蓬萊山，留伯牙，刺船而去。旬日不返。但聞海水崩澌，群鳥悲鳴，歎曰：“先生將移我情。”乃援琴而歌。曲終，成連刺船而返，伯牙遂爲天下妙手。見《樂府古題要解》。刺船，撐船。

九　溪　二首

啼鳥岩花跡未陳，
如雲遊屐已翻新。
只應一曲清溪水，
猶認當年照影人。——雲

【注釋】

〔只應兩句〕陸游《沈園》詩：“傷心橋下春波綠，曾是驚鴻照影來。”陸詩係懷念前妻，此處懷念故人。

一甌山茗能留客，
坐到斜陽淡淡時。
喚侶談詩兼說畫，
試將風篠比要支。——雲

九溪茶場

萬山深處小茅蓬，
築在潺潺汩汩中。

似向畫圖曾識面，
玲瓏托子賣茶翁。——青

九溪溪中碎石無數

滿溪石不礙潺湲，
清到無痕碧可憐。
疑是諸天仙女過，
一齊遺下翠雲鈿。——青

定風波　雨中與雲從共傘過白堤

急雨斜風堤上秋，
一枝蓮葉覆鴛儔。
風骨如君原可愛，
無奈，
在儂傘下要低頭！

濕透裌衣都不管，
指點，
煙中西子令人愁。
潑墨誰能摹國色？
奇極，
卻從黯黮見風流！——青

【注釋】

〔潑墨〕蘇軾《飲湖上初晴後雨》詩："若把西湖比西子，淡妝濃抹總相宜。"形容湖上晴雨皆美。此日湖上大雨將至，山頭黑雲如墨，乃以潑墨畫與西施相比。

無 題 二首 和袁義澍

（一）

海角重逢恨更多，
萬千往事待如何？
溫溫一語魂初黯，
灩灩雙瞳暖欲波。
心上芬芳能暗淡，
夢中盟誓總蹉跎！
當筵誰見春鶯舞，
含淚空聽宛轉歌。——青

【注釋】

〔袁義澍〕見 88 頁注。

〔春鶯舞〕《春鶯囀》係曲調名。唐張祜《春鶯囀》詩："内人已唱《春鶯囀》，花下偓偓軟舞來。"當係舞曲。此處雙關歌舞。歌聲既似春鶯，所舞又爲《春鶯囀》之曲。

〔宛轉歌〕晉王伯敬，過吳，維舟望月，倚琴而歌。俄見一女郎，曰："悦君之琴，願共撫之。"女郎脱頭上金釵，叩琴弦而歌曰："歌宛轉，宛轉悽以哀。願爲星與漢，光影共徘徊。"見《續齊諧記》。

（二）

未死爐灰最可憐，
開緘又見五雲箋。

漫從齧臂尋歡誓，
誤拾遊絲結斷蓮。
香冷鴛衾長貯淚，
月殘雙影淡成煙。
十洲便乞鸞膠至，
無奈塵封五十弦。

【注釋】

〔齧臂〕《史記·吳起傳》：吳起"與其母訣，齧臂而盟曰：'起不爲卿相，不復入衞。'"杜甫《三絕句》："自說二女齧臂時，回頭卻向秦雲哭。"《杜臆》："二女齧臂，恐不得兩全，棄之而走也。"齧臂有訣別、盟誓之意。

〔誤拾遊絲句〕見 222 頁〔拗蓮兩句〕注。

〔十洲兩句〕鸞膠，傳說中的一種膠，能把斷了的弓弦接起來。漢武帝時，西海曾獻鸞膠，見《漢武外傳》。五十弦，即瑟。李商隱《錦瑟》詩："錦瑟無端五十弦，一弦一柱思華年。"

蝶戀花　　題徐綺琴女士百花長卷

夢入羅浮千蝶路，
萬態橫陳，
賺煞癡人數。
觀久不知身已舞，
回頭但覺香成霧。

腕底精神凝練處，
滲粉溶朱，
更比春辛苦。

展向簾前須妥護，

秋山正自多風露！——青

【注釋】

〔徐綺琴〕顧雍如夫人。溫州人，善繪花卉。

〔羅浮〕山名，相傳葛洪煉丹處。在廣東省。

〔橫陳〕即紛陳，全部陳露。

漁　舟

小舟無數趁潮忙，

踏浪淩波勢欲翔。

行到中流歌忽緩，

千條銀網一齊張！——青

採桑子　六和塔月下

滿江搖漾寒光碎，

塔影淩空，

月影千重，

一葉銀帆緩緩中。

飛潮咽咽如傾訴，

雲亂孤峰，

人立秋風，

獨自吟哦聞夜鐘。——青

前　調 寄和

重來舊夢渾難續，
山也留儂，
水也留儂，
無奈風前有斷蓬。

六和塔下清輝夜，
雲淡遥峰，
詞譜玲瓏，
著我離愁一倍濃。——雲

【注釋】

〔六和塔〕在杭州市錢塘江濱。建於宋開寶三年，清光緒時
重建。外觀十三層，内七層。八角形，高近 60 米，爲全國文物重
點保護單位。

〔詞譜玲瓏〕玲瓏，玉聲，清越的聲音。《文選·班固〈東都
賦〉》："和鑾玲瓏。"

九溪深處小魚

寂寂深潭下，
小魚遊似梭。
忽看石盡活，
不覺水微波。
有客憐微細，
無人下網羅。

時時虛哢喋，
一葉下高柯。——青

寒　雀

幽境無機辟，
朝朝寒雀來。
決枝破殘夢，
啄雪落瓊瑰。
別院忽飛去，
浮生有底催？
明朝入塵土，
應憶此徘徊。——雲

浪淘沙　寄雲從南京兼懷李祁姐

樓外已雙扃，
斷没人行。
跫跫自數一聲聲。
踏盡空樓千萬遍，
也算歸程。

江上月孤明，
風起前汀。
論詩長記一燈清。
猶有幽人芳躅在，
未是伶俜。

去歲余居此樓,祁姐嘗夜訪之。——青

【注釋】

〔祁姐〕李祁,浙江大學外語系教授,亦擅寫古詩詞。

〔雙扃〕雙重鎖閉。

〔跫跫〕腳步聲。《莊子·徐無鬼》:"夫逃空虛者……聞人足音跫然而喜矣。"

〔幽人芳躅〕指李祁的足跡。

〔伶俜〕孤獨。

前　調

天半落飛樓,
冷綠遮留。
春風消息滯汀洲。
燈火深深人未寐,
誰動羅幬?

步屧破深幽,
幾處凝眸。
文窗高俯眾星稠。
待個人來同徙倚,
月湧江流。——雲

蝶戀花

碧海沉沉天欲凍,
織霧凝煙,

暗裏春潮湧。
透出柔輝無一縫‚
樓頭已見波心動。

今夜玉樓空待鳳‚
一枕醒來‚
但覺驚雲重。
斜月半窗風亂擁‚
朦朧恰似衾邊夢。——青

浣溪沙　　用寄庵師詩中語

一墮瑤華即恨鄉‚
無端萬感總茫茫。
那從字裏見迴腸？

見說詞人都一例‚
幾番碧海換紅桑。
有情終古是淒涼。——青

【注釋】

〔寄庵〕見 342 頁〔旭初〕注。
〔碧海換紅桑〕即滄海桑田之意。

將移居作

屋籠人似鳥‚
此語昔聞旃。

367

今日余爲鱉，
真成甕裏看。
有天高顥顥，
有地亦漫漫。
杜老汝安在？
余顏慘不歡。——雲

感　興

孟軻猶好辯，
歐九不讀書。
持此拒人心，
心光終翳如。
安得歐冶子，
爲我範湛盧。
刳腸伐朽穢，
庶幾有瘳乎。
余痼不可救，
君子夫如何？——雲

【注釋】

〔孟軻猶好辯〕《孟子·滕文公下》："公都子曰：'外人皆稱夫子好辯，敢問何也？'孟子曰：'予豈好辯哉，予不得已也。……我亦欲正人心、息邪說、拒詖行、放淫辭以承三聖者，豈好辯哉，予不得已也。'"三聖：孔子、大禹、周公。

〔歐九不讀書〕蔡絛《西溪詩話》："歐公嘉祐中見王荊公詩'黃昏風雨暝園林，殘菊飄零滿地金'，笑曰：'百花盡零，獨菊枝未枯耳。'因戲曰：'秋花不比春花落，爲報詩人仔細吟。'荊公聞之曰：'是豈不知《楚辭》'夕餐秋菊之落英'？ 歐九不學之過也。"

〔歐冶子〕春秋時人，善鑄劍。相傳曾爲越王勾踐鑄五劍，稱爲：湛盧、巨闕、勝邪（一作鎮邪）、魚腸、純鈎。

〔範〕模子。《禮記‧禮運》："範金合土。"陳澔《集説》："範金，爲形範以鑄金器也。"

【黄征按】末句"君子夫如何"，本來應該作"君子夫何如"，"如"字入韻。可能是詩中已經有了一個"如"字韻，所以作者改爲"何"字叶韻。"何"字用作者所操吳語讀之，則可以叶韻。

高陽臺　偕雲從泛瘦西湖

一帶荒灣，
十年塵劫，
舊遊處處心驚。
病柳凄煙，
不堪重認娉婷。
兵烽能使湖山改，
對殘陽，
客夢都醒。
剩船頭，
老去珠娘，
笑語相迎。

頽坦敗苑徘徊處，
將蠨蛸細撥，
碑字閑評。

寂寂房櫳，
野花亂點苔青。
重來那是承平世，
話興亡，
共倚輕舲。
聽篙聲，
還怕歸遲，
宵警嚴城。——青

【注釋】

〔珠娘〕揚州舊稱撐船女子爲"珠娘"。

〔蟏蛸〕蛛網。

登平山堂

冪户蛛絲不可通，
摩挲古壁認歐公。
乍驚獨客疑山鬼，
忽聽飛濤挾晚風。
密密松陰瀉岩隙，
蕭蕭雀矢落庭空。
憑高莫吊當年跡，
山色蒼茫暮靄中！——青

【注釋】

〔歐公〕歐陽修，曾爲揚州太守。

〔山鬼〕《楚辭·九歌》篇名，描寫山中女神，此處係借用，即山中鬼物之意。

沁園春　遜兒生二月矣

山雪初晴，

蟾光重滿，

新雛在牀。

看醒醒睡睡，

許多意態，

眉眉眼眼，

絕似爺娘。

小小朱櫻，

忽開還翕，

一笑能教萬眠忘。

誰能信，

便消殘壯志，

軟盡剛腸。

人間哀樂茫茫，

歎殉利殉名總是忙。

更爲兒爲女，

何須如此，

身前身後，

未免荒唐。

幻化三千，

何殊一夢？

夢裹流連也不妨。

休細説，

把韶華付汝，
更莫思量。——青

【注釋】

〔意態〕神情姿態。王安石《明妃曲》："意態由來畫不成，當時枉殺毛延壽。"

〔翕〕閉合。

〔身後〕杜甫《夢李白》詩："千秋萬歲名，寂寞身後事。"

〔韶華〕青春。

附

又　　雲從彂青得雛，賦此以慶

曉日冰融，
新寒梅綻，
嬌聲試啼。
看青絲裹餅，
黃鶯教語，
三年免抱，
四歲勝衣。
詩詠《斯干》，
爻占初巽，
文字吉祥總費辭。
余未老，
也忝居父執，
訓與兒知。

耶娘大是雙癡，

卻多事讀書竟底爲？

剩堂前賭茗，

盤中寄句，

織愁遣興，

煮字療飢。

收拾錦箋，

緘封湘帙，

分繭條桑付此兒。

閑生計，

問穿針汲水，

何似填詞？——心叔

【注釋】

〔勝衣〕謂兒童成長，能穿戴成人的衣冠。此處是借用，即能穿像樣的衣服了。

〔詩詠《斯干》〕《詩·小雅·斯干》：“秩秩斯干，幽幽南山。……乃生女子，載寢之地；載衣之裼，載弄之瓦。”

〔爻占初巽〕巽，《易》八卦之一。《説卦》：“巽爲木、爲風、爲長女。”爻是《易》卦中的基本符號。

〔父執〕父輩。

〔堂前賭茗〕即歸來堂賭茶故事。見 351 頁〔春衫句〕注。

〔盤中寄句〕雜體《盤中詩》，題爲蘇伯玉妻作。時代不詳。一説傅玄作。詩中敍述伯玉使蜀，久不歸，其妻作此詩以寄。全詩一百六十八字，主要爲三字句。舊説寫於盤中，故稱“盤中體”。其讀法由末句“當從中央周四角”提示推測。盤爲方形，詩在盤中如螺旋式迴轉，由中央及於四角。

〔煮字療飢〕宋黃庚《雜詠》："就書自笑已成癖,煮字原來不療飢。"

鷓鴣天　　改舊作

一遞紅箋意已諧,
酒邊花氣最難排。
羞眸怨黛分明說,
夜雨殘燈宛轉猜。

天未許,
願終乖。
十年閑恨漸沉埋。
休言一去無消息,
依舊頻頻夢裏來。——青

虞美人　　仿納蘭性德

鬈華已作秋雲散,
幾度癡成歎。
飄萍墜絮豈無因?
不信慳緣一斷便難親!

圍棋打馬都無興,
日日消愁影。
暗和紅淚寫烏絲,
一片模糊原不教人知。——青

【注釋】

〔打馬〕古代的一種賭博遊戲。

木蘭花慢

遜兒生十四月，漸能學步學語。

向江南寄跡，
珠在掌，
歲初新。
喜嫩舌生香，
小眉隱秀，
種種憐人。
溫存，
牽衣索抱，
慰閑愁，
調弄到黃昏。
燕子呢喃言語，
驚鴻宛轉腰身。

消魂，
看汝頰融春，
使我鬢攙銀。
便連夜無眠，
一燈針線，
那計辛勤。
難分此中甘苦，

護嬌癡，
更惹阿爺嗔。
多少新來詞料，
爲伊展作春雲。——青

詠　貧

居然輾轉尚相隨，
塞外江南十數年。
初爲羞慚猶欲諱，
不勝窘急亦堪憐。
紛紛親故緣君盡，
日日油鹽不我蠲。
差幸敝裘冬已過，
還將風雪怯春前。——青

晚　潮

閑來一卷自摩娑，
臥看斜陽上北柯。
不覺微吟爲一輟，
砰訇窗下晚潮過。——青

又

一線銀波萬馬驕，
居人指點浪初高。

江干小女才周歲，

拍手也知喚"看潮"！

小遜每潮來必歡呼："媽媽！看喬(潮)去！"——青

寄唐圭璋先生

殘　荷

綴錦鋪綃香滿池，

江妃淚雨濕胭脂。

不辭一夕隨風謝，

猶是紅嬌綠嫩時。

鏡

辛苦紛紛老畫師，

毫端意態總參差。

化工卻爲一規奪，

只待傾城一顧時。

苔　痕

一片春愁細細鐫，

雨中顏色淡如煙。

隔鄰花裏笙歌沸，

寂寞頹垣斷瓦邊。

春　水

細雨梨渦淺，

微風倩盼流。
干卿緣底事，
相對自生愁。

瓶　花

爲怨爲思不可知，
惜花人擲已殘枝。
繡幬縱有春如海，
色褪香消更不支。

理舊書得蓮葉一瓣，係春日所夾

古帙深藏一瓣紅，
春心憔悴蠹厭中。
不知世上冰霜換，
猶自含情待惠風。

花　影

葉葉枝枝幕畫樓，
晚風不定月波流。
飄蕭短髮難簪插，
偏是重重故上頭。——青

編者按：初作於庚午（1930 年），新中國成立前改訂，姑附於
此處。

第五卷　新中國成立後

小遜詞　五首

兩手狂招喜欲顛，
小郎畫裏似神仙。
爺娘煩惱渾無奈，
定要伊來一處眠！

剩粉殘香見便拈，
晨來最愛傍妝奩。
凝眸攬鏡殊多態，
塗得胭脂滿鼻尖！

餅餅糖糖恣意嘗，
病從口入必須防。
爺娘自此多拘束，
染指些兒躲又藏。

鼻息呼呼睡正香，
紅凝雙頰睫毛長。

笑顏未斂忽啼哭：
"一個貓貓搶我糖！"

頻偎手熨最纏人，
唧唧啾啾語不真。
還向阿爺懷裏去，
不知已惹阿爺嗔。——青

又

遜生才兩周，
玲瓏乃無比。
啞啞自謳歌，
居然成文理：
"媽媽多少好，
會得擤鼻涕！"
出口五言詩，
令我笑不已。
字字有殊馨，
咀嚼味越美。
阿爸鼻微嘻：
"惑溺使汝癡！"
爾我各有癡，
自苦不自知。
癡人滿兩間，
誰能勘破之？——青

【注釋】

〔兩間〕天地之間。

採桑子　寄圭璋師東北

征車又向天涯去，
何處長春？
急雪迎人，
都化絲絲鬢上銀！

江南正是花如雪，
一樣消魂。
難訴衷情，
但寄離愁好伴君。——青

【注釋】

〔圭璋師東北〕圭璋師在蘇州學習後，被分配至長春師範大學任教。師素體弱，乃赴苦寒之地，極念之。

又

江南已在蒼茫外，
雪擁嚴關。
冰合長川，
那敢回頭仔細看！

客愁應滿孤村驛，
風定燈殘。

斜月彎環，
冷徹衾裯夢也難！——青

附

前　調　原作

征輪日夜飛千驛，
人在天涯。
輕負韶華，
楊柳青青夢到家。

長春春盡猶蕭索，
無鳥無花。
滿目風沙，
衰草連天夕照斜。——圭璋

吊笠塘　三首

抗戰勝利，笠塘已病重，仍疾馳回鄉。不料其夫人疑之，不與交一語。笠塘遂抱恨長逝。

已爲卿卿病不支，
爲卿憔悴亦何辭？
誰知萬里歸來日，
無復看卿一笑時。

病骨三年髓已空，
苦留一息待相逢。
偏從痼疾尋消息，
添作疑雲萬萬重！

到死猶看面似霜，
居然鐵石是肝腸。
人間哪有回心院，
海誓山盟夢一場！　──青

【注釋】

〔回心院〕唐高宗的皇后王氏，被武則天誣陷，囚入別院，廢為庶人，高宗懷念舊情，去看看她，她流著淚說："如果我們能再見日月，出入院中，請改此院為'回心院'。"後武則天將王氏斬掉手足投入酒罈中，終被折磨而死。見《舊唐書·高宗廢后王氏傳》。

〔笠塘〕見247頁注。笠塘所患乃白血球稍大癥，抗戰結束前，由其叔接往昆明治療，仍無效。而其夫人乃疑其行為不端所致。

病中示雲從

相見無言淚雨傾，
千迴百轉此時情。
愁魂渺渺應難斷，
噩夢明明最可驚。

醫乏術，

藥無靈，
難憑巫瞽説前因。
那將百病纏綿體，
更著情緣苦累君。——青

湖　上

細雨絲絲不濕衣，
水光山色共霏微。
與君百度西湖上，
又踏長堤緩緩歸！——青

浣溪沙

贈工地同志,1960 年 2 月 3 日。

鐵纜穿雲走若龍，
飛輪夭矯劃長空。
九淵鑿出水晶宮。

倒海移山驚創造，
堅冰積雪鍛英雄。
喜聽捷報趁東風。——青

【注釋】

〔九淵句〕新安江水電站的辦公室、發動機等均置於水庫大壩下,此系我國創造性的措施,皆未借助外力。

沁園春　讀雷鋒日記

不朽其誰，
手跡猶留，
翹仰英雄。
正萬千來者，
叮嚀策勉，
浪翻潮長，
矢志追蹤。
不鏽螺釘，
爲人舍己，
剴切分明見肺胸。
迴環讀，
愛行行字字，
火熱鮮紅。

自私要付飄風，
似落葉紛紛一掃空。
恰一針見血，
砭頑立懦，
片言居要，
發聵驚聾。
美好青春，
謙虛勞動，
萬古千秋日正中。
吾猶壯，

待從頭做起，
學習雷鋒。──青

紀念周恩來總理逝世一周年

徹底完全無保留，
揚灰猶囑灑神州。
千秋功業稀倫比，
一片丹誠日月侔。
痛哭人人摧肺腑，
音容歷歷記心頭。
指看四害成齏粉，
不廢江河萬古流。──青

爲鄧穎超同志東渡日本踐總理生前約會賦

雨洗嵐山分外青，
櫻花如雪髮如銀。
毅然代踐生前約，
八十高齡跨海行。──青

【注釋】

〔嵐山〕在日本京都，山上有周總理詩碑。

〔生前約〕總理生前曾與日本友人約好，一定去日本訪問，不料未及踐約已逝世。

吊張志新烈士

烈士因堅貞不屈，被槍決。臨刑前，被切斷喉管，蓋懼其發表反對“四人幫”言論也。

> 堅持真理復何求？
> 痛斥群魔肯甘休！
> 鎮壓人心憑炮烙，
> 封箝言論斷咽喉。
> 霜飛六月冤何酷？
> 血染長川氣更遒。
> 自有光輝形象在，
> 刑場挺立不低頭！ ——青

【注釋】

〔霜飛六月〕《文選·江淹〈詣建平王上書〉》：“昔者賤臣叩心，飛霜擊於燕地。”李善注引《淮南子》：“鄒衍盡忠於燕惠王，惠王信譖而繫之。鄒子仰天而哭，正夏而天爲之降霜。”張説《獄箴》：“匹夫結憤，六月飛霜。”後遂用爲冤獄的典故。

採桑子　二首

蕭山某農民，結婚前夕，女方仍勒索不已，憤而自殺。

> 准擬春宵進洞房，
> 何處新郎？
> 人已懸樑。
> 喜字雙雙傍粉牆。
>
> 遺書疊在婚書上，
> 萬轉迴腸，

滿紙淒涼。

一命輕拋太可傷！——青

又

杭報曾以《未進洞房，先進監獄》爲標題，此類事亦不少。

明敲暗索何時了？

花樣椿椿，

難煞新郎。

逼上梁山手段强。

八方借貸偷兼搶，

未進新房，

先進監獄。

大好青春此下場！——青

絶　句

報載某因籌備結婚，負債累累，婚後，新婦拒絕償還債務，百般吵鬧。半夜，某憤而殺死新婦，並擬撞火車自殺，爲群衆抱救未成。

重債如山緊逼身，

新婚日夜勃豀聲。

殺機忽起鴛衾裏，

慘絕人寰不忍聞。

【注釋】

〔勃豀〕指家庭中的争吵。

奉圭璋師賜書約遊金陵感賦

1981 年 10 月 19 日

咫尺京杭歎阻修，
雲箋三誦不勝愁。
惟餘一事堪誇耀，
早比先生白了頭！

平平仄仄已無蹤，
柴米油鹽不放鬆！
豈是老牛甘自縛，
雙雛啼唤亂心胸！ ——青

七絶　四首

讀 1984 年《紅專雜誌》（九三刊物）所載《中華婦女的美德——記安正東愛人杜博》一文。感喟不能自已，爰賦四章。

（一）

負女牽兒向鐵窗，
無言相對淚千行。
而今重憶當年事，
猶自嗚咽憤滿腔！ ——青

（二）

白眼紛紛滿道途，

含辛忍辱撫雙孤。
還抽赤熱心頭血，
換取囚牢待讀書。

（三）

節烈真堪泣鬼神，
《紅專》三誦起逡巡。
遍翻青史無先例，
曠古賢良第一人！

（四）

朝作鴛鴦暮作仇，
強顏猶把“自由”謳。
中華杜博高標榜，
海外邪風一掃休！

【注釋】

〔白眼〕露出眼白，表示鄙薄或厭惡。阮籍能爲“青白眼”，青眼表示對人的器重。

〔還抽兩句〕安在獄中，學習機修，需要書籍，但無錢購買，杜賣血供應之。

〔賢良〕賢妻良母，本爲中國婦女之傳統美德，其中雖有封建糟粕，仍應批判繼承，“四人幫”則全盤否定之。

〔強顏句〕老着面皮強調“愛情自由”“性自由”，不顧道義、法律，造成婚姻、戀愛等方面的混亂。

採桑子　祝國家奧運會大捷(1984 年)

睡獅猛醒驚宇宙，
突破圈圈。
五十三年，
三冠蟬聯戰鼓喧！

金牌閃閃銅牌粲，
攜手偎肩。
海峽春旋，
共慶炎黃絢麗天。——青
中國舉重運動員陳偉强，獲得冠軍後，與獲得同一
項目第三名中國臺北運動員蔡温義同臺領獎，相
互道賀。

【注釋】

〔大捷〕1984 年，我國參加奧運會，獲得金牌十五枚。

〔突破圈圈〕過去數十年，均未得分。

〔三冠〕女子排球，連獲三次冠軍。

吊華羅庚教授

(一)

老驥不伏櫪，
騰驤萬里行。
四海揮淚雨，

長空殞巨星！

（二）

絳壇正風生，
一坐遽不起。
千古仰高風，
泰山詎足比？——青

【注釋】

〔華羅庚〕(1910—1985)，江蘇金壇人，中國著名數學家。赴日本講學，猝死。

〔老驥〕曹操《龜雖壽》詩：“老驥伏櫪，志在千里。”

讀曲嘯同志事蹟感賦

（一）

小手摩挲屢問“啥”，
穿胸萬箭亂如麻。
嬌兒不識錚錚銙，
死別生離在剎那！

（二）

相逢無淚亦無言，
鏡破鸞孤十二年。
解道“給予”是真愛，
光明遍地月重圓！

（三）

覆雨翻雲一瞬間，

銘恩棄怨今古難。

融融五姓春生座，

心底無私天地寬。——青

【注釋】

〔給予〕曲嘯同志云：“真正的愛是‘給予’，不是佔有。”

〔心底句〕曲嘯同志引陶鑄同志詩。曲嘯曾被劃右派，妻離異，攜子改嫁某農民。平反後，輾轉尋訪。農民病死，妻、子瀕於爲丐。曲迎妻及二子歸（其一爲農民所生），前妻所生之子亦攜婦來，春節遂有五姓團坐之喜。

定風波　爲圭璋師執教六十五周年頌

甲子綿延六五周，

芬芳桃李遍神州。

猶記曲中頻顧盼，

重按，

殷勤翻使學生愁。

詞是《花間》人是佛，

超忽，

果然“蘊藉不風流”。

杖履追陪師亦友，

翹首，

一尊遙獻碧湖頭。——青

【注釋】

〔猶記數句〕在四川白沙時，師嘗教余度曲，殷勤指點，而余性疏懶，遂輟學。

〔詞是《花間》〕晚唐、五代詞人溫庭筠、韋莊等有《花間集》詞，風格細膩柔婉，稱爲"花間派"。圭璋師詞風亦似之。

〔人是佛〕師素有菩薩之稱。

〔果然句〕盧冀野師嘗云："圭璋蘊藉而不風流。"師與夫人情感甚篤，喪偶後，年三十餘，竟終身未續弦，詞人中甚鮮見。

賀雲從　二首

（一）

玉李天桃競放妍，
與君同慶古稀年。
居然劫後人猶健，
縱目餘霞正滿天！

【注釋】

〔劫〕指"四人幫"所操縱的"文革"運動。

（二）

終老西湖亦是仙，
珠璣拾掇尚成篇。
人間樂事何須羨，
學海相攜冊二年！——青

踏莎行　吊夏承燾教授

把卷高吟，
掀髯微笑，
古人情韻翁神肖。
春風入座憶當年，
六和塔畔多芳草。

一代詞宗，
千秋格調，
大聲鞺鞳從來少。
須知地下有知音，
蘇、辛拍手"瞿禪到"！——青

【注釋】

〔蘇辛〕蘇軾、辛棄疾，宋著名詞人。

隨九三組織登之江山，偕雲從重訪情人橋

碧水依然宛轉通，
小橋何處已塵封。
不須惆悵雙顱白，
笑指新橋落彩虹。——青

【注釋】

〔情人橋〕之江大學峽谷中有小橋，架於溪上，俗稱"情人橋"。1947—1955 年，余夫婦住頭龍頭宿舍，經常過此橋。

浪淘沙

參加九三表揚先進工作者大會，聽張堂恒教授發言，極感動。

齒豁又頭童，
握手從容。
驀然老友喜相逢。
說到千磨兼百折，
吐氣如虹！

捨命創新功，
要奪天工。
早將名利付秋風。
涇渭分明五十載，
戰幟鮮紅！——青

【注釋】

〔張堂恒〕(1917—1996)，浙江平湖人。茶葉專家，馳名國際，有“茶神”之稱。任浙江農業大學教授。後患糖尿癥，雙目失明，仍忘我工作。逝世前數日，在電視臺發表講話，精神奕奕，不意心臟病發，猝死。

〔齒豁又頭童〕牙齒掉了，頭也禿了。

〔老友喜相逢〕張與雲從爲中學同班同學，此次同評爲先進。

〔涇渭分明〕1935 年 12 月 9 日，大規模反對內戰，要求抗日、反帝的學生運動，遍及全國。張參加運動，並任敢死隊隊長。發言中云：我從前拼小命反對反動政府，現在拼老命爲四化建設。

鷓鴣天　祝九三詩書會成立

濟濟群賢共一堂，
揮毫不讓少年狂。
草、真、隸、篆皆隨意，
令、慢、歌、行各擅場。

桃靨綻，
柳絲長。
名湖佳會且徜徉。
舊瓶正好盛新酒，
斟與時人仔細嘗。——青

回　天

無力回天淚雨零，
螢屏顯示忒分明。
虺蛇踞腹全無望，
遊刃飛針竟再生。
百日沉疴一旦解，
重陰消散霎時晴。
秀才縱有生花筆，
難表良醫割股情。——青

1987年雲從忽患病住院，經CT揭示腹中有巨塊，殆不治。八月初轉至二院，卅一日手術。取出良性嗜鉻細胞瘤，霍然遂愈。九月十四日出院，諸醫師之辛勞，非筆墨所能形容，謹賦一章致謝。

鷓鴣天　吊夏斐

1988 年，青海夏斐，九歲，因考試未得高分，被其母痛毆致死。後其母亦自縊獄中。1989 年二月《錢江晚報·龍年之災》文（連載），復述此事。

突發雷霆不可當，
猛操大棒向兒郎。
鱗傷遍體俱凝血，
宛轉奄奄尚喚"娘"！

蘭蕊折，
掌珠亡，
鐵窗慟哭自懸樑。
人間悲劇知多少，
豈是龍年起禍殃？——青

【注釋】

〔龍年〕1988 年屬龍年。俗傳"龍年"將有災禍，遂將一切違法之事，歸罪於"龍年"。

得陶希華自澳大利亞來書

綿綿積愫盡情抒，
萬里重洋一紙書。
五十年來音信絕，
華章飛下喜何如！——青

【注釋】

〔陶希華〕1936 年，余考入中央大學中文系，女生僅三人，另二人爲梁瓅、陶希華。余與梁始終通資訊。而希華則就讀僅數月，即返湖南，其後音信斷絶五十年，最近始輾轉知其在澳大利亞，並獲賜書。

七　絶

友人梁瓅，幼失怙恃，賴長嫂撫育。後兄嫂均去美。1988年，寡嫂年已九十餘，堅決回國定居。飛抵北京，旋即病逝。

（一）

執手親人更斷腸，
悲悲喜喜淚浪浪。
不辭萬里風濤苦，
定要歸根向故鄉。

（二）

雲海茫茫四十年，
夢中頻見雪盈顛。
魂歸故國無遺憾，
了卻塵寰一面緣！——青

【注釋】

〔梁瓅〕(1915—?)，福州人，字庸生，與余同系同學。多次邀余訪南、北溫泉名勝，關係密切。梁工書法，擅寫詩。

吊在貽弟

1989 年 1 月，在貽肝癌逝世。

> 可奈才高命短何？
> 撫膺徒有淚滂沱。
> 星沉霧海光芒在，
> 人到中年坎坷多。
> 座上滔滔惟我輩，
> 窗前纍纍喜君過。
> 人天異路誰能信，
> 一任年華逐逝波。——青

【注釋】

〔在貽〕郭在貽（1939—1989），山東鄒平縣人。杭州大學中文系教授，長期奮鬥在教學、科研第一線，為傑出的青年語言學家。其主要著作有《訓詁叢稿》《訓詁學》等。

〔窗前句〕雲從素寡言，然常往在貽家縱談。兩家比鄰，在貽常自我家側門來訪。

浣溪沙　敬和圭璋師近作

> 又見銀鉤絕妙詞，
> 無邊往事引遐思。
> 紅牙同拍"裊晴絲"。
>
> 一別竟逾三十載，
> 幾人白首共心期？

海天珍重月明時。——青

【注釋】

〔銀鉤〕漂亮的小字。

〔"裊晴絲"〕《牡丹亭·驚夢》曲子中《步步嬌》首句："裊晴絲吹來閒庭院。"余在白沙紅豆樹女中任教時，師自沙坪壩來訪；後余往沙坪壩任助教，與師經常過從。同時喜崑曲者尚有數人，輕歌慢拍，極一時之盛！

附

前　調　原作

數點紅英葉未齊，
暖風初上小桃枝。
倚樓人懶似遊絲。

十里秦淮依舊好，
一江春水那能西。
樂夫天命復奚疑？——圭璋

【注釋】

〔十里秦淮〕時師在南京師範任教，距秦淮河不遠，然秦淮河早已荒涼，近年始修復。

散步雜詠

雙鬟沿路最無邪，
笑臉凝成一朵花。

日日相逢似相識，
忽然拍手喚"爺爺"！——青

看電視《劉伯承血戰豐都》

（一）

畫燭雙枝照靚妝，
安排巧計試劉郎。
誰能移奪英雄志？
斬斷重關出洞房！

（二）

暗嗚叱吒日無光，
血透征袍遍體創。
一目忽開光似電，
英名早使敵魂喪！——青

【注釋】

〔劉伯承〕劉奉孫中山命，入川領導起義。眾人疑慮，陳金鳳設計試之，騙入洞房。劉憤然離去，大為陳父敬佩，立奉劉為司令。

〔敵魂喪〕許石生，豐都縣縣長，頑抗護國軍，城破被俘。要求死前看看劉伯承究為何許人。時劉頭部中彈，已昏迷，忽起坐，自撕包紮的綁帶，一目怒睜。許驚呼："好個劉伯承！"竟發狂而死。

看電視《少帥春秋》

（一）

耿耿忠忱反被誣，
煌煌盟約變葫蘆。
如何自鍛衝天翮，
卻向囚籠待赦書。——青

（二）

換盡青絲雪滿顛，
一竿一卷度餘年。
千秋功罪誰評說？
碧海茫茫抱恨填！

【注釋】

〔葫蘆〕係葫蘆提的縮寫，元曲中常用語，即糊裏糊塗之意。
〔一竿一卷〕少帥被軟禁後，唯把竿釣魚或读《圣经》以消遣。

浪淘沙　　吊圭璋師

笑語暖幽齋，
瀟灑風懷。
一支長笛伴君來。
換羽移宮千百遍，
未許違乖。

金劍已沉埋，

抱病形骸。

詞章道德更無儕。

師母 1936 年逝世，師竟獨身五十餘年。

永憶嘉陵江上路，

燈火樓臺。——青

看電視《焦裕禄》

(一)

病入膏肓不顧身，

戰天鬥地勇無倫。

春回沙磧蔥蔥綠，

都是英雄血沃成。

(二)

遍地哀鴻不忍聞，

高談座上更驚人。

滔滔妙論蓮生舌：

"人命區區值幾文？"——青

七　絕　二首

雲從所著《敦煌變文字義通釋》(第四次增訂本)獲吳玉章獎金一等獎，於 1992 年 10 月 30 日飛京。11 月 1 日領獎，中央電視臺放映。(1995 年 12 月復獲國家教委一等獎)

（一）

雪霜蓋頂不知愁，
忽作凌雲汗漫遊。
矍鑠銀屏現風貌，
先生含笑立鼇頭。

（二）

忘餐廢寢樂無涯，
淬礪沉潛發異葩。
誰見敦煌光照窟？
名傳海外耀中華！ ——青

日本橫濱市立大學波多野太郎教授，曾譽《通釋》爲研究小説戲曲的指路明燈。

生查子　挽雲從

佳侶人所羨，
唱酬同白首。
准擬慶金婚，
誰知忽分手。
夜夜夢中來，
温語仍如舊。
夢醒正三更，
寒襲羅衾透。——青

紀　夢

野草叢叢砌滿苔，
攤書日日坐空齋。
夢魂不忘常相慰，
忽搴重幃一笑來！——青

　　1995 年 6 月 15 日夢雲從搴帷而入，含笑云：
"我回來了！"

懷雲從

茫茫遺體早無蹤，
猶有衣冠向晚風。
何日碑頭朱變墨，
雲階月地會相逢。——青

　雲從墓碑上，有我倆姓名：伊墨書，我朱書，俾他日墨塗也。首句云云，蓋
遺體已獻國家。

孤　蝶

獨舞孤飛也不妨，
穿花弄影自成雙。
無情有意來相伴，
似慰幽人莫斷腸。——青

垃圾箱

1997 年 11 月 1 日《錢江晚報》載：上海有位九十二歲老人，

被迫住入垃圾箱中三年。其子云："他要住垃圾箱,是他的自
由。"感而成詩。

（一）

垃圾箱中幾度秋？
鶉衣百結淚雙流！
天堂地獄一牆隔,
兒、媳、孫孫住大樓！──青

（二）

鳩形鵠面鬼相伴,
溝壑多情殘喘留。
如此期頤禍耶福？
蒼天無語恨悠悠。

（三）

一語將遺萬代羞,
擁妻抱子坐高樓。
任憑老父街頭哭,
"垃圾箱中爾自由！"

（四）

垃圾箱！
垃圾箱！
箱高四尺可身藏。
飢吞腐爛權充腹,
寒披紙板作衣裳。

箱中奇臭能延命，
家有親人似虎狼！

大江截流頌　五首

移　民

（一）

移民百萬喜洋洋，
罐罐壇壇一舸裝。
大義凜然無反顧，
祖宗棺槨鐵肩扛。
電視現場有此鏡頭。

（二）

撇業拋家不顧身，
千秋大業史無倫。
巫山雲雨排新陣，
神女含情送故人。

截　流

（一）

萬馬奔騰萬炮轟，
精誠團結力無窮。
一聲令下雙龍合，

辟地開天頃刻中！

（二）

惡虎頑龍俯首降，
明渠浩浩向前方。
高能奇技克天險，
截斷飛流不斷航。

（三）

江流可斷航難斷，
鑿出新渠再導航。
奇跡應教天怵目，
千尋高峽抱雙江！——青

鷓鴣天　二首

　　1997年12月5日《浙江老年報》載《公公陪嫁》一則，蓋寡媳不忍棄盲翁改嫁，取得對方同意，乃出此策。並先將公公乘轎而去。實社會新聞也。

（一）

老翁醉裏換紅裝，
轎子輕抬要穩當。
一揭蓋頭皆大愕，
滿頭白髮目全盲。

憐老邁，

歎孤孀！

兩顧俱全巧主張。

幸得郎君解人意，

再傳"發轎"迓新娘。——青

（二）

一乘彩轎到庭堂，

賓客盈門鼓樂忙。

天地諸親俱拜罷，

紅巾初揭沸羹湯！

休詫異，

似荒唐。

盛世奇聞要頌揚。

盤古開天無此例，

公公陪伴嫁新郎！

寄錫汝

半紀光陰似水流，

何時"馬項"再重遊？

錦書佳約增惆悵，

可奈蹣跚夢也休。——青

【注釋】

〔錫汝〕何寧字錫汝，成都西南民族學院教授。余二十七歲在四川白沙大學先修班授課，錫汝曾聽課數月。約 1975 年間因公來杭，並賜訪。其後屢有音問，來書邀余重游先修班故址馬項埡,甚感其誠摯。錫汝擅詩詞,當今所希見也。

附

歲暮寄呈靜霞師

錫 汝

明年又報得春遲,
蜀國梅花漫不知。
欲問孤山開也未?
錦箋遙奉靜霞師。

觀《牽手》等電視劇有感

最近看了《牽手》《來來往往》《至高榮譽》等幾部電視,主題
雖不同,但對第三者均否定,第三者或主動或被迫退出,頗有
感觸。

(一)

結婚三日便紛爭,
邂逅長街忽有情。
良母賢妻化羅剎,
浮化浪蕊最娉婷。

(二)

只知散魄與銷魂,
恩怨親讐一概昏!
孽海沉淪死無海,

是情是欲那能分？

（三）

是是非非已倒顛，
一朝得趣便登仙；
衝鋒陷陣入復出，
反怨"圍城"感固堅！

（四）

當年高論也銷聲，
絕世新風又一程。
露水姻緣隨處好，
何須辛苦築堅城？

（五）

趙公元帥喚皇天，
變壞何嘗只爲錢？
權欲貪私皆罪惡，
揮鋤最要墾心田！——青

採桑子　頌社會福利中心

　　余自上月二十六日住進福利中心，甚爲滿意。蓋年輕人工作緊張，老人倍感孤寂，單身者尤甚，此爲時代步伐前進中之現象。市府有見於此，不惜撥鉅款，建成福利中心。現已有二百餘人來此休養。相互親密融洽，余亦樂不思家。感喟之餘，發爲短章。
盛静霞撰於杭州市社會福利中心 1107 室　　2001 年 3 月 22 日

（一）

迴廊曲檻朝還暮，
緩步芳洲，
小徑尋幽，
春水粼粼別樣柔！

琪花瑤樹知多少？
掩映紅樓，
人在層樓，
那識人間更有愁！

（二）

緑茵場上晨曦露，
鶴髮童心，
抖擻精神，
高杠低欄穩稱身。

相逢何必曾相識？
不是親人，
勝似親人，
處處温馨處處春！——青

【注釋】

〔高杠低欄〕福利中心設備適合老人鍛煉之器械多種。

蕭太后（諷刺詩）

蕭太后！
蕭太后！
昔日威風震八方，
而今延頸等斷頭！
"我女自是貴公主，
豈能下嫁配黔婁！"
青年熱戀誓生死，
太后堅持斷鸞儔。
墜樓服毒決不屈，
隔離關鎖鎖高樓。
鴻雁傳書書不斷，
千方百計無奈何，
惱羞成怒蓄陰謀。
買凶兩名竟殺人，
三十二刀，
刀刀斫去，
青年肢體斷！
荒郊橫屍嬌兒死，
血肉模糊那能睹？
萬眾沸騰起風雷，
父母驚死死復蘇。
層層申訴達天庭，
石沈大海無下落。
一椿小事早忘懷，

太后酣然高枕臥。
不信紙中能包火，
不信天網有疏漏！
定有雲開霧散時，
眼枯淚盡堅等候！
度日如年年復年，
五年歲月朝復暮。
法網忽張懲貪腐，
雪片紛飛爭申訴。
牽牽連連案中案，
蕭弟容留賣淫亦被捕。
爲求寬大遂揭姐，
内幕一掀真相白。
曾許殺手酬厚報，
事成早已忘豐厚。
一封密札索鉅款，
一笑隨手撂抽斗。
鐵證如山無可賴，
恰是公安突破口！——青

後 記

這部《合集》，共收詩詞 527 首①，其中《懷任齋詩詞》137 首，附他人作品 4 首，基本上是雲從個人的作品；《頻伽室語業》共收詩詞 386 首，一部分（主要是第二、三卷）是兩人以及師友的酬唱之作，一部分是我個人的作品。雲從作品中引用典故較多，爲便於瞭解本意，就由我來一併注釋了（包括我的作品）。但我才疏學淺，一向依賴雲從，不求甚解。現又是耄耋高齡，雖未完全失憶，但往往恍惚迷糊，只好多方面請求支援。吳熊和、陸堅、曾華強、俞忠鑫等位先生都提供我很多資料，糾正了我在各方面的錯誤。否則，我是不可能完成這個任務的。徐復先生和程千帆先生又以雲從生前知己的身份，爲《合集》作了序言，提高了這本小册子的身價；門人黃征教授從頭到尾一直關心此書的完成，從校注到聯繫打印、出書，包做了大量工作；程惠新小姐爲本書做了不少打字、校對工作。對此，我只有深深地向各位致謝！言不盡意，存歿俱感。

2003 年 10 月　盛静霞

---

① 編者按：此次出版補録個別篇目，527 首未包括後來補録部分。

圖書在版編目(CIP)數據

懷任齋詩詞・頻伽室語業 / 蔣禮鴻，盛静霞著. —
杭州:浙江大學出版社,2021.3
ISBN 978-7-308-19556-0

Ⅰ.①懷… Ⅱ.①蔣…②盛… Ⅲ.①詩詞－作品集
－中國－當代 Ⅳ.①I227

中國版本圖書館 CIP 數據核字(2019)第 204703 號

懷任齋詩詞　頻伽室語業

蔣禮鴻　　盛静霞　著

責任編輯	胡　畔
責任校對	趙　珏
封面設計	項夢怡
出版發行	浙江大學出版社
	（杭州市天目山路 148 號　郵政編碼 310007）
	（網址:http://www.zjupress.com）
排　　版	浙江時代出版服務有限公司
印　　刷	浙江新華數碼印務有限公司
開　　本	880mm×1230mm　1/32
印　　張	14
字　　數	350 千
版 印 次	2021 年 3 月第 1 版　2021 年 3 月第 1 次印刷
書　　號	ISBN 978-7-308-19556-0
定　　價	68.00 圓

浙江大學出版社市場運營中心聯繫方式:0571－88925591;http://zjdxcbs.tmall.com